# 貧しい出版者

――政治と文学と紙の屑

荒木優太

FILM ART

# 目次

貧しい出版社——政治と文学と紙の屑

## 第二部　貧しいテクスト論四篇

第三部　自費出版録　243

# 凡例

個人全集からの引用は、『小林多喜二全集』（全七巻、新日本新社、一九八三年完結）、『埴谷雄高全集』（全一九巻、講談社、二〇〇一年完結）、『二葉亭四迷全集』（全七巻、筑摩書房、一九九三年完結）、『宮嶋資夫著作集』（第一巻、慶友社、一九八三年）を使用した。ただし旧字は新字に変えた。ルビは省略したものもある。

雑誌や新聞の機関誌名、小説と書籍の表題は『　』で括り、その他の評論、感想文などは「」で括っている。引用文も全て「　」で括っている。「　」内の〔　〕は引用者による注記であり、／は改行を意味する。

# 新序文

# つながり一元論

駅前の英会話教室や大学の新学部創設の謳い文句で用いられる形容詞が、いつのまにかインターナショナルからグローバルに変わっていた。果たして、世界に憧れる人間の欲望はどれくらい変化しただろうか。

たとえば、私たちがつながりにいかんともしがたく魅了されてしまうのは、つながりがつながりにつながっていると信じているからだ。

偉い先生と知り合いになったり、有名な編集者の名刺をもらったり、はたまたTwitterでフォロワー数厖大のユーザーにフォローされて嬉しいと感じるのは、その向こう側に、自分にとって未知なる（しばしば権威的な威光につつまれた）世界とのつながりを予感するからだ。知らない人が知らない人の仲介役になって、知らない世界にアクセスできるように感じる。まるで世界が（即ち自分が）広がったかのような感覚。未知なるものが無限にあるのならば、必然、自己も無限に拡張せねばならない。

ツテや人脈、当世風にいえばネットワークが与える特有の陶酔というものがある。そして今日、あまねく広がる情報の技術的環境が、その陶酔へと絶え間なく私たちを誘惑していることはことさら確認しておくまでもない。

対して、私たちは、つながりを求めて齷齪する振る舞いが、どこか下卑たものであることもなんとなく直観している。だから、人脈を必死に開拓していく様を「意識高い」と形容するとき、その言葉には自己拡張の俗情を隠さない貪欲さへの揶揄の調子が含まれている。そして、これにつづいて語られるのは、自分の半径五メートルを改めて眺めてみよ、本当に大切にすべきつながりが既にあるじゃないか、だとか、孤独のなかでこつこつと考え抜いたものだけが真に価値あるものなのだ、といったありがたいお説教だ。

しかしながら、この説教者はどうしてわざわざネットワークの餓鬼に向かって偉そうに説教など垂れるのだろうか。何の得があるわけでもなく、宙に投げ出された言葉が浪費されるとき、そこにはつながりへの隠された欲望が垣間見える。説教とは、本来ならばつながらなかったものを無理矢理にでもつなげようとするための方途の一つなのではないか。言葉が届いて、納得されて、布教によって自分の四肢のような同胞が増える悦び。

つながり批判の説教は決してつながりへの欲望を否定しない。むしろ、つながり批判を介してつながりを確保し、つながりの触手を水面下で四方八方に伸ばしている。

デモに行かなければ社会は変わらない、民主主義を守るために選挙に行こう、多くの人と対話するのが大切だ云々、といった意識の高い政治的紋切型に対して皮肉な調子で発される、奴らは思慮の足らない連中だ、ポピュリズムに流されているだけ、真性の知性は孤独のなかで邁進する、といった、意識を低めようと画策する別の「意識高い」紋切型。拮抗するようにみえても、本当には対立などしていない。どちらも自分のフォロワー（追随者）を増やそうと必死なだけだ。どちらもネットワークに憑かれ（疲れ）ている。

古い言葉でいえばオルグしてシンパを増やしたいだけだ。たとえば、小林多喜二という作家は要するに、政治的理念（マルクス主義）が自分よりももっと大きな何かとをつながれることを約束してくれる、つまりは、インターナショナルなネットワークに接続することを一途に願った政治的に

「意識高い」男だった。そして、若き日に同じ政治運動に参加していたものの、そういった意識の高さに辟易して、ある時期から反動的に孤独をすすめる、お説教に終始していたのが、埴谷雄高という男だった。

つながりへの貪欲は自己の拡張の欲望を隠している。これを嫌った埴谷は「自同律の不快」という言葉で、自意識の侵略に終止符を打とうとした。意識の高さに逆らって、意識が壊れるくらい低く低く視座を落としてみれば、そこには誰もが生得的につながり合っている食のサイクルに巻きこまれた生《ナマ》の身体、そして有機体を超えて無生物をも司る存在論の次元が広がっている。

なんと大仰なことだろうか。意識の低さが回りまわって、死とはなにか、存在とはなにか、という哲学的な別の意識の高さにつながっている。逆からいえば、人が空理空論にもみえる高尚な思索に熱中するとき、その背後にはかつて経験した様々な係累の後悔や反省が、或いはまた、いまだ胸中にくすぶる未知なるつながりへの憧憬があるのかもしれない。

つながり一元論のアプローチは、かくして、つながり批判もまた別のつながりにつながっているのかもしれないことを教える。つながりを馬鹿にしてはいけない。馬鹿にした次の瞬間、つながりは別のつながりにつながってしまうのだから。

ただし、こうして自覚されたつながりの包囲網は、反対に、つながらないこと——つながれないこと、或いは、つながりそこねること——への不安と同時に生起している。待ち合わせ時間に遅れるかもしれない。すれ違うかもしれない。言葉が届かないかもしれない。言葉を託した紙が行方不明になってしまうかもしれない。翻って、私こそ誰かからの大切なアクセスを無視して平気な顔でいまここに立っているのかもしれない。流通の不安。

本質的には、出版という営みも同様だ。人は様々な理由から本を書く。自分の切実な思いを訴えるために、名声を手に入れて他人からチヤホヤされたいがために、印税を得て明日の急場をしのぐために、未来にメッセージを残さんがために……けれども、往々にして熱心に傾けた書き手の情熱など無惨に無視され、ある出版物は新刊ラッシュに埋もれてやがて絶版状態に陥り、他のものはそもそも本屋にも置かれず倉庫の片隅にうずたかく積まれる。書物が不良債権のようにみえるときがある。

　つながることに躍起することで、きっと私たちはどんどん貧しくなっていく。毎月のように本を出す粗製乱造作家を見よ。内実がだんだん空疎なものになっていく。ただただ紙屑《ゴミ》だけが増える。正しい。けれども、富むことも貧しくなることもない確固たる自分に安住することよりも、つながりを選ぶにしろ、つながりを否定するつながりを選ぶにしろ、つながりに賭けるときに不可避的に生じる、この本質的な貧しさから出発したい。それが、餓鬼も説教者もどちらも斥けることなく、つまりは、そのどちらでもありうる自分自身とつながったまま前進できる稀有な道筋だと思うから。

　ネットワークがあってネットワーキングがあるのではない。先走ったネットワーキングだけがネットワークを結ぶ。そして、結びそこねる。

　ドストエフスキーの長篇小説『悪霊』にリプーチンという中年の小役人がいた。リベラル派で市内では無神論者で通っていたが、家庭では絶対服従の亭主関白を強要するこの小人物は、世界的革命組織の中央委員会につながっている（とされる）五人組のサークルに所属しているものの、裏切り者の仲間を殺す必要に直面して動揺を隠しきれず、ずっと抱いていた懐疑心を吐露してしまう。『小林多喜二と埴谷雄高』というかつて自費出版された私の処女作は、彼のその言葉をエピグラフにしている。

さて、リプーチンのつぶやきとはどんなものだったか？　次の頁に目を移して欲しい。政治と文学の不思議なつながりをめぐる、貧しくも冒険的な文学研究の始まりである。

# 1

# 小林多喜二と埴谷雄高

私はこんな気さえするんです、ロシアに数百の五人組があるなんていうのは嘘っぱちで、あるのはわれわれのが一つだけ、組織網なんてどこにもありやしないとね。

——ドストエフスキー『悪霊』

# 序章 「政治」と「文学」

## アクティヴィストとひきこもり

ここに、二人の作家がいる。一人は、『蟹工船』や『党生活者』といった日本プロレタリア文学を代表するテクストを書き、実生活でもプロレタリア解放の革命を目指して政治運動に尽した。その果てに体制から拷問死を与えられ、一部の団体では今日でも偶像視され続けている戦前の作家だ。もう一人は、若い頃、やはり革命を目指し運動に参加したが、その後、政治から撤退するようにほとんどひきこもって『死霊』という大長篇一作の創作にだけ身を捧げた。その特異な思想からやはり一部から偶像視されてきた戦後の作家だ。

小林多喜二と埴谷雄高。本書は、この二人の小説家／運動家という二面性が色濃く残っているテクストの比較検討を通じて得られる共通テーマについての考察である。しかし何故、この二人が対象となるのか。両者を俎上した研究が皆無である以上、その問いは至当だ。

例えば、もっと別の対の組み合わせを考えることができるし、事実、研究されてもきた。小林多喜二と志賀直哉、小林多喜二と蔵原惟人、小林多喜二と宮本百合子。或いは、埴谷雄高と吉本隆明、埴谷雄高と武田泰淳、埴谷雄高と高橋和巳。二つの作家研究史上で言及されてきた典型的な対の考察が多くの成果を残している。その中で、小林多喜二と埴谷雄高という新規の対を提案することの意味は果たして何処にあるのだろうか。

その理由は二つに分別することができる。

第一の理由からみていこう。どうしてこの二人なのか。端的にそれは、二人がある時代の同じ組織に属していたからだ、と答えることができる。戦前共産党、特に非常時共産党と呼ばれる昭和六（一九三一）年から翌年にかけての非合法政治組織に二人は属していた。

既に代表作を複数発表し一人前のプロレタリア作家として認められていた小林多喜二（当時二七歳）は一九三一年の一〇月、日本共産党に入党、作家同盟の党員になる。一方の埴谷雄高（当時二一歳）は同じ年の春、既に共産党に入党していた。しかし、このような理由はいささか説得力を欠くかもしれない。というのも、埴谷は翌年に治安維持法の嫌疑によって逮捕され、監獄生活を送る中で次第に党との関係は薄れていくことになり、他方、翌々年、多喜二もやはり逮捕され、それ以上に特高からの拷問を受けて死んでしまう。

このように彼らの接点は、極めてわずかな時間に限定されるし、しかも両者には直接的な面識はなかったように思われる。例外的に、埴谷の回想文「或る時代の雰囲気」（『新日本文学』、一九五八・四）がその奇跡的な接触の機会を微かに書き留めている。二人は「同時代に偶然同じ地域にい」た。それでもなお、両者は顔を合わせていない。回想文が伝えているのは、一九三二年二月、埴谷が逮捕される直前のこと、仲間と共に組織のカンパを集める為、協力的な文学者の自宅を訪問することになり、その中に小林多喜二がいた。けれども訪問時、多喜二は留守であった。

ただ、両者に面識がなかったとしても、同じ空気を吸い、その雰囲気の中で文学／政治活動の核を形成していたことは疑えない。実際、それはテクストに表出される類似したテーマが証明している。にも拘らず、同じ非常時共産党に属していながらも、一方は政治的闘争の中で党の為に殉死し、他方は政治に失望して、やがて新左翼知識人として既存左翼や共産党を批判していくという興味深いコントラストを描いている。

## 多喜二のリーダビリティ

二人のコントラストは、文学テクストに関する基本的な態度にもよく表れている。

小林多喜二は、全文が壁に貼り付けられるくらい短い「壁小説」という手軽に読める小説ジャンルのテクストを何作も発表している。これがよく示しているように、多喜二はテクストを流通させることに強い関心を寄せていた。時流的な文脈を踏まえれば、「芸術は大衆化されねばならないという命題と、しかしすぐれた芸術が必ずしも大衆に受け入れられるとは限らないという現実との間の溝をどう埋めるか[1]」が論議された、一九二八年に蔵原惟人と中野重治とが口火を切った芸術大衆化論争に多喜二が感化されていることは間違いない。だが、彼ほどその論争の内実を実際の執筆活動に活かそうと、読者がテクストに接近しやすくなるような工夫を凝らした作家はいない。

『テガミ』『争われない事実』『疵』『級長の願い』といった一連の「壁小説」の試みのほか、「仕事の合間々々に寝ころびながら読んでほしい」というエピグラフをもって細かい章節分けでとっつきやすい長篇小説『不在地主』、同じく長篇であるのに改行が多く通勤時間で手軽に読めるような「電車小説[2]」の『オルグ』、「単純な「戦旗」発表作家であってはならない[3]」という媒体横断意識等々、多喜二の関心は、テクストのリーダビリティ（読みやすさ）を高めていくことに集中している。それは革命を目指すプロレタリア文学が貧農や工場労働者といったプロレタリア読者に受け入れられなければ目的が遂行されないという危機感があったからだ。

多喜二のリーダビリティは翻訳の多さによっても推し量ることができるだろう。多喜二が活躍する只中、『蟹工船』は発表約一年後の一九三〇年に早くも中国語訳（潘念之訳）が出版され、翌年には『一九二八年三月十五日』がドイツ語（国崎定洞訳）で翻訳される。以後、その流れは途絶えることなく、多喜二の死後もロシア語、英語、チェコ語、韓国語など、各国語に訳されている。訳の対象も、有名テクスト以外に、知名度の低い『安子』や『沼尻村』、選集といったかたちで短篇にも広がっている。勿論、この現象はプロレタリア文学で大衆を運動に動員する為の手段として、端的にいえばイデオロギッシュな意図の下で企画されている。ただ、それ以上に、そもそも多喜二のテクストは全般的に改行が多く、長文や難解漢字は用いられず、そこに翻訳しやすさを見出す読者がいても不思議ではない。

## 埴谷のノンリーダビリティ

多喜二とは反対に、埴谷雄高はテクストのリーダビリティにほとんど関心を払わなかった作家だ。それは客観的にみれば、意図的にリーダビリティを排除しているという印象さえ与えかねないものだ。

戦後すぐ、一九四六年から『近代文学』で連載が始まった長篇『死霊』は、一九四九年(第四章未完)で中断した。謎めいた三輪家四兄弟を中心に、形而上学的な対話劇で進行していく日本近代文学に稀有なこの小説は第三章までが単行本になって中断の前年に真善美社から刊行されたが、その後、作者の病によって二五年ほどの長い断絶期を経ることになった。

四章以降は続刊時に再刊するという約束が守られたこともあって、絶版状態となった『死霊』本は、古本屋で高値がつき、入手困難な伝説的テクストとなった。埴谷の宅には、海賊版刊行の許しを請う若い男が来訪することさえあった。[4] 二五年ぶりに第五章が発表された『群像』(一九七五・七)が発売初日で売り切れ、重版するという記録的な事件が起きたのも、出版状況を含めた埴谷のノンリーダビリティがその伝説性と希少感を煽った結果だと考えることができるだろう。

『死霊』のノンリーダビリティは、小説執筆を再開した後年にも発露してくることになる。埴谷は文庫という出版形式の特徴が時を経ても価値を失わない古典であることを譲らず、生前、『死霊』の文庫化を決して許さないで、どうしてもしたいのなら、作者死亡の五〇年後に、という約束を結んでいた[5]。

実際には、二〇〇三年二月、講談社(講談社文芸文庫)によって予定された年数よりもずっと早くに文庫化され、その約束は反古になってしまったが、少なくとも読者の読みやすさを配慮する意識は埴谷自身にとって皆無だった。

そもそも、『死霊』の文体自体、「自序」の言葉を借りるなら「極端化と曖昧化と神秘化」に貫かれ、——本書でもこれから多く引用するが——それは読者の理解を助けるどころか、むしろ混乱させるほどの難解さ、特に後半部では、冗長さや韜晦に近いものと化している。この態度は大衆志向からはほど遠い。ちなみに、埴谷の翻訳は、今日の時点にあって、雑誌にいくつか載っただけで単行本化された訳本はなく、その中でも抄訳が多い。『死霊』の翻訳は第五章がフランス語(ジャック・レヴィ訳)でやはり抄訳されているに過ぎない[6]。

同じ時代の同じ組織の雰囲気を共有しながらも、一方の作家は大衆に向き合い、他方は大衆から距離をとるような振る舞いをみせる。多喜二と埴谷は、非合法政治組織の「雰囲気」が生み出した極端な二つのサンプルとして捉え直すことができる。そして、その二つの視点を仲介することで、文学活動に圧倒的な影響を与えた一時代の政治組織について、立体的に考察することが期待できる。これが第一の理由だ。

本書では、組織というものを実際の歴史的区分というよりも政治組織成員の散在（散らばって在ること）と混在（混ざり合って在ること）という二つの運動の相に分けて、前者から後者へ連続する仕方で分析している。これは両作家の文学テクストが描いている組織像が、局在的に限定されない動的な様相を呈しているからであり、散在から混在という運動の変化の過程が、組織の成立と発展、そして瓦解の過程を要約しているからだ。これは主に第一章と第二章で考察される。

## 「政治と文学」論争粗描——政治的多喜二像

第二の理由は「政治と文学」というテーマに関わる。「政治と文学」論争とは、プロレタリア作家である中野重治と『近代文学』を立ち上げた若き批評家の荒正人&平野謙の間で繰り広げられた、文学の政治利用のあり方についての論争だ。

荒正人は創刊したばかりの雑誌『近代文学』の寄稿第一作に「第二の青春」（一九四六・二）という評論を載せた。かつて自身も青春を賭した左翼運動への傾斜に、荒は反ヒューマニズム性を認める。つまり、そこでは社会変革を謳う共産主義に関する思想だけが「人間判断のものさし」となり、「一切を敵か味方かといった分類でしか眺めることができな」くなっていた。やがて共産党が、脱落者、裏切り者、スパイ、分派で解体していくとその甘い政治運動の青春は敗れ去り、非人道的振る舞いと単なる醜い「エゴイズム」だけが残った。これに眼を背けてはならず、そのような条件下から改めて「第二の青春」が始まらなければならない。これが荒の主張だ。ここには個人主義の肯定とそれを縛る集団の政治党派への疑問が表出している。

その三ヵ月後、平野謙は論争の直接の火種となった評論「ひとつの反措定――文芸時評」（『新生活』、一九四六・四～五）を発表した。平野によれば、政治は手段と目的を分離させて、目的のためには手段を選ばないというマキャベリズムをもつのに対し、文学は「目的に向つて歩一歩とにぢり寄る過程そのものがいはば目的自体」であるが故に、両者は相容れないものだ。しかしマルクス主義運動の中では文学の目的性は無視されて、運動に人々を巻き込む煽動の道具と化してしまった。即ち、政治の優位性の成立であり、それを直接担ったのが昭和初期のプロレタリア文学だ。ここで政治の犠牲となるのが、戦前共産党員と共に生活することを強いられた女性党員、ハウスキーパーであり、平野はここに旧左翼の反ヒューマニズムを読む。

戦前からプロレタリア作家として活躍していた中野重治は「批評の人間性――平野謙・荒正人について」（『新日本文学』、一九四六・七）を発表し、『近代文学』の若き批評家二人に対して「荒や平野は宗匠根性におちてゐる。人間の擁護、芸術の防衛を看板にした宗匠根性は非人間的であり、反人間的である。人間的にそれはいやしい」と、手厳しい評価を加えた。こうして今日、図式的な格好としては荒&平野は政治に従属しない文学の独立性を強調し、中野はその不可分性を強調したように整理される論争が始まったのだった。

ここで大きく焦点化されたのが、本書の主役の一人である小林多喜二であり、とりわけ彼のテクストに登場する女性の取り扱われ方である。遺作の『党生活者』――初出の題は『転換時代』――（『中央公論』、一九三三・四〜五）では、国家秩序を乱すものを取り締まる特別高等警察、略して特高に捕まらないように運動を続ける党員「私」（佐々木安治）の視線から二人の女性が対照的に取り扱われている。つまり、自分を犠牲にしてまで組織活動に熱心な女同志の伊藤ヨシと組織活動の重要性を理解せず私生活を優先してしまうハウスキーパーの笠原の対照だ。

ハウスキーパーとは非合法時代の共産党で男性党員が特高からの眼をくらます為に一般の家庭の妻のようにみせかけて住居を共にした女性協力員のことを指すが、「私」はその笠原の家を間借りしているにも拘らず、彼女のタイプライターの仕事が「赤」、つまり共産党関係者ではないかという噂によって首になったと聞くと、生活を続ける為に彼女にカフェーの女給の職を勧める。平野謙がいうところの「目的のためには手段をえらばぬ」「政治の特徴」がここにある。荒の言葉遣いならば「非人間的な、功利主義的な女性蔑視観」[7]ということになる。

『近代文学』派にとって、小林多喜二というプロレタリア作家は文学を政治に従属させる政治至上主義を象徴している。政治的目的（例えばマルクス主義革命）の為には、文学は政治に奉仕するべきだし、個々人の多少の犠牲は止むを得ない。中野重治はその解釈に偏向性を見出し、『党生活者』の女性問題を取り上げるのなら例えば「私」の母子関係での「パセティックなくだり〔8〕」を無視していることは不当だ、といったかたちで反論する。

## 「政治と道徳」としての「政治と文学」

三者の文章応酬は以後も続き、それは他の評論家や小説家に波及していくがそれを細かに追うことはしない――平野謙に関しては第一章で立ち返る――。しかし、一つ留意しておくならば、前述でも既に頻出している「人間」という語彙は無視できない。「政治と文学」論争で議論になっているのは、ほとんど、人間性（ヒューマニズム）の所在である。『近代文学』派が『党生活者』を批判するのに用いたのは、ヒューマニズムの観点であり、その点から過去の非道な政治活動やプロレタリア文学運動が断罪される。しかしながら、論敵であったはずの中野の方もまた「人間」性を武器に論戦していることは見逃せない。「人間的な政治を人間的に空想することの出来ぬ批評家」と「批評の人間性」で平野を揶揄し、或いは『党生活者』の母子関係に注目した前段の論文では、「近代的・人間的を彼らは与えられるものとして求めている。われからつくり出すもの、自己に実現するものとしてはつかんでいない」と荒&平野を批判している。

勿論、中野は荒&平野に反論する格好をとっているのだから、「人間」性に焦点を合わせることは自然なのかもしれないが、少なくとも結果としての論争内容を通読してみれば、「政治と文学」論争というその命名には、不適当な点があるといわざるをえない。「政治と文学」論争で問題になっているのは厳密にいえば、政治とヒューマニズム、より敷衍すれば、政治と道徳というカント以来の古典的な二項対立だった。イマヌエル・カントは『永遠平和のために』の中で、政治は道徳法則に従属せねばならず「人間の法は神聖なものでなければならない、たとえ支配する権力にどれほど大きな犠牲を払わせようとも[9]」と主張していたが、例えばこの発想と同根である他者を手段としてのみならず目的として扱えという有名なカント的道徳律に、『近代文学』派のヒューマニズム論の原型を認めることは難しくないはずだ。マックス・ヴェーバーならば、このような道徳主義に対し、政治家に求められるのは道徳に反する一切の行為を否定する「心情倫理」ではなく、必要とあらば道徳を踏みにじってでも目的の実現を果たそうとする「責任倫理」であると説く[10]。このような二項対立は思想史にありふれている。

だからこそ、戦後直後の「政治と文学」なる問題設定には一個の飛躍があったといっていい。即ち、文学とは当然ヒューマニスティックでかつ道徳的な芸術で、それは政治に対立するものである、という何の根拠もない前提である。ここで問いたいのは、彼らの文学定義の偏向ではない。そうではなく、問われるべきなのは、政治から独立した文学の価値を認めているようにみえた『近代文学』派は、別の視点からみれば、伝統的にある道徳性に文学を従属させることで政治による支配から逃走していたのではないかという、別様の文学従属論の密輸である。実は『近代文学』派は文学固有の領域を主張していたわけではない。彼らは既存の伝統的古典的二項対立の図式を一時的に借り受けることで、一時代の政治主義に対抗しようとしていただけだ。

戦後の「政治と文学」論争において、文学固有の領域——そういうものがあると仮定して——は基本的に無視されていた。問われていたのは、文章家の政治性と道徳性の相克であり、それは「政治と道徳」の対立図式で十分理解可能なものだ。時折、文学が問題になったとしても、その磁場では最終的に道徳問題へと回収されてしまう。しかし、そもそも文学は本当に道徳に従属するものなのか。定義如何にしろ、けれども『近代文学』派とは別の仕方で、道徳に従属しない文学の領域を考察することができるのではないか。実際は「政治と道徳」論争であった歴史の過程、そして文学とは悪を表現するものであるという批評家の言葉〔1〕を知っている今日、「政治と文学」論を改めて設定し直すことが期待できる。これが本書の基本的な問題意識である。

## 政治から遠く離れて——小説家埴谷雄高

ところで、注意していいのは文学の独立した価値を訴える陣営の主要な論客二人が共に生粋の批評家であったということだ。二人は文学の価値を訴えながらも実作を通じてそれを表現することはなかった。

勿論、その事実によって、創作を書いてない批評家なのだから文学のことなど分からないに決まっている、といった仕方で、『近代文学』派の主張の是非を問いたいわけではない。しかし、新たに希望された自立した文学とは具体的にどのようなものであったのかを考えることは「第二」という冠をつける以上、必須であるはずだ。

荒正人の「エゴイズム」の観点から見直される夏目漱石への高い評価や、論争中に平野謙が提示した「末期の眼」を獲得した「文学的」芥川龍之介像は、過去に例示を求める批評家らしい手つきで間接的にその問いに答えている。しかしそこで登場してくる小説家とはいずれも昭和以前の（正に、「近代文学」的な）明治大正期の作家であり、素朴に考えて、批評的再読の要請が「第二の青春」に相当するのだ、という主張にいささかの倒錯を感じても不思議ではない。その試みは、第一の青春を相対化する為にさらに遡行して見出される、ある基層の探索、そして再発見の営みであり、第一の後続としての「第二」性というよりも青春そのものの前提を問う作業であるからだ。

『近代文学』の批評家二人は文学の独立性を主張しながらも、自ら文学作品を残すことはなかった。彼らが実質的に探求していたのは「青春」のゼロ度である。その傾向性は、小熊英二が述べるように『近代文学』という雑誌名自体が暗示している。[12] 何故なら、一九三九年末、荒や平野を含めた『近代文学』派の前身となる同人は、雑誌『現代文学』を創刊していたからだ。『現代文学』から『近代文学』へ、ここに彼らの遡行的批評性が端的に表れている。

本多秋五、佐々木基一、山室静、小田切秀雄など、初期『近代文学』を代表する批評家は荒や平野のほかにも数えることができるものの、生粋の小説家となると難しい。同人の多くは批評家だった。しかしながら、『近代文学』派の一人として出発しながら、あくまで小説家として自分の仕事を展開し、荒&平野的批評の内容自体には共感を示すものの、そのスタイルからは距離を保ち続けていた異質な書き手もまた存在した。それが、本書もう一人の主役、埴谷雄高である。[13]

当然、埴谷には評論や文芸批評のジャンルに属する仕事もある。とりわけ、スターリン批判によってソ連崩壊を予言したかのような伝説的な評論「永久革命者の悲哀」は代表作として今日でもしばしば参照される。しかし、埴谷自身が語るように、本来それらは一個の独立した仕事というよりも、『死霊』という長篇小説に組み込まれるはずだった複数のアイディアであった。[14] 実際、病気の都合から長期間『死霊』を中断してしまった後、二〇数年ぶりに再び『死霊』に着手した経緯からは、並々ならぬ執着が認められる。芸術至上主義的に「政治と文学」論の破綻を訴え、『近代文学』派に対し擬似問題を提起したとして批判的であった奥野健男が、しかし同人の埴谷雄高だけを三島由紀夫と肩を並べるように高く評価しているのもそこに原因があるだろう。[15]

とりわけ、埴谷は他の『近代文学』派とは違って、日本近代文学からの影響を(少なくとも表面上の振る舞いでは)無視していたことは注意していい。自身の文学的資質を説明する際に、名が挙がるのは、常にドストエフスキーやポーを筆頭とする海外文学、或いは、シュティルナーやカントといった西洋思想である。カントにしても、『実践理性批判』、つまり道徳論に言及することはなく、もっぱら独房で読んだ『純粋理性批判』の認識論や形而上学から受けた震撼を強調する。[16] 日本近代文学史から過去の適当な書き手を拾ってくるというような批評方法を埴谷はほとんど採用しない。この点でも他の同人に比べ異色な性格を見せている。

そして何より、埴谷ほど、意図的に政治から遠ざかろうとした『近代文学』派はいなかったといってもいい。戦後、「死んだふり」[17]と称してあらゆる政治活動から身を引き、場合によっては、デモや選挙といった気軽な政治参加にさえ疑問を呈する文章も書いた。[18]「今日文学に携はるものが、とにかく政治はもう御免だよと放言しがちだとしても、あながちにとがめらるべきではない」(「ひとつの反措定」)と述べていた同人の平野でさえ、晩年は世田谷の区画整理反対という住民運動の代表者に自らなっていたことを考えると、埴谷の「御免」は徹底的であったといえる。そしてその反政治的な姿勢から逆に見えてくるのは、「文学」への高い期待値である。

文学へ特別集中していた作家の文学観を元に、再び多喜二のテクストを捉え返すことで、「政治と文学」論争の再考のきっかけをつくることができる。これが比較の二つ目の理由だ。つまり、道徳に邪魔されてしまった「政治と文学」という問題設定を二人のテクストを元に、論争の名に相応するかたちで立て直すという試みだ。これはとりわけ、埴谷の純粋文学的な成果を主として論じる第三章が導入の役割を果たして、第四章の最後で考察される。

## 小林多喜二「と」埴谷雄高

政治的な小林多喜二、そして文学的な埴谷雄高。本書は日本近代文学史に登録されたこの二つのイメージをきっかけに両者のテクストを読んでいく。いってみれば、第一の理由は文学テクストに描かれた政治（組織）について、第二の理由は政治というカテゴリーに対峙した文学という芸術的営為についての考察と要約でき、それぞれ「政治と文学」という結びつきの内容面と形式面の考察に相当しているといえる。

結論を先取りすれば作家の固定的なイメージは、両テクストに見られる共通テーマによって攪乱されることになる。注意しておけば、それはいわゆる影響関係によって生じているものではないということだ。焦点化されるテクストの内実は本書第一の理由であった一時代の政治組織が生んだ意図しない符合や応答である。多喜二と埴谷は極端な二つのサンプルに過ぎない。

加えていえば、既存のイメージを攪乱させるといっても、それは埴谷に独自の政治性を、多喜二にだけ認められる文学性を見出すという仕方で行われるわけではない。実際、佐古田修司は、「並みのオルガナイザーではとても身につけることができないようなぼう大な教養に支えられているがゆえに、実は本質的には現実を充分把握していない言葉であっても、無限に繰り出されてくるそのエネルギーにいつのまにか魅了されて、そこに何か偉大さと深遠さを感じさせることができている」「高級なオルガナイザー」[19]として埴谷の言動を政治的に分析している。要するに、難解さの未知性がそのまま深遠さに演出され、人々を逆に牽き付ける、ということだが、例えば、革マル派の最高指導者だった黒田寛一の反スターリニズムに埴谷の思想が決定的な影響を与えたことはよく知られている。埴谷の意図がどうであれ、その言動が「政治」的に働いてしまっていたことは疑いようがない。吉本隆明は、埴谷が名前を自由に貸した結果、黒田の後援会長に就任してしまったことに疑問を投げかけている[20]。

或いは、二〇〇八年、懸命に働いても裕福になれない非正規雇用やワーキングプアといった労働問題を先取りしているとして再発見された『蟹工船』ブームによって、多喜二は戦後第二のスポットライトを当てられたが、その二年ほど前に編まれた論集『「文学」としての小林多喜二[21]』は従来のプロレタリア作家像に回収されない多喜二の「文学」性を焦点化しようする目論見があった。

要するに、既存のイメージからの脱出といった研究の試みは両作家ともに既に認められるものであり、その成果がある以上、とりわけてその模倣を繰り返す必要はない。この本で従来の研究よりも重視しているのは、ある作家の隠れた別の側面の発見というよりは、ある作家とある作家の対によって初めて見出される共有領域であり、共振するテーマだ。

象徴的にいえば、小林多喜二と埴谷雄高、この「と」こそが本書の真の主役だといっていい――そして政治と文学の問題も結局はここに回帰してくる――。それは多喜二「か」埴谷「か」の選択を迫らないものと言い換えることができる。それ故、どちらが作家的運動家的に優れているか、ということを結論づけていない。多喜二と埴谷という限定された主観による変数を決して捨象することなく、テクストのその偏向性を含めて結びつく対の固有性、それが表現している世界を記述しようと努めた。よって本書は、歴史的資料を参照するものの、客観的な時代研究や文化研究のたぐいというよりも、二つの系列の文学テクストに認められる反響を解釈していくという、素朴な文学研究に相当している。その試みの成否は無論、読者諸賢に委ねるほかない。

# 第一章　散在する組織

## 零距離の距離感

多喜二の言葉を借りれば、共産党員にとって「「雰囲気」というものは、魚にとっての水と少しもかわらないほど大切」だ（『党生活者』第八章）。「雰囲気」とは客観的というより、あくまで主観的な印象の産物に過ぎないものだ。けれども、だからといってそれは個人が勝手に生み出した空想ではなく、依然、集団的な現象という側面を併せもっている。個々人と集団を結びそして包み込むこの曖昧な対象は、集団的な政治組織を描いた文学テクストを考えていく上で、そして同じ組織に属していた多喜二と埴谷という相異なる作家を比較する上で、無視できない前提だ。

序章でみたように、埴谷は多喜二宅を訪れるものの、その訪問は失敗してしまう。だが、失敗を記した文章には、多喜二と埴谷を比較する上で、重要なモチーフが複数隠されている。本書ではこの回想文に何度か立ち返ることになるだろう。

「或る時代の雰囲気」は多喜二について三つの印象を書き残している。第一は、多喜二宅を訪れた印象、第二は多喜二が殺されたという報に接した衝撃、第三は殺される前に豊多摩刑務所にいた多喜二が見せたヒロイックな行動の噂を聞いた感想、である。この三番目、埴谷の聞いたところでは、逮捕後、留置場に入れられ、拷問によって傷つけられた多喜二はそれでも「日本共産党万歳!」と叫び続けたという。しかしこの英雄的挿話は次のような多喜二批判を埴谷に書かせることになる。

「「日本共産党万歳!」という小林多喜二の叫びと「天皇陛下万歳!」という一兵士の叫びを比較してみようとする者は恐らく数少くないに違いない。ここでまず明らかになることは、私達の忠誠心の軸はどちらへ廻つても、万歳!　という形式から切つても切れぬ関係にある一種の宿命についてであるが、次に、一兵士と天皇とのあいだが埋めることの出来ない距離をもつた上下関係であるのに対して、小林多喜二と共産党のあいだはぴたりと隙もなく重なりあうことの出来る素晴らしい零距離にあることも、また、すぐ明らかになるであろう。しかし、同時に、このようにあらゆるひとと零距離にある筈の共産党が、そしてまた、小林多喜二が、実際は他のひとびとからかけはなれていて、しかも、その距離の遠さをついに自覚出来なかつた時代の雰囲気の霧のような深さをもここで理解して置かねばなるまい。私の考えでは、零距離をピラミッドの頂点と底辺のごとき遠距離へ絶えずもたらそうと試みていた、そしてまた、試みている謂わば永遠の精霊のごとく私達の荒野にさまよつている核芯は、「偉い人」という単一な観念である」(「或る時代の雰囲気」、全集第四巻、四二六—四二七頁)

二つのことが述べられている。第一に、多喜二が崇拝した日本共産党はその打倒目標であった天皇制と

「万歳」の形式において同一であるということ。第二に、しかし両者には差異があり、天皇制と国民の間には上下間に克服しがたい「距離」があるのに対し、共産党と党員の間には何故か「零距離」が実現していたということだ。「零距離」は党員と党員予備軍との「零距離」にも拡張されるが、それは錯覚に過ぎなかったと埴谷は批判している。

「万歳」批判は埴谷の位階制批判と強い結びつきをもっているが、それは後段で考えることにして、第二点、「距離」と「零距離」はなぜ生じるのだろうか。

## 臨場的興奮による団結

埴谷が示唆する通り、「距離」を克服することは、確かに小林多喜二にとって潜在的に重要な課題だったように思われる。潜在的というのは、多喜二が「距離」という言葉を使って明確に意識することはなかったという意味だ。しかし、彼の小説のダイナミズムを構成する大部分が、事実として「距離」の克服、「零距離」の確立に関わることは注意していい。

例えば、「処女作」[22]と自ら位置づけた『一九二八年三月十五日』（『戦旗』、一九二八・一一〜一二）を取り上げよう。このテクストは未だ共産党に属していない多喜二が多くの運動家が大弾圧を受けた三・一五事件の体験と見聞を元にして、暴力的な弾圧の実態を表現したものだが、警察が組合に検挙をかけ、運動家たちが連行されていく道中の場面は次のように描かれている。

「皆には然し、不思議に一つの同じ気持が動いて行った。インクに浸された紙のように、みる〳〵それが皆の気持の隅から隅まで浸してゆくように思われた。一つの集団が、同じ方向へ、同じように動いて行くとき、そのあらゆる差別を押しつぶし、押しのけて必ず出てくる、たった一つの気持だった。〔中略〕たった一つの集団の意識の中に——同じ方向を持った、同じ色彩の、調子の、強度の意識の中に、グッ、グッと入り込んでしまっていた。「それ」は何時でも、こういう時に起る不思議な——だが、然しそれこそ無くてはかなわない、「それ」があればこそ、プロレタリアの「鉄」の団結が可能である——気持だった。が、この気持はたゞ単純に、それ〳〵の差別を否定するというものではなしに、その差別自身が一定の高度にまで強調された時、必然にアウフヘーベンされる（だから、それに依ってかえって強固になる）——従って、没個人的な、大きな掌でグッと一摑みにされた気持だった」（『一九二八年三月十五日』第二章、全集第二巻、一三六頁）

「インクに浸された紙のように」「一つの同じ気持」が伝染し、浸透していく。こうして、個々人の差異（「差別」）は止揚され、「「鉄」の団結」がもたらされる。この凝集力にこそ、埴谷が指摘していた「零距離」を認めることができる。けれども、このような興奮の伝達経過それ自体は、特別に稀有な現象ではない。例えば、群集心理学の古典は、フランス革命において、推論を働かせることなく、単純な感情に左右されやすく、指導者の断言や反復によって簡単に操作されてしまう群集の現象を精神的感染の力として考ると考えられる。

察している。[23] 多喜二の描いた「集団」も、その動機づけは、「群集」と同様の心的興奮の感染に由来してい

このような心的興奮は社会運動とは直接関係しない多喜二最初期の短篇『龍介と乞食』(『文章倶楽部』、一九二二・三)で既に示されていた。「異った液体が一つの膜を通して拡散するように」外界に感化されやすい龍介は、道端で出会った乞食に対して、「自己に有機的な同情」に捉われてしまい、乞食を無視することができないで、意図しない揉め事に巻き込まれてしまう。自分ではどうすることもできないこの「同情」が集団的に洗練された時、「団結」力へと生成することは理解しやすい。

ただし、ここでの「零距離」構成は、それぞれが相互に現前し、同じ場所を、同じ体験を共有していることが重要な意味をもっている。例えば、第七章で、敵候補の選挙ポスターを剥ぎ取ったという事件によって、「誰か警察に犠牲になって行く必要」が生じた際、組合員の一人が別の一人に「犠牲」を頼んでも、「お前え達幹部みたいに、警察さ引ッ張られて行けば、それだけ名前が出て偉くなったり、名誉になったりすんのと違んだ」と言われ、「犠牲」は拒まれ、「団結」は生起しない。物理的な距離介在が予感されると、「たった一つの気持」も維持できず、解消されてしまうのだ。

だからこそ、多喜二は、このような「気持」による「団結」だけに満足することはなかった。相互現前的臨場的な「気持」がもたらす距離縮減の体験を起点とし、テクストの展開につれて、次第に「距離」が介入しつつも維持される擬似的「零距離」を発展的段階的に描こうと試みたようにみえる。そしてその過程

は、寄せ集めの集団から明確な目的のある政治組織へ移行していく過程と同期している。というのも、長期的な単独行動においてもある「集団」への忠誠心を失わないでいられるという事態は、出会い難い、或いは出会ったことさえない離れた仲間と共通した（と思っている）目的や観念をそれぞれが内面的に獲得している必要があるからだ。

　最終的に未完のまま遺された『党生活者』は、「距離」と「零距離」の両立を次のように描いている。

「私にはちょんびりもの個人生活も残らなくなった。今では季節々々さえ、党生活のなかの一部でしかなくなった。四季の草花の眺めや青空や雨も、それは独立したものとして映らない。私は雨が降れば喜ぶ。然しそれは連絡に出掛けるのに傘をさして行くので、顔を他人《ひと》に見られることが少ないからである。私は早く夏が行ってくれゝばいゝと考える。夏が嫌いだからではない、夏が来れば着物が薄くなり、私の特徴のある身体つき（こんなものは犬にでも喰われろ！）がそのまゝ分るからである。早く冬がくれば、私は「さ、もう一年寿命が延びて、活動が出来るぞ！」と考えた」（『党生活者』第八章、全集第四巻、四三〇—四三一頁）

『党生活者』の「私」は非合法な「党」の全成員と接触しているわけではない。彼が雨を喜ぶのも、「党」の一部分に等しい関係者とスムーズに「連絡」できるからだ。それでも、「私」は自身の身体の価値をかなぐり捨てて、それこそ滅「私」奉公的に「党」という政治組織に尽くす。純粋に精神的な――まるで幽霊のような――存在であることを望んでいるかのように。

臨場的な感染の契機なしに、個人生活に由来する「あらゆる差別を押しつぶし」、「たった一つの集団の意識」へ溶解した完璧な党員の姿がここにある。物理的「距離」が介在しつつも、「私」全体が捧げられるほどの異様な「零距離」感が実現している。果たして、『一九二八年三月十五日』の心的興奮の伝染は、どのような段階を経れば『党生活者』の組織的意識へと結晶化されるのだろうか。

## 広義の散在的組織へ——物理的結節点としての『蟹工船』

実際、このような観点に立てば、多喜二文学はその過程から切り取ってきたスケッチの累積であるようにみえてくる。

有名な『蟹工船』は『一九二八年三月十五日』に続く長篇第二作目として、翌年の一九二九年の五月から六月、『戦旗』で発表された。ロシア領海に侵入して蟹を取り、さらにはこれを加工し缶詰商品にするボロ船は期間限定の労働者の群れを収容し、何ヶ月間も地上に還らぬ労働の監獄と化す。その狭い船内での協働を通じて、労働者には連帯感が感情的に芽生え、それが苛酷労働を科してくる現場の「監督」に対しての反抗心へと高まっていく。

「今度は不思議な魅力になって、反抗的な気持が皆の心に喰い込んで行った。今迄、残酷極まる労働で搾り抜かれていた事が、かえって其の為には此上ない良い地盤だった。——こうなれば、監督も糞もあったものでない！　皆愉快がった。一旦この気持をつかむと、不意に、懐中電燈を差しつけられたように、自分達の蛆虫そのまゝの生活がアリ〳〵と見えてきた」（『蟹工船』第八章、全集第二巻、三四〇頁）

「蟹工船の「仕事」は、今では丁度逆に、それ等の労働者を団結――組織させようとしていた。いくら「抜け目のない」資本家でも、この不思議な行方までには気付いていなかった。それは、皮肉にも、未組織の労働者、手のつけられない「飲んだくれ」労働者をワザワザ集めて、団結することを教えてくれているようなものだった」（『蟹工船』第八章、全集第二巻、三四三頁）

　相互現前の協働体験から、再び「不思議」な「気持」が先導していくが、臨場的な「気持」の感染は、しかし『蟹工船』においては一定の限度を超過したかのように、最終的に一個の臨界点を迎え、「集団」に転化の契機を与える。勿論、「未組織」から明確な政治「組織」への転化だ。

　例えば、『蟹工船』後半の「集団」は次頁の図のようにそれぞれの労働者に役割分担とその連絡経路を予め約束し、それを実行することでシステマティックな「集団」の動きを実現させようと試みている。東京都の小石川にある共同印刷会社でのストライキを描いた徳永直『太陽のない街』は、『蟹工船』と同時期に発表されたテクストであるが、そこでの「黒い影」に等しい「群集」描写[24]と比べてみれば、同じプロレタリア文学の傑作といっても、やはり大きな差異があるといわざるをえない。『蟹工船』の企図は群集というよりもほとんど組織と呼ぶべき活動に属する。この延長線上で、「集団」の強度は臨場という枷を突破し、活動領域をより広く強く求めていく。だからテクストは最後の「附記」で次のように伝えている。つまり、

「そして、「組織」「闘争」――この初めて知った偉大な経験を荷って、漁夫、年若い雑夫等が、警察の門から色々な労働の層へ、それ〴〵入り込んで行った」。

発　案（責任者の図）

二人の学生 …A ／ 吃りの漁夫 ／ 「威張んな」
雑夫の方一人 …B ／ 川崎船の方二人 ／ 水夫の方一人 ／ 火夫の方一人
国別にして、各々その内の餓鬼大将を一人ずつ …C ／ 各川崎船に二人ずつ ／ 水、火夫の諸君

A ⇅ B ⇅ C ⇅（全部の諸君）

蟹工船の臨場的興奮を共有した個々人が、「色々な労働の層へ」散らばるのに対応して、当然、そこでは「偉大な経験」が口伝される。ここに散在的組織の母胎がある。労働者たちは、それぞれの現場へ散在していき、現場現場で「蟹工船」を原点とした「組織」や「闘争」のヴァリアントを実現する。そして、その道程そのものが「組織」化の一個の方法となる。現場の異なる「それ〴〵」は勿論、相互に面識などもっていない。しかし「経験」口伝の連鎖を通じて、彼らは蟹工船の臨場を擬似的に共有し、「組織」方法を後

継する。客観的にみれば、ここには広義の「組織」への帰属がある。

しかしながら、「蟹工船」は厳密な意味で、原点ではない。臨場的興奮から組織意識への準備にはきっかけが必要だった。例えば、船内では組織以前に、一反抗手段としての「ストライキ」の可能性が仄めかされていた。つまり、東京の芝浦工場にいたという雑夫が、「こゝの百に一つ位のことがあったって、あっちじゃストライキだよ」（第四章）と噂しているのだ。勿論、雇主である会社は事前に「労働組合などに関心のない、云いなりになる労働者を選ぶ」（第八章）よう努めていた。しかし、その審査は単なる伝聞に反応できるほど敏感に選り分ける力をもっていない。或いは、漁用の小船が遭難した際、ロシア人に救われた労働者の一部は、社会主義国家に関する基礎的な知識を手に入れ、還ってきた時にそれを仲間に伝える。「経験」の伝達はこうして監視の網を掻い潜る微細なかたちで、監獄に等しい閉鎖的な船内に持ち込まれる。[25]これが結果的に起爆剤となって蟹工船のストライキが組織される。

つまり、「蟹工船」もまた、先行する現場を引き継いだ「経験」の一つの発露、一つのヴァリアントだったのだ。「経験」の伝達は労働者の離散と集約の物的運動によって、微妙にかたちを変えながら引き継がれていく。実質的な観点からみれば、既に広義の散在的組織は成立しており、その観点は、「蟹工船」が離散と集約の異なる動きを繋ぎ止め、両運動を媒介する運動上の一時的な結節点 node に等しいことを教えている。

そもそも、季節限定で集められた船の労働者は、それぞれの出自や住所はばらばらな寄せ集め集団であった。乗船するからといって、海に由縁のある労働者（漁夫）だけが集められたのではない。函館の「貧民窟の子供」、夕張の元「坑夫」、元は内地にいた「百姓」、出稼ぎにきた元「職工」、「学生」、単なる「渡り者」。このようなばらばらな人員の寄せ集めは、労働運動の伝播を恐れた会社が「こういうてんでんばら〳〵のもの等を集めることが、雇うものにとって、この上なく都合のいゝこと」（第一章）と判断し用意した状況だった。にも拘らずストライキが起こってしまうわけだが、より重要なのが、「てんでんばら〳〵」の一時的寄せ集めは当然時間が経てば、また再び「てんでんばら〳〵」に散らばっていくだろうということだ。その散在運動は以前の散在状況と違う。というのも、各人が一体感の「経験」を習得しているからで、ここからさらに広範囲に「経験」が拡散されていく可能性がある。結節点としての「蟹工船」は、「経験」の分岐点となって散在する多岐的な組織展開を予告している。

　散在的組織において、組織の成員が地理的空間的に散在している為に、彼らの相互連絡は容易ではない。だからこそ、ある成員が別の地域にいる成員に出会うことは難しいし、任意の成員が「組織」に帰属する全ての成員に出会おうとすることは不可能だといっていい。これは勿論、移動の困難もあるが、それ以上に、広義の「組織」は口伝によって現場現場で参加者を募っていく為、誰によっても、その物理的境界を厳密に確定することができないことに由来している。散在的な組織の成長は、鳥瞰的把握を拒む。現場での「闘争」はやがて解散し、その「経験」が別の現場で生かされる。離散と集約を繰り返すこの過程全体は特定の人間によって計画されているわけではなく、正に「監督」不在に、しかも予期しえない仕方で自然に発展していくのだ。

## 安定的同一性の獲得

　しかし、「監督」不在の広義の散在的組織は『党生活者』に典型的だった「零距離」の強度を明らかにもっていないし、成員に強い帰属意識をもたせることもない。『蟹工船』の労働者は確かに「経験」を継承していくだろうが、その「経験」は口伝で変化していく生きた運動の知恵に等しく、各人は便宜的に使用すればそれでこと足りるからだ。

　それを自覚していたかのように、多喜二は組織の次の段階、広義から狭義の散在的組織を構想していたように思われる。先ず始めに中篇『暴風警戒報』（『新潮』、一九三〇・二）では次のような問題点が語られている。

「大工場はまだこの市では支配的な産業形態にはなっていないのだ。多分に封建的作業工程を持ち、碁石のように分散している小工場や、港の運輸労働者を一群れずつ、一群れずつ分立させてる「現場制度」が、その重な形態だった。――だが、いや、だから何かあると、この労働者達はすぐ動けるのだ。然し、忘れてならないことは、〔中略〕動いたあと、この労働者達は又もとの散り〳〵に帰ってしまうということだ。――浮び上るのも早い。然し金槌程の弾圧が雑作なくそれを粉々にしてしまう」（『暴風警戒報』第一〇

章、全集第三巻、二六頁）

小工場や港の労働者といった流動性の高い場所だけで、運動を行なうべきではない。何故なら、『蟹工船』が示していたような「現場」での組織化は確かに容易だが（「すぐ動ける」「浮び上るのも早い」）、そのぶん、持続性が欠如してしまい、「散り〳〵」によって組織の安定的な同一性を獲得することができないからだ。それ故、「大工場」こそを組織の標的にするべきだ。このような認識は、実際に大缶詰工場での労働運動を描いた長篇『工場細胞』（一九三〇・四〜六）でより深化されている。

「これまでの日本の左翼の運動は可なり活発だったと云える。〔中略〕然し問題なのは、その「活発」ッてことだ。何故活発だったか、これだ。――僕らにはあの「三・一五事件」があってから、そのことが始めてハッキリ分ったんだが……手ッ取り早く云えば、工場に根を持っていなかったという事からそれが来ていた。それも「大工場」「重工業の工場」には全然手がついていなかったと云ってもいゝんだ。〔中略〕それはそれ〴〵細かく分立している。それに実質上は何んてたって半自由労働者で、職場から離れている。だから成る程事毎に動員はきくし、それはそして一寸見は如何にもパッとして華やかだ。日本の運動が活発だったというのは、こゝんとこから来ていると思うんだ。然し何より組織の点から云ったら、零《ゼロ》だった。チリ〳〵バラ〳〵のとこから起ったんだから、終ったあとも直ぐチリ〳〵バラ〳〵だ」（『工場細胞』「上」第五章、全集第三巻、九六―九七頁）

「半自由労働者」の「チリ〳〵バラ〳〵」だけでは駄目だ。これは端的に、季節限定で寄せ集められた

『蟹工船』の「てんでんばら〳〵」性批判、即ち多喜二の自己批判だ。『蟹工船』での広義の散在的組織は、「工場」のような「職場」不動の長期間雇われる労働者にまでその「根」を張ることができない。『暴風警戒報』のいうように、「工場に（工場にのみ）根を張れ！」（第一〇章）が多喜二が描いた組織像の次の課題だった。散在運動が「活発」なだけでは十分ではない。しかし、勿論それは散在的組織の単なる否定ではない。というのも、運動に巻き込まれた「工場」の数そのものは戦略上、当然多数であるべきだからだ。ここで語られていることは、結節点の刹那的性格を克服し、持続的に組織化することでもたらされる、空間的時間的にもより拡張され安定化した組織の構想なのである。

そこで問われてくるのは、やはり「零距離」をしかも空間的距離を介した上で如何に構成維持するかという問題だ。というのも、「ばら〳〵」という距離をもちつつも、組織の同一性を安定的に保とうとすれば、個々人の中に、成員としての意識、つまりは、自分が帰属しているのと同じ同志が現前せずとも全国に広がっている（だろう）という意識の醸成が求められるからだ。

## 結節点の内面化――『党生活者』の「義務」

ここで、重要な役割を果たすのが「党」の存在である。現場の離合集散がどんなに繰り返されたとしても、何処かにある組織の中核を信じることができれば、組織の刹那的性格は、個々の成員においては解消される。「党」はそれに相当する。『一九二八年三月十五日』でも党員の姿は描かれていたが、多喜二が入党する以前のこともあってか「党」そのものの存在感は後景的だ。入党は一九三一年の一〇月であるが、それに先駆けるようにして、『暴風警戒報』や『工場細胞』でも具体的な党員像が描かれている。その時点でも、前景化は十分ではない。それらが一個の準備となって、『蟹工船』の広義の組織は、自己批判を経て、『党生活者』の狭義の組織へと止揚していく。

『党生活者』の「私」は先にみたように、組織への深い帰属意識から、「党」を内面化し、しばしば同一化しつつ、諸々の任務を遂行していく。「私」は「党」に奉仕することにのみ自分の存在意義がある、と自覚している。同居しているハウスキーパー笠原から「あなたは偉い人だから、私のような馬鹿が犠牲になるのは当り前だ！」という言葉を受けて彼は次のような違和感を抱いている。

「私は全部の個人生活というものを持たない「私」である。とすればその「私」の犠牲になるということは何を意味するか、ハッキリしたことだ。私は組織の一メンバーであり、組織を守り、我々の仕事、それは全プロレタリアートの解放の仕事であるが、それを飽く迄も行って行くように義務づけられている。その意味で、私は私を最も貴重にしなければならないのだ。私が偉いからでも、私が英雄だからでもない」（『党生活者』第六章、全集第四巻、四一六頁）

『一九二八年三月十五日』では、個人において「犠牲」と「偉」さとが結びつき、それを与えられない者は「犠牲」を拒否していたが、『党生活者』になると、「偉」さは党が独占している。そして各人がその党に犠牲的に奉仕することで、各人の「貴重」、一種のアイデンティティが分配される仕組みになっている。

　しかしながら、特にテクスト後半部の「私」は労働現場から離れており、「組織」の全成員は勿論、「全プロレタリアート」に出会っているわけでもない。彼が念頭においているのは「二十何年間も水呑百姓をして苦しみ抜いてきた父や母の生活」であり、それを一挙に拡張的に転用することで、「幾百万の労働者や貧農が日々の生活で行われている犠牲」を想像し、自身の「犠牲」との釣り合いで正当化しようとしている。ここには、『蟹工船』との大きな懸隔がある。『蟹工船』では現場の協働を通じて、その協働者らが実際の成員ともなって、結節点としての一時的組織体が形成され、やがて解散される過程が繰り返される。しかし、『党生活者』では実際の現場の協働に先んじて、「党」が命じる「仕事」の「義務」感が帰属意識を補助し、場所を問わない安定した「党」活動を可能にさせる。

　逆にいえば、狭義の組織にとって、帰属意識さえ獲得してしまえば相互現前の協働から発する臨場的興奮や多数の成員との面識は必要ない。帰属意識とそこでの「義務」感さえあれば、同一性を保ちつつ、成員散在的でもあるという一見困難な組織活動の要求に応答することができる。それ故、『党生活者』は後篇が書かれずに終わった未完作でありつつも、最後に散在的な運動を顕在化させて幕を閉じていることは特筆に値する。工場内でのビラ撒きで馘首処分を「メンバー」が受けてのことだ。

「蹴散らされたとは云うものゝ、本工のなかに二人メンバーが残っている。又解雇されたものたちは、それ〴〵の仕事を探がして散らばって行ったが、その中には伊藤と須山のグループが十人近くいる、従ってそれらとの連絡を今後とも確保することよって、私たちの闘争分野はかえって急に拡がりさえした。／彼奴等は「先手」を打って、私たちの仕事を滅茶々々にし得たと信じているだろう、だが実は外ならぬ自分の手で、私たちの組織の胞子《たね》を吹き拡げたことをご存知ないのだ！」（『党生活者』第九章、全集第四巻、四四四―四四五頁）

「胞子《たね》を吹き拡げ」る『党生活者』のラストシーンは、「色々な労働の層へ、それ〴〵入り込んで行」く『蟹工船』のラストシーンを反復している。唯一の違いが、その散在する労働者が「てんでんばら〳〵のもの等」ではなく、明確な「メンバー」性を獲得しており、連絡経路が確保されているという点である。メンバー member とは語源的にいえば、ラテン語 membrum、つまり一つの身体から突き出た「肢」を意味する。では、この場合の身体とは何か。勿論、「党」である。ここにおいて、狭義の散在的組織は完成される。それぞれは「ばら〳〵」な地域に散らばっていくが、同一の党に帰属し、連絡を取り合うことで、広義の散在的組織に見られた刹那的性格が克服される。物理的「距離」の介在で消失しない「零距離」が構成されているのだ。むしろ、その「ばら〳〵」性を活かすことで広域な、しかもある程度の計画的な組織活動を展開できる。

この現象は別の角度からみれば、結節点の内面化と表現できるだろう。『蟹工船』の時点では、組織の成員性は現場、つまり空間的時間的に限定された協働を通じて一時的に供給されていた。だから、その組織が一度解体してしまえば成員性もそれに同期し、「現場」が新しくなれば同じように成員性もまた新しく立ち上げねばならない。

蟹工船は離散と集約の物理的運動の結節点であり、組織もそれに同期せざるをえない。しかし「党」への帰属意識を一度獲得してしまえば、物理的結節点の重要性は相対的に低くなる。『党生活者』の「私」が思い抱いていた救済すべき労働者像が、先ず始めに父母であったことがそれを明示している。むしろ協働の感覚を与えてくれるのは、定まった少数の同じ「メンバー」との会合や連絡、ひとり身を隠して党活動に従事している時である。「私」がよく会う同志は二人、多くても三人でしかない。つまり、帰属意識を獲得した「党生活者」は自分自身が組織の結節点の役割を果たすことで、協働に参加できる。協働から組織活動が生まれる（『蟹工船』）のではなく、組織活動が即ち協働となる。この転倒を可能にしているのは勿論、帰属意識であり、「零距離」構成であり、結節点の内面化だ。だからこそ、この内面化は、物理的結節点に左右されないという点で結節点の観念化と言い換えてもいい代物だ。『党生活者』の「私」は自分の身体が「犬」にでも食われればいいと感じていたが、それは神聖な「義務」を与えてくる「偉い」党は己が心の中、観念の中に息づき、己の身体は「党」という真の身体の「肢」に過ぎないからだ。

## 非常時共産党の特殊性

以上、早足であるが多喜二の文学テクストにおける組織の発達段階をみてきた。この段階は更なる細部をもっているが、その探求の試みは一旦措いて元々の問題設定に返ろう。

ここまで、多喜二のテクストを読んできたのは、埴谷の批判に準じていた。埴谷に従えば「零距離」構成は、共産党の独善的な体制を生み出し、実際、大多数の大衆との「距離」が生じるものの、彼らはその「距離」を自覚することができないという欠点を抱えていた。『党生活者』の「私」を考えた時、その考察は十分理解できる。というのも、彼が思う労働者像の典型は自身の父母で、そこから一気に「全プロレタリアート」というインターナショナルであるがその為に却って具体像を欠いた想像へと飛躍することは、その中間にいるはずの雑多な大衆像を無視しているようにみえるからだ。勿論、テクスト前半の「私」は『工場細胞』のように工場労働者として紛れこみ、「大衆的」な運動の巻き込みを目指していた。しかし、警察の監視が厳しくなり、完全に党活動で「潜ぐる」ようになると彼らとの接触は断たれ、それに従い思考も抽象的になっていく。

ただし、埴谷の指摘を完全に信頼する前に、前提として歴史上の戦前共産党資料を鑑みた時、その意見には二三の疑問が湧いてくることも指摘しておかねばならない。

多喜二と埴谷が入党したのは、同じ一九三一年だった。学生時代からアナーキズムに心酔していた埴谷はその延長でマルクス主義に接近し、機関誌『農民闘争』の発行の手伝いを経て、その年の春に入党している。その後の一〇月に多喜二が入党する。

この時期の共産党は「非常時共産党」と俗に呼ばれ、その前後二年間は戦前で最も党員が増えた期間だった。多喜二も埴谷も――勿論、『蟹工船』を書いたプロレタリア作家と単なる左翼青年とでは、与えられた地位に違いはあったものの――その特殊な増員期間で成員と認められた一人だったのだ。背景として考えておかねばならないことは、この時期の共産党は大胆な大衆化方針を打ち立て、増員計画をアピールしていたということだ。

「吾党は数時の敵の弾圧毎に殆んど根こそぎにやられて来た。それはなぜか。其原因は色々あるが何よりも大きな此処に関係のある原因は**党が余りに小さすぎたからだ**。百人二百人の党の代りに一万人十万人の工場にゐる党員がゐたら、如何に日本のブルジョアジーが世界に誇り得る警察網、憲兵網、スパイ網をもつてゐる様共断じて根こそぎにやられる事はない。それ故に次の事は明らかだ。党を守るには厳選主ギに堕して――セクト主ギの長い伝統にワズラはされて――小さく縮こまる事ではなくて、反対に革命的労働者を大胆に広汎に組織する事だ。党を拡大することだ」(「党員採用に現われた極左的偏向――セクト主義を清算せよ！　党員を一万人に増やせ！」、『赤旗』、九頁、一九三一・五・一七)

この記事の同年同月、多喜二は『工場細胞』の続篇として長篇『オルグ』を『改造』に発表していたが、そのタイトルは時流を象徴していたといえるだろう。「オルグ」とはorganizer(=組織者)の頭文字三字をとって造られたマルクス主義系の略語であり、彼らは大衆や労働者に接近して成員として取り込んだり、シンパ(同情者)へと仕立てたりすることで党組織の拡大を図る。組織は成員予備軍の目標を大衆に定め、組織者の力で広範かつ大量の成員を獲得し、膨張していこうとする。

質から量への方針転換と共に、この時期のもう一つの特殊性は前時期と比べて資金面での余裕ができていたということだった。そもそも戦前の日本共産党はその始めから最後までコミンテルンの支部として自己同一性を獲得していたという点は立花隆が強調するところであるが[26]、基本的に活動資金も外国にある中央のコミンテルンから援助されてきた。しかし三・一五事件や四・一六事件といった度重なる弾圧の中で日本共産党はコミンテルンとの連絡経路を失い、資金難に追い込まれる。これが「武装共産党」と呼ばれる昭和四(一九二九)年から翌年までの状況だった。

その改善に取り組んだのが、非常時共産党だ。方法は二つある。一つには――丁度埴谷が多喜二宅を訪れたように――シンパや当時のインテリゲンチャから定期的にカンパを集める従来からのやり方であり、もう一つは「非常時」の名づけに相応しい犯罪まがいの行為で資金を収集する方法だ。これは最終的には大森銀行ギャング事件となって表面化する。この事件は一九三二年一〇月六日、川崎第百銀行大森支店に拳銃で武装した覆面の三人組が襲来し、彼らが日本共産党の党員であったという事件である。「根こそぎ検挙をくりかえされ、組織らしい組織のなくなっている革命党こそ、あらゆる非常(時的)手段によらなければ、身うごきがとれなくなっているにちがいなかった」とは、一九三一年を背景に、マルクス主義運動と仏教思想の相克をテーマに据えた武田泰淳の未完の長篇『快楽』(上巻、一八九頁、一九七二・一〇)の言葉だ。

犯罪行為はともかく、少なくとも大衆化の指針は前者の方法の効率を上げたといっていい。何故なら、党の基盤拡大は当然シンパの数も増やしたからで、戦前共産党において最も安定的な財政を実現させていた。このようにみた時、埴谷の大衆遊離という指摘は、多喜二のテクストにはもしかしたら妥当するのかもしれないが、歴史上の共産党には、一見当て嵌まらないように思える。

## 埴谷雄高の位階制批判

しかしながら、党が「大衆化」路線を取ることと実際に「大衆」と一体になることは等価ではない。埴谷が問題にしているのは党員(成員)と大衆(非成員)のその排他的な境界性であり、大衆を引き入れ、党員がどれほど増えようとも、その境界性が揺らがないのであるならば、「距離」の無自覚は容易に発生する。

批評家の花田清輝にあてた体裁で回想される「永久革命者の悲哀」(『群像』、一九五六・五)では自身の「党員」経験を次のように振り返っている。

「私が次第に悟つたのは、党は選民であり、党外は賤民であるという固定意識の存在であつた。〔中略〕われわれ党員が話してるところに、ひとりの非党員が現われると、その室内の雰囲気が一変した。私は多くの場面を暗黒のなかから浮びでてくる小さな方形の舞台のように想い出すことができる。われわれの前に坐つた非党員は装われた無関心のあいだに、時折、なにかを訴える熱烈な、痛切なまなざしをした。それは語らんとして語り得ざる焦燥のなかにこちらの精神を覗きこもうとしてひたすら身をのりだしている物言わぬ犬の狂おしい悲哀に充ちた真実な眼付を思わせた。だが、彼等は何ごとも発しなかつた。こちらからもまた何ごとも発されなかつた。そこには「階級の差異」があつた。それを乗りこえることはタブーであつた」(「永久革命者の悲哀」、全集第四巻、二二頁)

意識が「固定」的であるのは、物理的結節点の代替として結節点の内面化が行なわれなければならないからだ。連帯しつつ散在を許す「零距離」を確保するには、成員としての意識は決してぶれてはならない。その結果、成員と非成員の間には実際の「雰囲気」として上位下位の「階級の差異」が設けられる。これが元党員埴谷雄高の実感だ。埴谷は「或る時代の雰囲気」の中で、「零距離をピラミッドの頂点と底辺のごとき遠距離へ絶えずもたらそうと試みていた」のが「「偉い人」という単一な観念」であると指摘していたが、正に埴谷が党員として出会ったのは「偉い人」という観念に駆り立てられていた同志だったのだ。一九二九年に入党した小野陽一は入党の際に「一つの魔力を自分に得た様に思へた」と回想しているが[27]、その「魔力」と「偉」さは決して無関係なものではないだろう。

これは埴谷の政治論の基本主張であるピラミッド型の位階制への批判に直結していく。つまり、本章冒頭で示唆しておいた「万歳」批判だ。埴谷は戦後すぐ『死霊』を連載し始めるが、途中病に臥せた為に、そこから長い期間書き継ぐことなく放置してきた。その代わりに、発表されたのが「永久革命者の悲哀」を筆頭にした一連の政治的評論文であり、これらは評論集『幻視のなかの政治』や『鞭と独楽』にまとめられた。そして、この系統の論文はどれも上意下達が絶対化された位階制への批判を基調としている。「政治は、つねに、その最も下部に於いても、上部とまつたく同様なピラミッド形式の機構をもちたがるのである。そして、この小ピラミッドの頂点に置かれたものは、大ピラミッドの底辺に配置された支配者の憲兵としての役割を受けもつに至るのが通例であつて、彼らは、大ピラミッドの底辺で、鞭をふるつて、同僚を打つのをひたすら任務とする」(「政治をめぐる断想」、『近代文学』、一九五一・二〜三、全集第一巻、三三〇頁)

政治には位階制の傾向がある。そしてそれ以上に強調すべき点は、埴谷にとって位階制は単に組織に上位下位(頂点底辺)の高さを設けるだけではないということだ。下位＝底辺は確かに上位＝頂点という「偉い人」に指導や命令を一方的に受け、それに服従せねばならないが、それと全く同じ形の「ピラミッド」が微視的にみてみれば下位＝底辺においてもミクロに模倣反復される。勿論、この考察は「階級の差異」の経験に由来している。組織外部と組織内部との階級の出現は、組織そのものを貫き、内部を微視的に見てみれば、その「階級の差異」は至るところに見出される。

このような顕微鏡的視点は、埴谷の思考を強く特徴づけるもので、政治問題に限らず本書でも何度か登場してくる。つまりそこでは、大きな構造の一部を微視的に拡大するとフラクタル的に小さな構造が大きな構造を反復しているさまが発見されるのだ。

加えて、このような垂直的に統合された組織の「階級の差異」は、必然的に敵味方の二項対立的図式を活性化させる。「私達があまりにも多様で、多量なその政治のなかの死を拾いあげてその死の理由を問いただせば、その答えはつねにきまっていた。《あれは、敵だから。》」(「敵と味方」、『中央公論』、一九五九・二)。党員の上位下位と共に党員と非党員とを厳密に分割しようとする「階級の差異」は、最終的にはそれを相容れない敵と味方の境界として機能させ、評論「敵と味方」によれば「非党員はそのどれでも任意にとりだして殺さるべき単なる標的として存在」するほど厳しく働くことになる。

## 「組織者」首猛夫の体験

回想文「或る時代の雰囲気」で興味深いのが、埴谷の分析において、位階制は「零距離」を構成する機制として機能していたということであり、位階制的組織内部では上位下位の垂直的「遠距離」が形成されていたということだ。散在対応的「零距離」と垂直的「遠距離」は埴谷にとって矛盾せず両立する。それどころか「遠距離」は「零距離」構成に関わってさえいる。

埴谷はこのような距離の体制を小説の中の挿話に組み込んで紹介している。『死霊』は、埴谷の非合法党員時代の影響を強く受けている。それは政治集団でのリンチ事件を扱った第五章が端的に示しているが、ここで読みたいのは、元々組織者であったが、政治組織を抜けて「一人狼」的に活動することになった首猛夫という登場人物についてである。

「僕が或る貧しい地方へ組織者《オルガナイザア》として派遣されたとき、一人の百姓に汽車のなかで会つたんです。その百姓はもう六十を越えてもまだ野良仕事をしていて節くれだつた指先きをしている質朴な老人だつたが、僕に声をひそめてこういうんです。非常に素晴らしい組織者がこの地方へ来ている、と。勿論僕は素知らぬ顔でそいつはどんなに素晴らしい奴かと即座に訊き返しましたよ。そんなに素晴らしいやつっていったいどんな顔をしたやつなんだろう、と。すると、その質朴そうな老人は何処かにしまってあつた大切なことでも打明けるように子供つぽく片目をつぶつてみせてこう云つた。わしもまだ会つとらんが、そのひとは中央委員なそうな……。そう声をひそめて大事そうに云つたんです。膝を乗り出したこちらの耳許へ殆んど口をつけながらね。あつは、貴方にはこの話がもつている素朴な意味が解りますか?」(『死霊』第四章「霧のなかで」、全集第三巻、三二一頁)

首と対話しているのは津田康造という元刑事で首を逮捕した男だ。ここでは既に散在的組織が成立している。何故なら、偶然会った「地方」の「野良仕事をしていて節くれだつた指先きをしている質朴な老人」にさえ、組織活動が認知されており、広域的な組織喧伝の浸透がこの台詞から予見できるからだ。

しかも、この台詞は多喜二のテクストではうまく捉えきれなかった散在的組織の別の側面をも描き出してしまっている。つまり「大衆化」の指針で組織活動が広範囲に広がり、組織が散在したまま安定的同一性を獲得できたとしても、それとは無関係に「地方」の成員や成員予備軍は組織の内実を的確に把握できるわけではないということだ。「組織者」首に「組織者」が来たという噂話をもちかけるいささか間の抜けた

「質朴な老人」はそのことを明示している。ここには情報の非対称性が発生している。しかし、その非対称性という細かな差は、「偉い人」という観念、「党」の位階制的秩序によって塗り固められることになる。老人は「組織者」や「中央委員」が「どんな顔をしたやつ」なのか、どんな人間がつとめているのかを知らない。しかし話題の彼が「素晴らしい」ということは知っている。この一見矛盾した感想は、組織で誰が何をやっているかという具体性よりも優先される、「党」という抽象的な権威に由来している。問題の焦点となるのは、彼がどんな相貌をもった人間でどんな任務を抱えているかというよりも、「中央委員」という「偉い人」が「地方」にやって来たという事実のみだ。組織内に垂直的「遠距離」をつくり、その中核である「党」を内面化することによって、散在対応の「零距離」を実現する具体例だ。

続けて、首は帰属意識が与える影響力を語っている。「質朴な老人」の挿話の次には「一人の少年」の挿話が始まる。

「僕はその頃一人の少年を連絡のために使つていた。或るとき、じめじめした霧雨が降つてそいつは連絡に出たがらないのですよ。尤も、靴がぱつくりと両側のはしまで破けているのでやつこさん部屋の隅つこで顫えているんです。やつは蒼白い顔をして斜めに僕を眺めていた。僕は近づいて行つてやつの肩へ手をかけると、こう云つた。お前は連絡係だ、これからそう呼ぶことにしよう……。すると、やつはじめじめ湿つた霧雨のなかへ矢庭にすつとんで行つたつけ。おお、解りますか、なんといじらしい精神なんだろう！　そして、なんと多くのやつらがそのいじらしい精神をいままで利用し締めつけてきたことだろう！〔中略〕僕にはやつらのからくりがはつきり解つた。永遠の隷属を目論むそのからくりがはつきり解つてしまつた。そして、僕は本来の一人狼に立ち戻つてしまつたのです」（『死霊』第四章「霧のなかで」、全集第三巻、三二一—三二二頁）

位階制下にある下位成員は上位からの義務的な「仕事」、「連絡係」を与えられることで、自尊心にも似た自己のアイデンティティを得る。「永遠の隷属」は各々の自由意志に反して強制力を行使することで結実するものではない。それはむしろ隷属する主体が自ら進んで上位のものに従属するように働く。首と少年の関係は、党と成員の関係にも妥当する。党の場合、単なる成員からみれば高度に抽象化されているだけだ。少年は首を「斜め」から眺めるが、党と成員に関しても同様で、ピラミッド型位階制の高低差と角度は決して成員同士を水平的な位置で対面させるように配置しないのだ。

## 「目的意識」批判——仲介役としての平野謙

埴谷の多喜二批判の本質は、位階制批判にある。しかし、この多喜二批判は、何の文脈もなく現われたのではない。例えば回想文の中で埴谷は多喜二のことを「眼前の現実に密着する」「或る角度から見た一つの末細りの時代の最も忠実な記録者」と評価している。[28]「現実密着」とは批評家で盟友でもあった平野謙の仕事を形容する際に埴谷が頻繁に使用する言葉であり、そもそも、埴谷が多喜二に言及する時は、必ずといっていいほどに平野謙の多喜二評価、より正確にいえば「政治と文学」論争を念頭に置いている。実際、くだんの回想文でも平野の名前が登場している。「政治と文学」論争は序章で既に粗描しておいたが簡単に復習しておけば、文学の政治利用のあり方を巡って中野重治と荒正人&平野謙の間で交わされた論争で、中野は政治と文学の両立、荒&平野は文学の独立性を強調するに至った。これが実は、古典的な政治と道徳の問題に過ぎなかったことは繰り返さない。ともあれ、平野当人にとっては極めて「文学」的な問題設定は、政治の優位性の下に利用されてきた文学の姿をやはり小林多喜二に象徴させて、埴谷の回想の筆致によく似た仕方で描いてみせている。

「小林多喜二の血はむなしく流された特攻隊員のそれとひとしかつた。私はこの設定を肯定する。だからこそ、戦争下の文学はプロレタリア文学の裏がへされたステロ・タイプにほかならなかつたのだ。それは単に日本共産党と日本帝国主義とが入れかはつたのにすぎない。〔中略〕非合法共産党の末期は特攻隊戦術を取らざるを得なかつた日本軍閥の最期とほとんどシノニムだつた――といふやうなアナロジイの産まれ得る現実的根拠はたしかに存在した。プロレタリア文学を誤謬の歴史と眺める視点を肯定する所以である」（「「政治の優位性」とは何か」、『近代文学』、八頁、一九四六・一〇）

共産党も天皇制も「万歳」の点で変わることがないという埴谷の多喜二評、即ち位階制批判は、「日本共産党と日本帝国主義」を「シノニム」や「アナロジイ」と見做す平野によって先取りされていることが明確に分かる。平野の場合、特に問題として焦点化されたのが、『党生活者』における笠原という女性党員

（ハウスキーパー）の取り扱い方であった。つまり「党」仕事よりも「私」に好意を寄せる笠原と「党」に身を捧げる決意をもった別の女性党員との対比において前者を否定的に描く作者の心中には、マキャベリズムがある、と平野は指摘したのだ。

　平野にとって論の鍵となる語は、「目的」と「手段」である。というのも、「目的のためには手段をえらばぬといふ点に政治の特徴がある」のならば、これに対抗しようとする平野の文学観は必然的に「こと文学・芸術に関しては、目的に向つて歩一歩とにぢり寄る過程そのものがいはば目的自体なのだ。そこには手段と目的といふやうな乖離現象はみぢんも許されぬ」ということとなる（「ひとつの反措定」）。

　一見この批判は凡庸なマキャベリズム批判であるようにみえる。勿論その理解は間違っていないが、しかしプロレタリア文学を話題にしている以上、ここにもやはりまた別の文脈が流れていると考えるべきである。つまり、プロレタリア文学が本格的に勃興していく昭和の始まり、そこで日本マルクス主義文学理論の口火を切った青野季吉の「目的意識」論を思い出すべきだ。事実、評論「政治と文学」（『新潮』、一九四六・一〇）で平野は青野の立論を紹介している。

　青野は「自然生長と目的意識」（『文芸戦線』、一九二六・九）のなかで、「プロレタリヤの文学」と「プロレタリヤ文学運動」を峻別し、貧民やプロレタリアを描く小説とは別に、階級的意識と闘争心を喚起させる「運動」を狭義に定義しようとした。前者は放置しても個々人の中に自然に発生してくる、即ち「自然生長」する。しかし、これを後者へ止揚するには、目的を設けて「階級」という集団を統合する必要がある、即ち「目的意識」が求められる。本書に沿っていえば、『蟹工船』は「自然生長」的であり、『党生活者』は「目的意識」的だといえる。そして、勿論、この「目的」とは最終的にはマルクス主義革命を意味する。

埴谷もまた、マキャベリズム批判を展開していた一人[29]であることも合わせて、このような点を確認すれば、埴谷の位階制的「遠距離」を、平野の文脈によって「手段と目的といふやうな乖離現象」によって生じた時間的距たりとして再解釈することができるだろう。その距りは未来遠方に据えられた「目的」とそれに向かって現在与えられた「手段」との間の時間差であり、位階制的「遠距離」の生み出す組織の上位者や「中央委員」が「偉」いのはその（究極的には革命に至る）「目的」を最も適確に把握し、その手段となる成員を計画的に使っていくことができると信じられているからだ。

## 女性か組織か――多喜二の天秤

確かに、小林多喜二のテクストには「政治と文学」で提起されたような女性問題が、目的論的枠組みで解釈できるようなかたちで伏流している。これは、遺作『党生活者』だけに限定されるものではない。多喜二のテクストに登場する女性の処遇は一時期以降、極めて厳しい。

その徴候が初めに現われるのが、長篇第三作『不在地主』（『中央公論』、一九二九・一一）だ。この小説は磯野小作争議という実際の事件をモデルにし、北海道にあるS村の貧農生活と都市労働者との対比を通じて、青年たちが労働運動に目覚めていく過程を描いたものであるが、そこでは女性と社会運動が天秤にかけられることになる。

農村に住む健は、地主による搾取の構造を学びながら、末尾で、「お父な、嫁にでも直ぐ行ぐんでなかったら、都会さ稼ぎに出れッてるんだども」と暗に結婚を誘う恋人の節と手切れして都会の「農民組合」で働くことを決意する。しかし、この選択は極めて厳しいものだ。何故なら、作中では健が恋心を寄せていたキヌという女性が同じく「都会」へ出稼ぎに行った顛末が既に語られており、それは節のゆくすえも暗示しているからだ。

キヌは、「製麻会社の女工」として札幌に赴いたが、風の噂で「バアの女給」に転職し、そして最終的にはホテルの「女給」として働いていることが伝えられる。しかし、そこではしばしば娼婦まがいの奉仕が女給達に強要される――「中には、落着いて髪を直しながら、ドアーから出てくるものもある。然し大抵外へ出るなり、ワッと泣き出してしまう。見ていられないそうだ」（第七章）――。そんな中、キヌは「妊娠」し、「それでホテルにも居たゝまらず、「こっそり」帰って」来る。相手は「大学生」だと噂されていたが、キヌの家族は彼女を温かく迎え入れることはない。

「キヌは〔妊娠した〕そんな身体で、無理をして働いた。手が白く、小さくなったものは、百姓家には邪魔ものでしかなかった。――自分で飯の仕度をして、それを並べてしまうと、隅の方に坐って、ジッとしている。皆がたべてしまって余りがあれば、今度はそれを自分でコソ〱たべる」（『不在地主』第八章、全集第

二巻、四六四頁）

陰湿ないじめを思わせるこの取り扱いが、最終的にキヌの自殺を帰結させる。作中では都市労働者と地方農民の「握手」（連帯）が盛んに叫ばれているが、キヌの「白い手」が救われることはない。そして再び身近な女性（節）が「都会」に赴こうとしている。健の友人の七之助の手紙には「村がダン／＼底へ落ちこんで行くと、キヌのような女は、殖えらさる一方だ」（第七章）という極めて暗示的な文句があるが、要するに、健の下した二者択一の決断はキヌの悲劇を間接的に導いているようにみえる。留まることと旅立つことの選択は、間接的に節を娶るか、それとも危険に曝すかの選択でもあった。

島村輝は「健は係累を捨て去り、軽やかに旭川という「都市」へ出ていく。そこには農村の現実の重々しさはない」と最後の場面を評価する。[30] しかし何故、節のいる村を「係累」と見做せるのか。逆にいえば、「係累」でないものとは何なのか。ここでは目的と手段の「乖離」が生じている。この場合、目的とは将来的には地主による搾取を克服することであり、その為の手段が現前しない「都会」の労働運動に参加すること、即ち節に別れを告げることを意味する。健が二者択一的状況に追い込まれるのは、未来に設けられた目的の為に最短直線で導き出された最適な手段と、別の現実とが天秤にかけられているからだ。未来の大目的の為には、――過酷な運命を辿るかもしれない――現在眼の前にいる女性と別れてしまっても致しかたない。この時間差への意識、それが健の「目的意識」だ。

この結末の構図は、『オルグ』に引き継がれる。潜行的に党活動を続ける石川は、『工場細胞』のヒロインでもあった、同棲している女同志のお君に恋愛感情を抱いていく。しかし、お君の留守中、隠れ家が警察に見つかってしまう。逃げざるをえないが、お君への連絡手段がない、つまり帰ってくればほぼ確実に捕まってしまうという予感で石川は一瞬逡巡する。けれども彼は逃亡することを決断する。

「――組織は死守されねばならない！／彼は、そのために、「自分」を貴重にしなければならなかったし、お君とすぐつながっている、お芳をかえって守らなければならないのだ。／「金菱製罐」内の組織を壊滅させてはならなかった」（『オルグ』「下」第一五章、全集第三巻、三〇八頁）

再び、組織と女性が天秤にかけられ、男は前者を取る。彼の「貴重」が『党生活者』の「貴重」に継承されることはいうまでもないが、このような選択の繰返しは容易に読み手の「政治の優位性」読解を許すことになるだろう。

加えて、ここには散在的組織がもっている運動戦略上の大きな利点が見出せる。即ち、成員の散在運動と分散的配置によって、たとえ検挙の危険が局所的に到来しても、その被害は一部で食い止めることができるということ、つまり危機回避の策になっているということだ。一部の成員が犠牲となっても「組織は死守」される。例えば『蟹工船』では船上の組織が一箇所に集中していた為に「帝国軍艦」で主要成員が一挙に護送されてしまっていた。それに比べれば、『オルグ』での進歩は自明だ。けれども、その進歩は同時に全体（組織）の為には部分（成員）が切り捨てられなければならない、という両立不能な厳しい選択肢もまた生み出すことになつた。

## 三つの「距離」と「抽象の体系」

「君この運動は一国内の孤立した中で考えるのは誤りなんだ。そんなら、随分淋しいではないか。日本の党は、世界の六分の一を占めているプロレタリアだけの国にあるコミンテルンの一支部なんだ。そこンところから縦に大きく見てくると、——僕らはたとえ、最後の一人に残されたとしても、ちッとも気を落すことが要らなくなるんだ」(『オルグ』「上」第四章、全集第三巻、二三三頁)

埴谷が正しく指摘していたように、『オルグ』にあって、位階制(「縦」)と「零距離」(孤立しない運動)とは両立するかたちで成員に対して作用している。これに目的論的距りも加えて、ここで、三つの「距離」を整理しておくことができる。

第一に、「零距離」は散在の運動がもたらす物理的距離を介していてもなお、帰属意識が維持されることによって組織との一体感を獲得することができる。第二に、この帰属意識を支えるのが組織内に制度的に設けられた垂直的「遠距離」であり、これが位階制となって組織に主従や上下の関係を生み出す。そして第三に、組織全体が目指すべき未来遠方の目的とそれに奉仕する現在の手段の乖離で生じた時間的距りだ。このように並べてみれば、「零距離」の原因として「遠距離」が、「遠距離」の根拠として時間的距りがあり、「零距離」が距離感の複合の結果生じていることが分かる。

一つの逆説であるのは明瞭だ。というのも、物理的距離を克服しようとして求められる「零距離」は、

「遠距離」や時間的距りといった観念的な距離感の介入なしには成立しないからだ。

『蟹工船』から『党生活者』までの道程の中で、散在的組織の結節点は、物理的なもの以上に観念的なものに重点が置かれていく。この観念化された結節点は勿論、「遠距離」や目的論の距離感の所産である。結節点はまだ見ぬ全国の同志とのつながりを心的に保証し、そのつながり全体は「党」という中央部によって統合（保証）されており、さらにそれは革命という未来の大目標に向かっている。つまり、要約すれば、散在的組織が安定的に維持されていく為には、観念的領域を操作整理し、そこで生じる記号を緻密に繰り広げることで、組織の物理的実体の代替を担わせていく必要がある。

テクストから得られたこのような組織の「距離」的性格は、高畠通敏が挙げている、「状況追随」の傾向がありつつも革命を目指し得た日本のマルクス主義運動の特徴と符合しているようにみえる。「状況規定をつらぬく原理は「抽象」にある。たとえそれが抽象的理念あるいは価値対現実という対置の仕方ではなかったとはいえ、それは「現実」に対して「未来」、「特殊日本」に対して「普遍的社会」、「事実的状況」に対して「架空の状況」を対置させることによってそれと同様の帰結をもたらしたのだった。あらゆる事物はここにおいて「理論」のもたらした光の下、その「現象的」姿と「歴史的」な機能とに差別される。「大衆」から「プロレタリアート」が、「ロシア」から「革命の祖国」が「人間」から「役割」がそれぞれここでは抽象され、区別されるのである。〔中略〕このようにして差別した「役割」に視座を固定させることによって、革命運動ははじめて状況に抗する政治運動として成立しうる」（「一国社会主義者――佐野学・鍋山貞親[31]」）

「大衆」から「プロレタリアート」が抽象されるという分析は、そのまま『党生活者』後半の「私」に当てはまるだろうし、「役割」抽出は首猛夫の「一人の少年」にみられる。そして、「現実」と「未来」の対置は目的論的距離感をもたらすだろう。高畠は「実感」から遊離していく抽象性獲得の過程を「抽象の体系」と呼び、大衆との遊離の原因をみている。

高畠によれば、この抽象性は、翻訳の少ない当時にあって、原文の難解なマルクス主義理論体系の抽象性と、その理論の象徴であったコミンテルンという容易に連絡のとれない外国の「中央」性（そこから命令されてくる諸々の「テーゼ」）から来ているという。戦前の共産党はコミンテルンを「聖化」した結果、独立性や固有の戦略を喪失していた。これが強力な「抽象の体系」を招く。帰属する成員にとって、「党」という組織の中核の内実はこの「体系」に蝕まれる。コミンテルンの中央性は、コミンテルン対各国共産党という権力図式に由来している。この図式はそのまま日本共産党対党員へと転用可能なものだ。多喜二が死ぬ間際に遺した評論からもその典型的認識が読み取れる。

「党とは、〔ロシアの哲学者〕ミーチンの云う如く、唯一つの最高の指導的な理論的および実践的中央部であり、それは単に革命運動の政治的組織の中心であるのみでなく、その観念的＝理論的中心でもあるのだ。従って、最も革命的な「政治家」＝党員であるということは、何等最も革命的な「作家」＝党員であることゝ矛盾するものではなく、党的実践に於いて不可分離に統一されるものである」（「右翼的偏向の諸問題」、

『プロレタリア文学』、一九三二・一二、全集第六巻、一五四頁）

「党」を介して「零距離」（＝「不可分離」）は実行される。埴谷は単純な上下の比喩で「ピラミッド型」位階制を語ったが、それは頂点＝中央、底辺＝周縁としても置換可能なものだ。そして、ここでの共産党は単なる「組織の中心」であるだけでなく「観念的＝理論的中心」、理念の中心としての義務を負っている。これは高畠が分析している日本共産党の観念性や抽象性と符合する。それ故、「抽象の体系」は現実と遊離して理想を目指す二者択一の対立的な図式を活性化させることにもなる。

加えてここから容易に推測できることは「中央」の生成は周縁の誕生と同時的であるということだ。最も周縁的なのがマルクス主義理論を理解しない「大衆」ということになるだろう。元々、大衆概念は政治革命を先導していく「指導者」や「前衛」と対をなすものとして設定されることは昭和の頭から既にいわれていたところであるが、[32] その傾向性は栗原幸夫の「「前衛」の一層の前衛化のために大衆の獲得＝「大衆化」が要求された」という評価を生み出すことにもなる。[33] ピラミッドの頂点を高くするにはそれを支える大衆の動員が不可欠だ。

実際、高畠によれば、「抽象の体系」は、位階制と結びつき、一個の規律となって、組織を垂直的に統合していく。つまり、「さまざまなテーゼ、煩瑣な諸理論もここでは公式化され反覆されることによって随時党員の士気《モラール》を昂め、それへの没我的帰服による革命的心情の誠実性を証しうる有力な手だてとなる」。ここでは一個の転倒、即ち――「偉い」理論だから難解で抽象的であるのではなく――抽象的で難解であるからこそ「偉い」のだという逆転現象がある。十分な理解がなくとも、体系の複雑化に伴って系全体が神秘的なヴェールに包まれ、さらに信憑が深くなる。「抽象の体系」は極めて粗く縮減した「「偉い人」という単一な観念」に要約され、「体系」を代表することになるのだ。

## 福本イズムの「抽象」性

例えば、学生やインテリたちの間で「福本イズム」の流行を生んだ福本和夫のマルクス読解は、その「抽象の体系」の典型であると共に、日本の労働運動の抽象度を格段に高めた一つの契機といえよう。

福本和夫は一九二五年に留学を終えた後、矢継ぎ早に難解なマルクス主義的政治論文を発表し、第二次共産党時（一九二七年前後）の幹部にして、山川イズム——幹部山川均が提唱した大衆運動との結びつきを重んじる方針——を斥け、理論的指導者にまで登り詰めた人物だ。福本の論文は海外の共産主義文献の引用をふんだんに盛り込んだ「日本のマルクス主義者がいかに無学であったかをいやでも思ひ知ら」せるものだった。[34] 若き多喜二も感動して読んだ、[35] 福本の『社会の構成並に変革の過程』（白揚社、一九二六・二）の中では、例えば次のようなことが語られている。

「我が無産者階級の「方向転換」——「戦線の拡大」は、単に機械的な「転換」「拡大」ではありえないのでありますから、無産者階級は、其の所謂有産者社会の下に事物化せる意識——所謂組合運動時代が必然に決定し、反映し、生産したる意識形態——即ち自然生長性の観念、排他的、対立的、分裂的に考へられたる部分と全体、抽象と具体、理論と実行との観念の如き意識形態——を既に或る程度に於て揚棄〔中略〕することなくして、——換言すれば、真実の無産者階級的意識——（マルクス主義的認識）——を戦ひとることなくしてはこの「転換」をとげることはできないと思ふのであります」（『社会の構成並に変革の過程』序論、三頁）

テーゼとアンチテーゼの対立からより高次のジンテーゼへ。ヘーゲル＝マルクス思想の鍵語アウフヘーベン aufheben に——従来の「止揚」ではなく——独自の「揚棄」という訳語をあてがったことの説明の箇所は引用では中略してしまったが、訳語の凝り方一つをみても、福本の外国語の理解力が推察される。

そして興味深いのが、ここでもやはり「自然生長」が批判されているということだ。福本は目的という言葉を使って対置しているわけではないが、しかし、「揚棄」の結果現われるのが「階級的意識」であるのだから、福本が意識していたかどうかは別にして、基本的に青野の立論の延長線上にあるといっていい。「抽象と具体」が止揚されるというが、しかし、その操作が「観念」や「意識」の改造であるのだとしたら、それは結局のところ「抽象の体系」への遵奉に回収されてしまうのではないか。

特に、理論武装をした知的党員（前衛）が一度人々から離れて、そのエリートがマルクス主義に無関心な人々（大衆）を指導していくことで再結合する計画を提示した福本の「分離結合論」は、その「抽象」的な理論の性格によって学生インテリゲンチャから熱烈に受け入れられた。藤田省三が福本イズムの方法を

「現存状態の中にでなく、抽象理論の中にこそリアリティを発見しようとする」[36]と評するのもここに由来している。

コミンテルンから批判を受けた福本は一九二七年七月の二七年テーゼによって失脚し、これに伴い福本イズムの影響力も急激に凋落した。けれども、その「抽象」への傾向は以後も党内に残存していたように思われる。一九三三年、検挙されていた中央委員の鍋山貞親と佐野学が引き起こすことになる、――革命を断念するかどうか、党を裏切るべきか否か、という――転向問題での「転向」の語彙は、藤田が指摘するように、元々福本によって「「悪い」意味においてではなく、「良い」意味において用いられ始めた」ものだった。福本のいう「転向」とは自己「揚棄」と同じ意味だったが、多義化した転向概念は、しかし抽象的な観念闘争の一契機としての意味では一貫している。「抽象の体系」は転向問題に及んでいる。

実際、鍋山貞親と佐野学の転向声明ではコミンテルンから指令される天皇制打破の目標が「抽象」的で、「大衆」を遠ざけてしまったとの反省が展開されている。[37]ここから戦前共産党は決定的に力を失っていく。

福本イズムに代表される、こうした「抽象の体系」は、多喜二のテクストに浸透している（と埴谷によって分析されていた）「距離」感の根本的な説明にもなるだろう。散在的組織に不可欠な三つの「距離」感はいずれも物理的空間的な制約を受けない。というよりも、制約を受けずに観念によって組織を維持する体制こそが三つの「距離」の重要な役割だった。この観念の根底には「抽象の体系」がある。抽象は、究極的には現前的契機なしに観念界を組織し、広範囲に散在した成員の帰属意識を基礎づけるのだ。

散在的組織は、「抽象の体系」を土台に成員を確保している。しかしながら、この抽象力は進展していくにつれ、ある臨界点を超えると組織を解体していく力としても機能してしまうのではないか。距離が介在していてもなお強力に維持される忠誠心は必然的に反転してしまう契機を内在している。特に、散在的組織が物理的地理的境界をもたないが為に、擬態をする異物を排除することが原理的に難しく、加えて組織自体も成員そのものの識別を曖昧にしてしまう戦略を採用したことは強調されていい。

即ち、散在的組織の進展は、同時進行的に敵と味方が入り混ざった混在的組織を準備している。しかもそれは、敵と味方に代表される位階制の二項対立図式が強く活性化されればされるほど、二つに分割することはかなわず、混在の印象を危機感として強めてしまう。

次章はこのような散在から混在という運動の「雰囲気」の変化、そしてそこに投げ込まれた成員意識の変化を見ながら、抽象の力で結集していた組織が、同じく抽象の力によって解体されていく理路を考えていこう。

# 第二章　混在する組織

## 「ひとりぎめの連帯感」

前章では、埴谷の批判に添って、多喜二のテクストの読解を進めた。しかし、一点考えておくべきことは、埴谷の回想文は単なる多喜二批判ではなく、自己批判を孕むものでもあったということだ。何のアポイントメントもなく多喜二宅を訪ねた埴谷は、自身を反省して次のように記している。

「前もっての諒解も紹介もなしにいきなり訪ねて行って全農の大会と全会派について説明するあまりな無造作さに非があるのだということをなんら感じなかった。〔中略〕足取りをここにそのまま書いたのは、その当時、悪意も熟慮もなくただ片方だけひとりぎめの連帯感をもって行動を起してしまう単純な傾向が私達のなかにあったことを記して置きたかったからである。過剰な信頼感がそこにあった。一方で極度の警戒をしながら、他方では状況を無視する盲点があった。私はそのとき「潜って」おり、そしてまた、すでに潜ろうとしていたのかもしれないその当時の小林多喜二を訪ねることは、彼にとってもこちらにとっても、双方に危険があったかもしれないのに、そうしたことはなんら考えなかった」(「或る時代の雰囲気」、全集第四

巻、四二三—四二四頁）

埴谷がいう「ひとりぎめの連帯感」は、散在的組織がもたらす典型的な効果だ。組織は物理的な接触を欠いた各地の成員に、「党」への帰属意識を与えることで、「連帯感」が実際の連帯に先行して生まれ、自分と同じように帰属している見知らぬ同志という表象を喚起させる。結節点が内面化され、「ひとり」で決意することと同志とで決議することとの間の闕が無化されるのだ。こうした歴史的背景の下で、「僕らはたとえ、最後の一人に残されたとしても、ちッとも気を落すことが要らなくなるんだ」（『オルグ』）という言葉も生れてくる。荒正人は「おなじ主義を信奉するといふだけで、見ず知らずの学生たちが初対面から親友以上にしたしくな」ったことを回想している（「第二の青春」）。

ここで興味深いのは、既に見たように組織に導入された位階制は現実には地位と情報に関する非対称性を生むものの、強固な帰属意識は、その非対称性、即ち「片方だけ」という性格を覆い隠してしまい、組織内部にあって仮構される共通空間が信憑されてしまうということだ。勿論、その帰属性を観念的に支えて担保しているのは、革命という未来の目的や様々なテーゼといった「抽象の体系」全体である。そして共通空間はその抽象性を経て、個々人の差が捨象された等質な同志が集う、以心伝心の世界として信憑されていくのだ。こうして、埴谷のいう「自分が或る部署にいると、その部署を誰でも知っていて共通の紐帯に結ばれる筈であるという自分のセクションを倍率の高い顕微鏡で拡大したような単純な連帯感情」が生み出されることになるのだ。

## 不在＝権力──代行の論理

多喜二のテクストを距離の縮減、つまり物理的距離を「零距離」で乗り越える発達段階として捉えた。これは別の観点から見れば、成員が何かを代行していこうとする過程でもある。「共通の紐帯」、結節点を内面化した成員は、同志の多数性そのものも内面化させる。これはつまり、自身の行為に代行性を帯びさせるということだ。というのも、彼の計画と行為は私的なものではなく、組織（と現前しない他の成員）の活動の代わりであるからだ。

多喜二はこのような意識的活動の原型を、『不在地主』の中で、マルクス主義運動の敵として同定されていたはずの資本主義下の地主の権力に見出していた。『不在地主』で記述されている地主は、「地」主であるにも拘らず、所有地に滞在しておらず、支配権力を代行者に仮託することで、遠隔的な権力行使を実現させている。

「北海道の農村には、地主は居なかった。──不在だった。文化の余沢が全然なく、肥料や馬糞の臭気がし、腰が曲って薄汚い百姓ばかりいる、そんな処に、ワザ〳〵居る必要がなかった。そんな気のきかない、昔型の地主は一人もいなかった。──その代り、地主は「農場管理人」をその村に置いた。だから、彼は東京や、小樽、札幌にいて、たゞ「上《あが》り」の計算だけしていれば、それでよかった。──S村もそんな村だった」（『不在地主』第一章、全集第二巻、三七九頁）

「農場管理人」は「地主代理」として健を含むS村の農民を監督する。ここには地主本人にとって二つの利点がある。第一に、ある特定の「地」域に留まる必要がなくなったことで、彼の権力の性質が〈いま・ここ〉という現前的制約から解除され、〈いつでも・どこでも〉、しかも複数の土地を管理できるように変化したということだ。第二に、遠隔的支配の媒介として「管理人」「代理」を雇用することで、「地主」は直接的な闘争の標的から逃れることができる。例えば、S村へやってきた兵士が話す暴動化した小作争議についての挿話では、そこに居た「地主連」はその鎮圧を「役所に頼み、役所が連隊に頼み、軍隊出動」（第五章）が決定される。この場面でも「地主」は農民と直接対峙せず、権力を行使することによって問題の間接的な解決を目指す。「地主」は闘争の直接的目標の照準の外で彼らを管理することができる。だから、「不在地主」にとっては農民たちの現場で起こす争議や闘争など「百里も離れた向う岸の火事よりも恐ろしくない」（第一一章）のだ。

直接的権力行使から不在であることの権力、即ち、不在＝権力へ。その内実は、権力の代行的作動であり、権力源そのものを中心とし、そこから力を各地域に仮託的に分散することによって実現する、現前性に限定されない遠隔的支配の可能性である。不在＝権力は、力の源と力の発揮との間の距離を肯定する。しかしながら、疑うべくもなく、このような権力の性質は、「距離」を組み込んだ散在的組織の位階制で既に観察されたものだった。各地域に散在した小グループは、「党」という中央部の派遣体であり、一個の代行体だ。そしてさらに微視的にみれば、その実行を個々の成員が代行者として担うことになる。代行の論理を借りて闘争の外で安全に管理する体制は、『オルグ』でみられた危機回避の策に等しい。『不在地主』は『蟹工船』の後に書かれた。その後には『工場細胞』が待ち構えているが、これまでの文脈を踏まえれば、結節点内面化への過程の中間には、地主が象徴しているような、敵対しているはずの資本主義的体制への対峙、そしてそれ以上にその戦略の模倣があったのだといえる。模倣の際、変化するのは被代行と代行の重みが逆転して、より自由な代行者が誕生するということだ。

## 表／裏の分節――『東倶知安行』の擬制批判

多喜二にとって、不在＝権力は両義的な力であり、彼の中に一個のジレンマを準備したように思われる。少なくとも、日本で初めて行なわれた普通選挙を背景にした短篇小説『東倶知安行』(『改造』、一九三〇・一二)には、その戸惑いが記されている。このテクストの完成は発表よりも二年ほど前、『一九二八年三月十五日』の頃にはもう出来上がっており、それが発表されないまま保存されていたのだったが、多喜二が『蟹工船』を書いたことで検束されてしまい、金の工面の都合から仕方なく獄中から発表された。いうなれば、検束というアクシデントがなければ、多喜二はこのテクストを発表しなかったかもしれず、実際、そこには闘争心を煽るどころか成員に運動の反省を促しかねない繊細なテーマが扱われている。

この小説の中で、選挙応援で東京から北海道へ赴く主人公「私」は就職している為に忙しく、労働組合の「「裏」の仕事しか出来ない事をはがゆく思っていた」（第一章）。「裏」への意識とは、表への意識と、当然、表裏一体だ。では、この場合、表とは何に相当するのだろうか。小説が用意しているのは、選挙に出馬する島田正策（モデルは共産党員の山本懸蔵）という運動家だ。彼は結果的に敗北するものの、「全国的な人気闘士」で、作中では「我等の島正」として多くの同志に囲まれる姿が描かれている。

島田は「全国」民の代行（代議士）として権力を獲得しようと試みている。というのも、代議士になれば、党員の、そして未だ見ぬ労働者、プロレタリアートの代表として公の発言権を獲得することができるからだ。しかし、代議士になれなくとも、実質的にいえば既に彼がその背後にいる多くのプロレタリアを代表していることは間違いない。そうでなくては「我等」という所有格には何の意味もないからで、そして「私」も当然、そこでは代表される側の一人として組み込まれている。島田は表であり、「私」は「裏」だ。つまり「裏」とは、被代行性のことを指す。

多喜二は東京から離れて全世界の労働者の状況を報告する「不在作家[38]」のアイディアを提出し、不在＝権力の転用に意欲をみせていたが、その権力行使に関する擬制的な性格を見逃すことができなかった。表／裏の問題は小説の後半部でも繰り返される。つまり、「裏」で組織を後ろ支えしていたのは、「私」だけでなく現地で活動していた水沢という七〇近い老人もそれに相当する。

一八歳の頃から運動に参加していた老人は、酒を飲むと幸徳秋水と知り合いだったというエピソードを盛んに披露する癖をもっている。そして、「私」に衝撃を与えたのが、彼の娘が労働運動に没頭していく老人のぶんの生活費を工場に勤めることで、或いは娼婦まがいの行為で工面していたという「悲劇」的な事実であった。これを知って彼は「北国の一寒村に於ける「島正と老人」——私はそれが歴史的に何か重大な意味をもった、しかもキット何時までも心に残る一つのシーン」(第六章)として両者を対照的に眺めさせる。「幸徳秋水」も「島正」も表の成員であり、多くの同志に迎えられ、応援されてきた闘士だ。しかし、彼らの「裏」には脚光を浴びない無数の犠牲的な活動がある。或いは、裏の成員たちの活動さえその更なる裏では別の関係が活動の補填として間接的に関与することになる。

特に、裏の裏を支えるのが「娘」であったことは重要だ。というのも、そもそも第一回普通選挙において、女性は未だ投票行動を認められておらず、にも拘らずテクストが教えるように多くの女性の仕事場である「台所」は政治に直結しているからだ。その状況下で国民の代表が成立していく舞台設定と、「娘」の「悲劇」の挿入でもたらされる対比は、選挙という制度、そしてまたそれ以上に不在＝権力の擬制性を浮き彫りにしている。

表ができあがると同時に裏も構成され、しかもそれは表によって隠されてしまう。このような表裏の分節は、不在＝権力がもたらす必然的な帰結だ。不在＝権力で構成される代行体は、代行であるが故に被代行体(国民、応援者、依頼主)の現前を必要としておらず、彼らの具体性を欠いてもなお力の根拠を調達できる。このような活動は、「不在地主」の存在感がそうであったように、相対的に被代行体の存在感を薄めていくことになるだろう。[39]

『党生活者』では「全プロレタリアート」の代行として身を粉にして働く「私」の姿が描かれていた。ここでも明らかに不在＝権力が働いている。しかし多喜二はそれを元々積極的に評価していたのではなかった。力を認めつつも、多喜二のテクストはその擬制性に対して、アンビバレントな反応をしているようにみえる。「島正」と「老人」の対比は、華々しい代表の振舞いが、無数の名もなき者たちの忘却されがちな裏方仕事によって支えられているということを示唆している。特に演説会が終った後の描き方は一層露骨だ。つまり、停車場で島田が地方の同志たちに囲まれている中、遅れて来たにぶい老人は一群と離れ、皆を見失ってしまう。「皆は、老人のいた事を忘れてしまったのだった」（第六章）。わざわざ書き込まれたこの一文に多喜二のジレンマが表出している。

## ひとりじゃない『独房』

『東倶知安行』で提出されたジレンマはしかしながら、散在的組織において部分的に乗り越えられる。というのも、「党」を中核にした組織においては成員各人が多かれ少なかれ不在＝権力に頼っているからだ。どういうことか。そもそも散在的組織において、成員は「党」への帰属意識を介して〈いま・ここ〉にあるわけではない「党」の代行として振舞うことが許されていた。国民の代表を選ぶ選挙運動では、多くの成員は表裏の分節に際して「裏」方へ組み込まれてしまうが、しかし「党」との関係においては常に代行体としての主体性を発揮することができ、少なくともその組み込みを意識しないで済む。

例えば「ひとりぎめの連帯感」は典型的であり、別の成員の「不在」を自身が代行することで、擬似的な決議を経たに等しい、正統的な行為を可能にする。別の言い方をすれば、実質、彼は「ひとり」であるが為に却って、縦横無尽に代行の主体性を発揮することが許される。実際の討議に参加すれば他の成員から様々な制約が要求されるが、抽象化された「党」の代行ならば、雑駁な手続きなしに、無制限に主体性が許可される。だからこそ、帰属意識が強固になっていけばいくほど、逆説的なことに、個々具体の他の成員の必要性は相対的に低下していく。単独行動は、その意識の中では集団行動に等しく、孤独は克服されるからだ。

実際、多喜二は孤独からの克服を、短篇『独房』(『中央公論』、一九三一・七)で描いている。前年五月から共産党への資金援助の疑惑によって逮捕と釈放を繰返し、『蟹工船』の発表によって不敬罪と治安維持法に抵触、八月、ついに豊多摩刑務所に翌年一月まで収監された。『東倶知安行』はその収監中に発表された。監獄という舞台設定は『一九二八年三月十五日』第六章の運動家の経験において挿話的に既に描かれていたが、『独房』では多喜二の実体験を元に、田口という党員が監獄で得た様々な体験談を第三者が紹介するという体裁で進行していく。

冒頭、紹介者は「壁と壁と壁と壁との間に――つまり小ッちゃい独房の一間に、たった一人ッ切りでいた」彼の孤独を強調している。しかし本文を追ってみるとその紹介はいささか語られた実態とずれている印象を読者に与える。というのも、文章の中で、田口は一見孤独な「独房」の中でさえ、連帯の切断を感じず、むしろ「同志」の痕跡を発見していくことでその紐帯を強くするからだ。例えば田口は所持金保管の帳面に有名な左翼の名を発見し、隔離された運動場でも「同志」の咳払いの合図を受け取り、或いは運動場のコンクリートの壁に「K・P」という共産党の略字を見つける。さらには、独房の壁をノックするコミュニケーション、何処からか聞えてくる「ロシア革命万歳」の叫び声や「インターナショナル」の歌声や口笛等々、対面的な方法ではないにしても、「同志」との間接的断片的な接触を繰り返すことになる。ここに孤独の克服がある。

「同志は何処にでもいるんだ、何よりそう思った。一度、本を読むのに飽きたので、独房の壁中を撫でまわして、落書を探がしたことがある。独房は警察の留置場とちがって、自分だけしか入っていないし、時々点検があるので、落書は殆んどしていない。然し、それでも俺はしばらくして、色んな隅ッこから何十という「共産党」や旗やK・Pを探がし出すことが出来た。俺の前にこの同じ室に入っていた同志はどんな人であったろう。俺はそれらの落書の匂でもかぐように、そこから何かの面影でも引き出そうとした。「書信室」へ行くと、そこは机でも壁でも一杯に思う存分の落書きがしてある。俺も手紙を書きに行ったときは、必ず何か落書してくることに決めていた。／成る程、俺は独房にいる。然し、決して「独り」ではないんだ」（『独房』「松葉の「K」「P」」）

「独房」では勿論、対面的に「同志」と出会えるわけではなく、「壁」がそれぞれを物理的に遮断する。しかし他方、刑務所という権力装置はばらばらに散らばっている成員を一箇所に集約する場所としても機能してしまう。そしてその結果、成員の些細な痕跡が履歴的に集合し、それらがランダムに連絡し合う特別な環境を生み出す。というよりも、厳密にいえば強固な帰属意識をもった成員によって、連帯断絶の為の装置は本来の目的とは逆に利用され、迂回的でありつつも「独り」克服が図れるコミュニケーション用メディアとして活用されるのである[40]。

散在的組織では、帰属意識によって、臨場の重要性が相対的に低下する。だからといって臨場的な契機の効果が完全に無化されるわけではない。それは代行（不在＝権力）的に実現される。『独房』が興味深いのは、散在運動と相反するような、人員を集め閉じ込めておく権力装置を逆用して、――『蟹工船』でみられたような――臨場的結節点の契機を疑似的に再現しているということだ。これが帰属意識の強度維持に貢献する。しかし、この再現された結節点は単なる『蟹工船』の反復ではないことは自明だ。何故なら、結節点は同志の痕跡を細かに数えるような帰属意識が既に前提となっているからで、帰属意識は契機を自ずから見出して、自動で自己更新していく。

## 見知らぬ同志の誕生

自動更新を行なうような高い成員性を身につけた者にとって「同志は何処にでもいる」ように感じる。客観的にみて、この記述は信用できない。何故ならば、一九三〇年の二月や八月には全国的大検挙が行なわれ、刑務所には「同志」が大勢収監されていたはずであるからだ。事実、多喜二が豊多摩刑務所に収容された時には既に、同志である作家の中野重治や村山知義がいた。田口は、監獄にさえ同志がいると考えているが、むしろ客観的にみれば、監獄だから同志がいるというべきだ。

しかし深い帰属意識をもった者はそのように考えることができず、細かな痕跡を頼りに同志の遍在を確信する。情報の非対称性を、「ひとりぎめの連帯感」は乗り越えたかのような振る舞いを許可するが、勿論、そこで機能していた共通空間は虚構でしかなく、実際の情報は偏り、その為に成員の状況そのものの根拠なき虚構化を止める術がない。ささやかな痕跡は虚構の材料として利用される。多喜二は選挙の擬制 fiction を看破したが、その思考を代行的な組織成員の虚構 fiction にまで推し進めることができなかった。

加えて、松本清張が繰返し強調している通り、戦前共産党では個々の党員がメンバーの一覧表を参照できなかったことも考慮していいだろう。特高への情報漏洩を恐れ、「中央部員でもお互いの住所を知っていることは危険率が多いので、それも知らせないようになっている。それを知ろうとするのはよくないこと」、しかも「党員間では上の命令がない限り連絡も勝手に決めることはできない。どんなに親しくても、だれがどこに住んでいるか、党員間で知る者はな」かった。[41]その為に、成員個々人は他の地域の成員との水平的紐帯を結ぶことができず、地域の上位成員からの命令に従事する。しかも、一九二七年に入党した福永操が述べているように、その個人情報の曖昧さは直接出会える上位成員にさえ見出せてしまう。[42]「当時の私は末端の一党員であったから、党中央部がなにびとによってどのように構成されているのか全く知るところはなかったし、また知ってはならなかった」と回想するのは一九三〇年に入党を果たした宮内勇だ。[43]伊藤晃は「非合法運動のなかでは、他の人間が何をしているかはむしろ知ってはなら」ず、「自分を納得させて行動すれば、おのずと革命に貢献できる」という特殊な規範意識を分析している。[44]

宮内と共同作業を行ったこともある埴谷も評論「闇——組織について」(『短歌研究』、一九五七・九)の中で、同じことを述べている。つまり「その頃は縦の組織であつたから「中央」の仕事を手伝う機会の多い一部のひとびとを除いて、こういう会合で細胞は互いに知らない建前であつた」。これに加えて、埴谷によれば、上位成員はさらに上位の命令によって配置換えが行なわれ、見知らぬ成員が監督役に采配されることも少なくなかった。機関誌『農民闘争』発行に従事していた埴谷はそこでエスペラント詩人でも著名な伊東三郎と出会う。埴谷は彼の直属として地下活動に入るが、伊東は一九三一年当時、地方から都会へやってきた他の成員が検挙された責任を負って、罷免されることになった。そして彼の代わりに、部長代理という名目でやって来たのが、埴谷にとって見知らぬ党員の赤津益造だった。集団には如何なる変化が生じるのか。曰く、「まつたく見知らなかつたこの人物がそこに加わると、機関と機関のあいだの雰囲気が徐々に変化しはじめ」、「あまりに仲がよすぎて親睦団体であるかのような私達のグループが次第に無機物と有機物が組合わされたようなひとつの組織に変化しはじめ」るのだ。[45]

党員にとっての「雰囲気」は、魚にとっての水に相当する。「党」によって統合された組織は、（代行の連続からなる）その広域性から、「見知らなかつた」にも拘らず、依然仲間（同志）であり続けるという群集の次元では考えられなかったような組織性を生み、ここから当然、既知の成員集団に未知の者が（同じ仲間であるという理由で）介入してくるような経験の可能性が切り拓かれていく。シャッフルされる未知の者と既知の者とはしかし依然同じ仲間だ。紐帯を築き上げた「親睦団体」は、部外者介入によって解体され、位階制下にある組織全体のミニチュア、「ひとつの組織」として再編成される。

組織の展開に附随して見られる、見知らぬ者が同志であるという事態は、散在的組織が混在的組織へと変質していく一個の重要な契機を与える。同志とは寝食や労働を共にした者たちのことではない。同志とは「党」に帰属するもの、または、その支援を行なう同感者のことだ。しかしこの条件は、「抽象の体系」に伴う、高度な抽象性に更なる拍車をかけ、それ以上に抽象機能の暴走、そして組織の解体にまで自壊していく過程を歩ませることになる。何故ならば、見知らぬ者が同志であるという事態は、しかし同時に、隠れた同志と単に見知らぬ者との、さらにいえば組織に災いをなす外敵との区別を曖昧にしてしまうからだ。

勿論、党中央部は党員の登録を一覧的に把握している。しかし、前述したようにそれがそもそも公開されず参照できないのであれば、単なる見知らぬ者と同志の区別は、極めて困難なものとなるはずだ。このようにして散在的組織は混在的組織の準備段階として見知らぬ仲間の混在状況を生み出していた。

## 潜行する成員――『工場細胞』のラムネ

『工場細胞』の森本は成員のつとめをこなしていくに従って、直接の関係はない「労働者がどれも何時か自分達の「仲間」になる者達ばかりだ、と思」うようになる（「中」第一四章）。見知らぬ同志の受胎だ。それ以上に『工場細胞』に登場する成員が興味深いのは、彼らの活動が潜行的、つまり「潜」や「沈」といった仕方で実行されているという点だ。多喜二宅を訪ねた埴谷も「潜って」いた。これが混在状況をさらに深化、複雑なものにする。

森本を指導していた河田は三・一五事件辺りの「先輩」の欠点は「金魚のように水面へ身体をプク／＼浮かば」すように「演壇の上にかけのぼって、諸君は！　とがなってみたり、ビラを持って街を走り廻わ」っていたこと、つまり「沈んだ仕事をしていなかった」ことにあり、だからこそ自分たちの仕事は「工場の中へ、中へと沈んで行って、見えなくなってしまわなければならな」いと述べている（「上」第五章）。『工場細胞』では、「沈む」ことの重要性を象徴的な場面を設定することで訴えている。忠告を受けていた森本と彼を慕うお君は二人で「金魚」が泳いでいる氷水店に入る。
「少し行くと、氷水《こおり》店があった。硝子のすだれが涼しい音をたてゝ揺れていた。小さい築山におもちゃの噴水が夢のように、水をはね上げていた。セメントで無器用に造った池の中に、金魚が二三匹赤い背を見せた。／――おじさん、冷たいラムネ。あんたは?／――氷水にする。／――そ。おじさん、それから氷水一ツ」(『工場細胞』「中」第一三章、全集第三巻、一三〇―一三一頁)

氷水を飲む男とラムネを飲む女。氷は水に浮んでしまうが、対照的にラムネのガラス玉は浮ばずに沈む。[46]二つの飲み物は二人の将来を暗示している。というのも、最終的に警察に検挙されてしまう森本は続篇『オルグ』で、監獄内で組織の情報を漏洩した裏切り者として登場し、それはお君への愛情からくる振る舞いだと説明するものの、お君の方はその軽薄さに失望し、彼と手切れをすることになるからだ。「あたしは、何処か浮気なところがあるんだろうか。馬鹿な! 若し、あたしが浮気ものなら、森本とズル〱になっていたかも知れないではないか。それに違いない」(『オルグ』「中」第七章)とお君は内省する。

氷が「浮」ぶように、森本には「浮」気があった。金魚が「赤」(=共産主義)をみせるような。しかし、お君はその浮力に引きずられなかった。決して浮ぶことのないラムネのガラス玉のように彼女は沈んで運動に徹底するのだ。浮ぶ勿れ、というこの厳格な規範意識は、新聞小説の『安子』(初出の題は『新女性気質』、『都新聞』、一九三一・八～一〇)では次のように言い換えられる。

「表面では組合の人と同じような振りをして、組合員のうちにしっかりした人達を自分たちの側に引き入れることをやり、又工場や港町の「現場」に働いている労働者を正しい左翼の影響下に置く仕事を「潜行的」にやって行かなければならなかった」（『安子』「組合の中で」第三章、全集第三巻、五〇八頁）

浮ぶことと沈むことの対立は、ここでは「表面」と「潜行」という言葉で置き換えられている。そして、多喜二が描いたこの潜行成員の完成形は、やはり『党生活者』の「私」にあると考えていい。冒頭部から「私」は特高に監視されているのではないかという危機感を抱いている。彼の「写真は各警察に廻っている」。「十三年前に写した写真が警察にあったゝめに、一度も実際の人物を見たこともないスパイに捕まった同志がある」限り、油断はできない。こうして、「私」は「潜ぐる」ことを仲間から勧められる。「私」は活動に制約が増えることを意識しつつ、その助言に対して次のような注釈をつけている。「我々が「潜ぐる」というのは、隠居するということでは勿論ないし、又単に姿を隠くすとか、逃げ廻わるということでもない。〔中略〕「潜ぐる」ということは逆に敵の攻撃から我身を遮断して、最も大胆に且つ断乎として闘争するためである」（第二章）。

「潜ぐる」や「沈む」という動詞は、非合法的・地下活動的と形容される戦前共産党運動を象徴する言葉だ。それは当時の社会運動の運動性質を示している。特高体制からの検挙を逃れる為に、「私」の言葉を使えば「敵の攻撃から我身を遮断」する為に日本共産党はある時期から、大衆の前で公然と活動すること以上に、秘密裏での組織活動に力を注いでいった。一九三〇年、転向した共産党の元幹部の水野成夫が中心となって結成された日本共産党労働者派という分派は、コミンテルンから自立し、天皇制打倒の党スローガンを引き下げ、合法的な党活動を提案した。しかし、党本体は彼らを解党派として裏切り者扱いし、以降、分派との対照を描くように日本共産党は非合法の潜行的活動に邁進していくことになる。違法行為は公の裏側で暗々裏に行われる。

だからこそ『党生活者』の中で新しく出版することになった工場新聞が「マスク」と題されていることは示唆的だ。マスクとは仮面 mask の謂いであり、それは真実に相当する素顔を隠し「沈」ませる道具で、「潜行」成員の生活を一語に凝縮している。しかしながら、このような潜行的状況は、見知らぬ者と同志の区別をさらに曖昧にさせるだろう。潜行成員は一見「党」と何の関係もないような一般市民として日常を過ごす。しかし、特殊な時と場合において、隠されていた成員性は発現し、仲間の増員動員を目論む。散在運動が生んだ見知らぬ者と同志から始まった曖昧な区別は、同志の側でさらに分節され、同志自身が成員性／非成員性の二重性を帯びることになって混沌と化す。『党生活者』の「私」は成員である本性を隠す為に「私達は又「世の人並に」意味のない世間話をしたり、お愛そを云うことが出来なければならない」と自戒しているが（第一章）、そのような振る舞いが組織の境界線を揺るがしていることは明らかだ。

擬態した「マスク」の潜行成員の正体は、成員一覧を確認できない制約によって、同じ成員でさえその同定が難しくなる。『工場細胞』では見知らぬ「中央から派遣されてきたオルガナイザー」との暗号を使った連絡が描かれているが（「上」第七章）、それも解読コードの共有が少しでも失敗してしまえば、秘密なコミュニケーションはただちに断絶されてしまう。

## 潜行成員の特徴二つ——現実の二重化と被監視意識

以上の事態は不在＝権力を組織の原動力として採用した時から既に予告されていたといっていい。代行の論理は必然的に表裏を分節する。強固な帰属意識をもった成員は、積極的に「党」の代行をつとめることで「裏」への組み込みを意識せずに能動的に活動する。「裏」方に組み込まれた成員は、それを「潜行」に言い換えて転倒させることで、勝手に「党」を代行することができる。「党」に忠誠して指導者や上位成員の代表的振る舞いに力を貸す過程と、「党」員として「党」を引き受け主体性を発揮する過程はパラレルに生起する。

しかし、その任務を完璧に負おうとすると、成員は自身の内面に深刻な二重性を導入せねばならなくなる。つまり成員として振舞うことと成員性を隠して日常的に振舞うことの分節であり、こうして結実するのがそれを戦略的に利用する潜行成員の二重性だ。このような状況から潜行成員の二つの特徴を整理することができる。

一つは、潜行成員が役割上必然的に帯びる二重性が、彼自身の現実の二重化、または二層化ともいうべき現実感を構成するということだ。表と裏といってもいいし、偽と真、表層と深層、顕在と潜在、体裁と本音と言い換えてもいいだろうが、肝心なのは彼の成員性は、その生活全体を一元的に統合することのできない、対立的に緊張する二重性へと分化して、一方が他方を統御せねばならない。分節は明らかに対等ではない。前者（偽、表層、顕在、体裁）は後者（真、深層、潜在、本音）から根拠を与えられ、後者の目的に奉仕することになる。位階制は個人生活や日常的場面、そして人の心の中にも簡易ピラミッドをつくっていくのだ。

散在的組織が混在的組織へと本格的に変質していく最初の段階はこの二重性にある。一成員はその内面で二つのモードの切り替えを、場面場面に応じて常に意識的に管理せねばならない。二つのモード（成員と市民）以上に、モードの切り替え意識（成員性と擬態した成員性）が生活全体を覆う。調節が混乱したり不適当であったりすれば、たちまちのうちに検挙されてしまう（と意識する）だろう。そしてその危険は彼個人を超えて、『オルグ』の最後の場面でも明らかなように組織そのものに打撃を与えかねないもののように表象される。高度に意識的な成員が、己と同じ仲間がほかに不特定多数存在するかもしれないという状況――面識のない同志が自分と同じように振舞っているのかもしれないという状況――に置かれると、その意識は逆に彼の危機感を煽ることになる。自分が騙しているように、自分もまた騙されているのではないか。自分が偽物を演じているように、自分の見ている現前の世界も所詮偽物なのではないか。そして根柢には自分を裏切る監視者が存在するのではないか。

コミュニケーションが十分でない状態では、主要な参照項が自身の意識しかなく、自己反省を絶え間なく続けるしかない。結句、心的な構造がそのまま外的認識へと対称的に一般化され、自分にも亀裂が走っているように、眼の前の個々人にも亀裂が走っているのではないかという疑念が生じる。つまり、その二モード体制はやがて外に投射され、隠れた敵がなす監視の意識へと直結していくだろう。即ち、特徴のもう一つは、二重化した現実感は、その齟齬を外部に投射するように、その本体が決して露わにならない、『党生活者』の「私」に顕著であった被監視意識をも強化するということだ。普通の人々と隠れた監視者、目の前の人々がもしかしたら監視者かもしれないという危機意識は、公にできない活動を影で実行する潜行成員の二重性に由来している。

## 被監視意識の成立——「マスク」の両義性

『党生活者』の場合、彼の監視は実際の特高（監視が習慣的に行なわれていることを示す「同じ顔ぶれ」の「背広」）が行なっているようであるが、しかしその実体は重要ではない。というのも、監視者が不在であったとしても、二重化した現実感は、外的対応物を確認できないまま、というよりも厳密にいえば確認できないからこそ、想像的に擬似的対応物を想定せざるをえないからだ。繰返しになるが、個々の成員は組織の鳥瞰的な視点を参照できず、全体像を知るには、個々に獲得される虫瞰的な経験の継ぎ接ぎによって推測するほかない。その為、見知らぬ同志と単に見知らぬ者、さらには見知らぬ敵を明確に区分することは困難になり、たとえ特高が尾行していなかったとしても、彼は常時の警戒を余儀なくされる。

見知らぬ同志が周りを囲んでいたとしても、彼は警戒を解除することができない。表面上、彼と見知ら

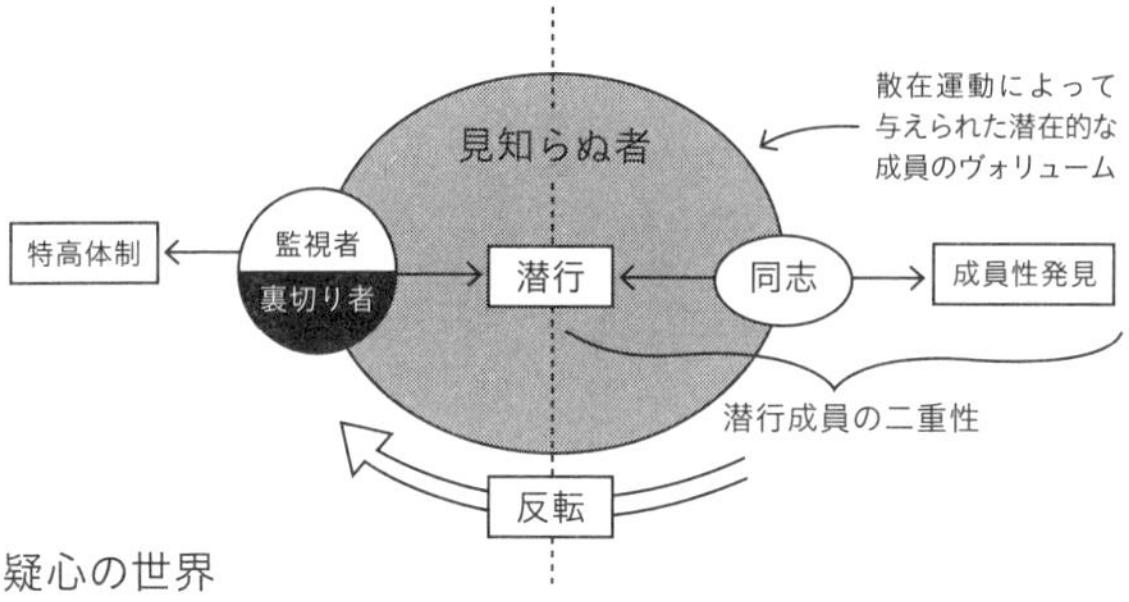

二重性が反転してしまうメカニズム

ぬ敵は同じであるからだ。情報の非対称性は、知の空所を埋める為に、却って自己と対称的な世界を想像的に準備する。ここに、結節点の観念化、ひとりぎめの連帯感、そして不在＝権力といった一連の抽象機能が反転的に機能してしまう暴走がある。一成員は「ひとり」でありつつ、他の多数の成員を内面化しており、自身の行為に正統性の根拠となる代行性を帯びさせる。その結果で生じる裏への組み込みを潜行的活動と見做す転倒は、目の前の者が（自分と同じように）裏では監視者とつながっているのではないかという疑念を育てる。

進度設定を——これら全過程が「ひとり」よがりに進んでいる為に——誰も請け負っていない彼の二重性は、歯止めがかからないで自然に深化されていき、今度は、過剰に内面に巻き込んだものを再び外に投射するように、実体の有無も定かではない監視網を仮想させ、そこからの視線を再び先取りすることによって勝手に戦慄する螺旋に入り込む。

『党生活者』の工場新聞は「マスク」と名づけられていた。しかし、元は「電線」を作っていたのに満州事変が始まって以降「軍需品製造」に切り替えたその工場で作っていた製品の一つが、「毒瓦斯のマスク」だったことは深い暗示を与える。

成員は「マスク」を被って潜行成員となる。そして「マスク」は素顔（深層）を隠すとともに、「毒瓦斯のマスク」がよく示しているように外から入ってくるものの遮断にも役立つ。これは異なる場所同士を外へ外へと次々につないでいく「電線」とは真反対の表象だ。それは確かに「敵の攻撃から我身を遮断」することには役立つかもしれない。しかしながら、外を遮断し内を密閉していく厚い膜は、情報の非対称性によって、結果的に外部を自己の似姿として投射してしまう副作用を伴う。そして「マスク」を被っているのは、成員だけではないのではないかという猜疑心が擡げてくる。

党員だった評論家の亀井勝一郎は戦前の愛国者にも、革命を謳っていた自分自身にも等しく、自意識よりも他人からの視線が気になり、それに対応した振る舞いが何よりも優先されるという「偽態」を見出している。[47] 一見、潜行成員は「偽態」の擬態によって、日常的な世界を俯瞰して、メタ視点から相対化しているかのようにみえる。しかし、意識の上で相対化することはできても両者の表面的な振る舞いそのものに差異を設けることはできない。そして潜行性を意識する他の成員にとって、その状況は敵味方を的確な根拠でもって区分することができない混沌をもたらす。仮想的な監視網はこの混在状況に宿る。力強く孤独を克服した成員は、しかし、常時の「連帯感」の代償を支払うかのように、同じく常態化した警戒心を抱くことになる。

## 侵食される散在的組織

勿論、そもそも監視網は実在し、むしろそれを見せつけることさえあったことは多くの史料が教えている[48]。ただ、それが常に固定的なもの（同じ場所、同じ処にいる、同じ顔）であれば警戒の緊張を弛める方策も考えられるだろうが、時と場合によってその範囲が収縮するように感じるのならば、果たしてどうだろうか。連帯感の背面にあった警戒心が単なる警戒心と比べて厄介なのは、監視網そのものが動的に散在し、その範囲を見極めることが困難であると感じられるからだ。何故なら、監視者は自分の似姿であり、自身は正に動的に成員が拡散する鳥瞰不能な散在的組織に帰属しているからだ。

見知らぬ者、見知らぬ同志、見知らぬ敵の区別が破綻すると指摘した。しかし見知った同志であるからといってそれが安心をもたらすとは限らない。つまり、彼らは同志の裏切り行為について意識しないではいられなかったことも加えて考察せねばならない。実際、多喜二はテクストの中でその危険を教えるように裏切りの問題に触れている。『工場細胞』では鈴木という運動家が裏切り行為を働き、仲間の情報を特高に漏洩させ、結果数名が検束される[49]。最終的に鈴木は留置場の中で首を縊って自殺する。或いは『党生活者』では、獄中で仲間の情報を密告した太田という登場人物が「裏切り者」と罵倒されている。そもそも、「私」は仲間にしか知らせていなかった「アジト」が襲撃された経験を元に、「矢張りアジトは誰にも知らせない方がよかった」と考えるまでに至っている（第二章）。驚くべきことに彼は自ら望んで「ひとり」

になることで、安全というよりも安心な「連帯感」を獲得しようとするのだ。

散在する同志がそのまま散在する監視網に転化する。丁度、監視の実体の有無に拘らず被監視意識が生まれるように、裏切りへの可能性の意識は、実際の裏切り行為の多発とは無縁に彼を脅かす。だからこそ、裏切りの問題も、「ひとりぎめの連帯感」を可能にするような強固な帰属意識の裏返しの現象、反転として解釈するべきだ。

そもそも不在＝権力による表裏の分節は、内面化を経て、成員に「裏」を作り（潜行成員の二重性）、結果「裏切り」の可能性に至る一連の過程を準備させてしまったのではないか。当たり前のことだが、「裏」なければ、「裏切り」はない。そして、「裏」で非合法活動を行なうという戦略は非常時共産党が積極的に採用してきた基本軸であった。繰り返せば、このような裏切りの可能性の条件が整い、成員にとって周知のものとなるだけで、実際の裏切りの有無とは無関係に警戒心が緊張し続けなければならない。

討議や合意を経ないで獲得される「ひとりぎめの連帯感」は、成員の同質性を前提にしているが、その前提は翻って、一成員の中に生起するちょっとした猜疑心さえも、「ひとりぎめ」の度合いに伴って、容易に一般化してしまう。党の目的の為にアポイントメントなく党員（多喜二）宅を訪れても構わないはずだ、という若き埴谷がもっていた連帯感は、混在的組織において反転し、抱いた猜疑心や不信がそのまま敷衍され、他の成員の裏切りの可能性に直結する。散在的組織が生み出した見知らぬ者への連帯感は、混在的組織において猜疑心が底なしに深化していく疑心暗鬼の状態へ成員を投げ込む。

## 「超人」首猛夫の体験

埴谷は以上のような現象が下位成員のみならず、一見組織を管理しているように見える上位成員にも妥当する、ということを描いている。というよりも、上位成員の方にこそ、その危険性は決定的に作用する。『死霊』の首猛夫が、「中央委員」である「組織者」であったことは既に確認した。しかし、本編において、首は既に組織を離脱し、「一人狼」として『死霊』世界を駆け回る。その離脱の理由は明確には語られていない。ただ、本文を追ってみれば、そこに同志による裏切りの問題が介在していたことは推測できる。津田康造は首に関して次のように回想している。

「貴方の活動振りの記録は殆んど超人的でしたね。貴方の調書を持つてきた部下は、貴方自身の口から聞き出したことはその調書のなかに何もないが、他から訊き出した面白い記録があると云つて私にいろいろ話してくれました。その記録によると、貴方は殆んど同一時間に他の場所へも現われたようになつている。貴方は身に附属する一切のものを持たずに、というのは、証拠物件となるような何物も持たずに、その記憶だけを携えて、あらゆる地方へ出没している。そう、その部下は貴方の写真を見せながら、貴方の異常な記憶力について、こんな風な噂さえあるほどだと、説明してくれましたよ。同志の名簿——つまり、仲間達の経歴、傾向、性癖、そして、職場の住所をオブラートへ細密に書いたあげく一読したのち忽ち食べてしまう珍しい組織者《オルガナイザア》だ、と。その部下は、貴方が一人で百人に値いする男で、その異常な記憶力と努力で、仲間達に嫌われながらも、貴重な宝庫として扱われていることを、珍らしい報告として知らせてくれたのです」（『死霊』第二章「《死の理論》」、全集第三巻、一五〇頁）

成員の一覧を与える「名簿」を手にすることのできた首が単なる下位成員でないことは明らかだ。そして、そこに書かれてある成員情報を記憶した首は、複数の成員の間をあたかも時空の制約を無視するかのように地方から地方へ忙しなく行き来する。その「超人」的な活躍によって、一面、彼は他の成員よりも鳥瞰的な視点を獲得しているかにみえる。詳しくは後述するが、『死霊』第五章で描かれるリンチ事件で粛清されることになる密告者（スパイ）を見つけ出した張本人は、ほかならぬ首猛夫であり、その一点を見ても彼の組織把握が他のものと一線を画していることが仄めかされている。

しかし、それは程度問題でしかない。つまり本質的には、首でさえ組織の全体像の把握に失敗している。というのも、津田が手にした「調書」には首「自身の口から聞き出したことは」「何もない」にも拘らず、「他から訊き出した面白い記録」が無数に書き込まれており、それは一つ一つ把握できないような成員の密告や無警戒を証拠立てていたからだ。

散在的組織では、成員と成員の間に情報の非対称性が生じること――そしてそのアンバランスが位階制下の「連帯感」で覆い隠されること――は既に確認したところであるが、これは混在的組織にあって、より厳密に考え直されなければならない。つまり、その非対称性は一見、上位成員の優位と下位成員の劣位として理解できるようにみえるが、見知らぬ下位成員と見知らぬ特高の混在的な状況では、上位成員の側にもまた特有の非対称性が生じることになる。即ち、その広域な行動そのものが密告行為を通して情報化され、蓄積されてしまう可能性だ。行動が地域限定的なものならば、首についての情報漏洩は同じく限定的なもので済む。しかし、散在する成員の間を駆け巡る上位成員はその漏洩を限定的なものに抑えておくことに失敗してしまう。

何故か。首自身の「証拠物件」の有無に関係なく、首の行動そのものが、彼と接触した無数の成員を媒介に、特高によって情報化される。勿論、その内実を首が知ることはできない。しかもその行動が「あらゆる地方へ出没している」ほど活発なものであるならば、地域の数に従って、密告や裏切りは潜在的に膨大なものに数えられる。たとえ個々が些細なものであったとしても、小さな漏洩の蓄積が、大きな履歴となって特高体制側の正確なプロファイリングの条件を整える。

それ故に、成員情報を入手して「あらゆる地方へ出没」する移動能力に長けた特権的な成員こそ、警戒心の緊張に特別曝され続けることになる。首は組織離脱後、自身もそうである「一人狼」を解説して、次のように言っている。

「一人狼……貴方はこの下層世界の異端者を知つてますか。五色の光が輝く夜の盛り場に、鋭い、油断もない眼を光らせ歩いているそいつの姿を見たことがありますか。そいつは、侘しい、暗い影をひいている。どんな親分にも属さぬそいつは絶えざる脅威と危険に曝されているんですよ。何時どの方向から短刀《どす》がぐさりとくるか解らない。あらゆる場所で、そいつは見張られている。絶えざる監視の眼がそいつの背中につきまとつている。そいつが其処らを荒しはせぬかと、見守られているんです。そいつの生活は静かな息すらつけぬ。素知らぬ顔付で人混みのなかを歩いていても一分の隙もない緊張を全身へかけているそいつの肩先には、何処か佗しい翳がある。そいつはそんな悲痛な影をおとしながら、何処の親分にも属せず、全国を渡り歩いているんです」（『死霊』第二章「《死の理論》」、全集第三巻、一五八―一五九頁）

首は「あらゆる地方」に出没していた。それは他の成員にはみられない特権的な行動範囲だったかもしれないが、しかし彼は組織の全体像を把握しているわけでも、組織から自由になったわけでもない。しかも、それは組織を離脱してもなお存続するものだ。

むしろ、彼の行動範囲の広さは「絶えざる監視の眼」を準備してしまう。数多くの成員との出会いを広域に広げれば広げるほど、行動履歴の情報の断片を漏洩させる――多くは親密な交流をしなかったであろう見知らぬ他人に等しいような――散在した成員に出会う可能性を高めてしまうからだ。

首は休むことなく、眠ることなく動き続ける。或いは、出会ったこともないような成員データを完璧に記憶しようとする。前段のような前提を確認すれば、その「超人」的な活動力を、組織や党への個人的忠誠心として解釈すべきでないことが理解できる。休むことができないのは、「何時どの方向から短刀《どす》がぐさりとくるか解らない」からで、彼は特高は勿論、一回しか会ったことのないような無数の成員に密告をされるような「絶えざる脅威と危険に曝されている」。「異常な記憶力」を欲するのは、そのような瑣末な成員でさえ自身の命取りに十分なりえてしまうからで、組織の全体を出来る限り把握することが彼自身の死線

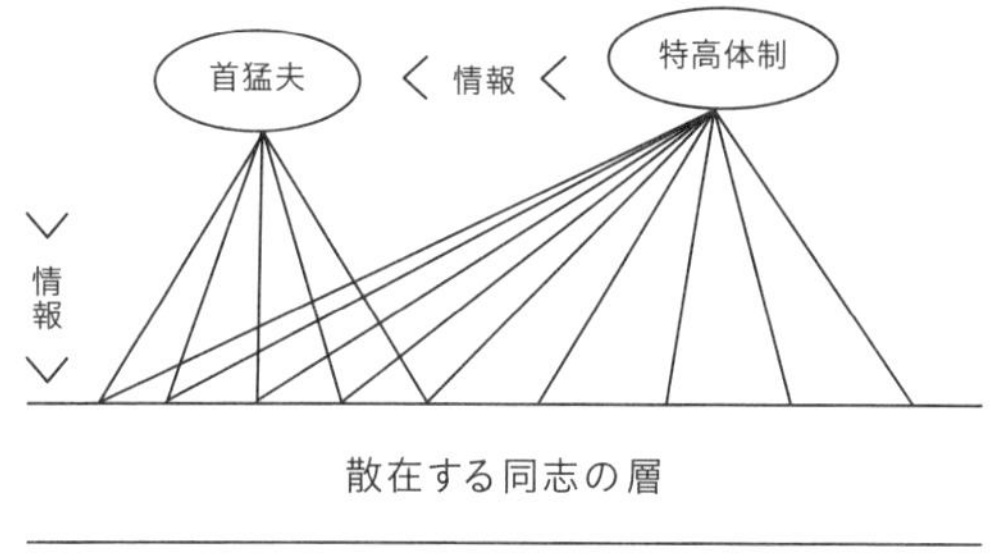


広範囲な活動の代償

を分かつ。

勿論、その監視対策は更なる監視を呼ぶようなスパイラルを描いてしまう。休むことなく「監視の眼」から逃れるように「全国を渡り歩いて」いけばいくほど、危険度の高い散在した成員に出会ってしまう。もがけばもがくほど、自縄自縛的に「監視の眼」が増えていく。また、成員を記憶すればするほど、当人にとっての圧迫感をもった潜在的な裏切り者の数は増加し、疑心暗鬼を強めていく。記憶の努力はその度合いが高まれば高まるほどに、被監視への意識を強化していくのだ。

## スパイリンチ事件――『死霊』におけるスパイの両義性

そもそも、戦前共産党の歴史はスパイの歴史でもあったといっても過言ではないほどに、その問題は組織の背面に張り付き続けていた。しまねきよし『日本共産党スパイ史』（新人物往来社、一九八三・二）では、渋谷杢太郎と杢次郎の兄弟、北浦千太郎、岸野重春など共産党成立初期そして中期から既に巣食っていたスパイが時系列順に紹介されているが、その傾向はついに中央委員をつとめ組織全体を監督するスパイMを生むことになる。俗称スパイMの本名は飯塚盈延《みつのぶ》と伝えられ、変名を松村昇と名のり組織活動を行った。非常時共産党時期の中央委員となった飯塚は大森ギャング事件を計画することで共産党員大量検挙を実現させた。

組織はこのように、敵と味方の混在に陥る。元々組織の物理的境界が曖昧であったのに加え、混在的状況が進行すればするほど、心的な組織像においても明確な境界線が失われて不純なものに侵食されるように感じる。そして、その反動は、（一度として実在しない）その境界を復活させるように敵味方の峻別に成員を駆り立て、過激化したすえが、裏切り者の私刑《リンチ》だ。物理的契機を極限まで排除してきた一連の抽象機能の終端には、皮肉なことに、物的な身体の死でもって混在以前の汚れなき純粋な組織性を回復する試みがあった。

『死霊』第五章では、主人公の三輪与志の兄であり、首と同じく組織活動に従事していた過去をもつ三輪高志の口から、ある一人の密告者を殺害した事件が語られる。この事件は、実際に起こった戦前共産党のスパイリンチ殺人事件をヒントにして書かれた。

スパイリンチ殺人事件とは、一九三三年一二月二八日に日本共産党中央委員である野呂栄太郎が検挙されたことをきっかけに同中央委員だった宮本顕治、袴田里見らが、スパイの容疑をかけられた小畑達夫と大泉兼蔵を査問し、そこで小畑が急死した事件を指す。

この事件は平野謙の大きな関心の対象でもあり、平野は小畑の知り合いで、埴谷は大泉の世話をしていたこともあった。こうして平野はその課題を『「リンチ共産党事件」の思い出』（三一書房、一九七六・六）としてまとめ、埴谷の方は自身の文学的テーマとして大きく摂取することとなる。

そもそも『死霊』という題名は埴谷自身が何度も言及している通り、ドストエフスキーの名作『悪霊』へのオマージュであり、『悪霊』とはよく知られているように、革命の実現のため暗躍する秘密結社内でのリンチを扱った作品であった。ドストエフスキーはネチャーエフ事件というロシアで現実に起ったリンチ事件を作品化した。今度は小畑らの事件から想を得て日本版『悪霊』を描くこと、これが『死霊』の基本コンセプトだった。[50]

主要な登場人物は三人の上位成員を売った二三歳の密告者の男、彼を捕まえた首猛夫、男が心酔していたリーフレット「自分だけでおこなう革命」を執筆し「単独派」と呼ばれている三輪高志、最年長のリーダー格「海豚」、密告者を半ば擁護するが最終的には直接手を下すことになった「一角犀」、せっかちな小男

「彗星」、まとめ役の「議長」の七人だ。彼らに取り囲まれながら、密告者は自ら組織を裏切った理由を真の革命を目指す為だと答え、自分に正しさがあることを主張する。

「俺が達した真実とは、そこに上部があるかぎり、革命は必ず歪められ、その革命的要素をついにまるごと失つてしまうことになるということだ。君達が必ずまずつくるのはほかならぬ『指導部』で、そこに大きな指導部、中くらいな指導部、そして、ちつちやな指導部の馬鹿げたごつちやまぜな積み重ねがあちこちにやたらに飾り置かれると、どんな強い『階級絶滅』の金槌で叩いても決して潰れぬ堅固な上部なるものの厚い層の壁がかつちりできあがつてしまう。そして、その階級の壁はこの世のはじめから嘗てつくられたいかなる壁より厚く、堅いのだ」（『死霊』第五章「夢魔の世界」、全集第三巻、四二四頁）

埴谷の考える政治の基本軸、位階制の反復が改めて密告者の口から語られている。たとえ反権力や革命を標榜していても、組織に位階制が導入されるにつれて、それが自己目的化し、結果的に革命が妨げられてしまう。そこで密告者が考え出した革命への道筋は単純に、「自己の上部なるものを何時とはいわずいますぐきつぱり取り除いてしまえば、真の革命への道へ踏み出せる」というもので、その論理から密告を単独的に行なってみせたのだった。

しかし、その革命論を聞いていた「海豚」によって彼は次のように反駁される。

「スパイ――それだけは永劫にわたつて絶対に許せない最後の破廉恥だ。お前は上部と連絡があるとき、警察に必ず通報した。警察はその秘密な通報者が最後まで誰か解らなかつたからその三度とも物言わぬ森の奥から奇妙な響きが響いてきたような不思議な気がしただろう。だが、俺はその通報するときのお前の内部の奥の怖ろしいほどの暗い醜くさがこの上もなく精密な解剖図でも眺めるようにはつきりとよく解る。いいか、よく聞いておけ、はつきりいつておくが、お前にはまぎれもなくお前自身がないのだ。或いは、仮面の自分のおぞましい泥の肉体の奥にとじこもつて永劫にそとへ出てゆけぬ地霊のように蹲つた自分だけがあるといつてもいい。このそとへ出てゆけぬ自分がほかならぬ自分の内部の底知れぬ闇のなかに蹲りつづけている醜くさはスパイだけがもつている永遠の特性だ」（『死霊』第五章「夢魔の世界」、全集第三巻、四二七頁）

「海豚」はこのように密告者を非難する。しかし、何故本人でもないのに、彼には「内部の奥の怖ろしいほどの暗い醜くさが」「はつきりとよく解る」のだろうか。それは端的に自分自身とよく似ているからではないのか。実際、固有の「自身」がない、つまりは「仮面」――正しく『党生活者』の「マスク」――を被って組織活動せねばならないのは、スパイも潜行成員も変わらない。素朴に考えて、潜行成員の二重性とスパイの二重性とに行為の上での明確な差異を見出すことはできない。両者ともに、現実を二重化し、二モード体制を駆使して非／組織活動をこなしていく。党員と密告者は外面上よく似てしまっている。

明らかに、潜行成員の二重性は、スパイの二重性を準備しているようにみえる。もし潜行成員がいなければ、成員は二重性を帯びることから免れ、危険を伴いつつも純然たる運動家として振舞えるはずだ。しかし二モード体制が導入され、それが周知のものとなれば、行為の上では同じように振舞っているスパイとの選別は至難を極める。スパイの基本的形式は、元々組織に属していた成員が特高へ密告する裏切りの場合と、そもそも特高側の人間が偽って組織に潜入する隠密の場合とに大別できるが、[51] しかしどちらにせよ、そこで生じているのは「潜ぐる」という潜行成員が行なっていたことと同じ行為であって、スパイが「醜くさ」をもっているのであれば、それは潜行成員にも共有されて然るべき「永遠の特性」だ。

## 情報化するスパイ

同志の裏切りと合わせて、スパイという存在者が成員にとって周知のものとなっていけば、敵と味方、内と外の両義的な属性を彼らが備えてしまう為に、観念的にだけ維持されていた組織の境界線は危機に瀕し、状況は更なる混沌として意識される。しかも、スパイへの危機感は、監視網なり裏切り者の実体が無関係であったことと連動して、やはりその実体性の有無と無縁に進行していくものであるように思われる。埴谷は平野のリンチ論への跋文の中で次のように述べている。

「秘密な党のなかへ、秘密なスパイが潜入するとき、その党とスパイとの関係は、《秘密と秘密が互いに比例しあう相関関係》になるのである。換言すれば、自らの秘密を党側がどのように重視するかという度合に応じて、スパイ側の秘密の重味もまた変化する」（「或る時代の背景」、平野謙『「リンチ共産党事件」の思い出』収、全集第九巻、四六一頁）

混在状況によって敵陣地を画定することのできない条件下では、スパイ像は推測によって左右される。その際、最も頻繁に参照されるのは同じく秘密行動に従事している己自身だ。秘密と秘密がかけ合わされ、情報の非対称性を埋めるように、自己と対称的な鏡像が準備される。「自らの秘密を党側がどうのように重視するかという度合に応じて、スパイ側の秘密の重味もまた変化する」のであるならば、そこで問題にされているのは、もはやスパイの実体性ではない。そこで焦点となっているスパイとは、自己投射の関数として結実する虚像としてのスパイだ。

このような現象は「ひとりぎめの連帯感」で典型的にみられた、同志の多数性を内面化してしまう以心伝心の世界が完全に反転してしまったことを示している。ひとりだけの決断が決議に等しくなるような強固な帰属意識は、その延長に実在するかどうかも定かではないスパイの存在感を、自分自身の秘密行動を自己参照しながら、「ひとり」で勝手に膨張させていく。そこで存在感をもっているのはもはや情報化したスパイでしかない。埴谷は「スパイ幻影説」としてもこの不確定な様態を語っている[52]。

情報でしかないスパイを成員は決して軽視することができない。何故なら、そもそも散在的組織とは物理的接触ではなく、「抽象の体系」を基盤とする、「党」への帰属意識の強化によって維持されてきたものであり、情報の入手は、というよりも情報の入手だけが、成員意識の本質に関わる重大な変数であるからだ。たとえ、スパイが抽象的なものであったとしても、抽象によって取り結ばれた同志たちは決してその存在感を無視することができない。その軽視は同志への軽視に等しいからだ。

混在的組織は、散在的組織の進展の果てに現われるが、しかし散在的組織が活用していた抽象機能は今度は反転的に作用し、実体の有無も定かでない被監視意識や危機感を構成する。勿論、これは結節点の内面化に対応している。埴谷は多喜二よりもその現象を対象化しえたが、それは埴谷が多喜二の死後を生き延びることができた為に獲得できた視点であることは間違いない。

## 忠誠と裏切り

要するに、散在的組織において強い忠誠心には、その背面に裏切りの可能性が構造的に準備されている。というのも、散在的組織における忠誠とは抽象的な理論や目的への忠誠であり、厳密にいって他の成員の連携に属するものではない。その為に、同志の現前が捨象可能で、対面的なコミュニケーションなしに、各人が勝手に忠誠心を高めていくことができる。

しかし、この組織は物理的境界を欠いている為に、容易に混在化していく。たとえ混在化しなかったとしてもそれに類する情報が一旦手に入ってしまえば、全国に広がり強い伝播力を備えたあまたの同志の表象は反転してしまい、見知らぬ敵やスパイからの監視に怯えなければならない。周囲の同志さえ彼にとっては密告予備軍に数えられる。ここにおいて、忠誠心が強ければ強いほど、逆説的にその心は比例して強く逆転してしまい、裏切られる（そして裏切る）可能性の意識に占領されてしまう。だからこそ、亀井勝一郎と親しく、そしてやはり同じく共産党に協力していた過去をもつ――正に「偽態」にとり憑かれていたような――作家の太宰治が、例えば『虚構の春』（一九三六・七）、『東京八景』（一九四一・一）、『人間失格』（一九四八・六〜八）などでしばしば漏らす「裏切り」意識を個人のパーソナリティにだけ還元することはできない。彼らの間には出会ってもいないのに連帯感情を共有するような特殊な「雰囲気」があり、その前提の上で裏切り問題が擡げてくるからだ。

多喜二は早くから裏切り問題のテーマを『工場細胞』を筆頭に着手していた。歴史的にみた時、多喜二の予感は二つの観点から問題の急所をついていたといえる。第一に、多喜二入党時の共産党は既にスパイMが中央委員をつとめ、指揮権を独占していた、傀儡組織であったということ。第二に、潜入していたスパイである三船留吉に密告されたことをきっかけに、多喜二自身が一九三三年二月二〇日に逮捕、そして拷問の末に殺害されてしまったということだ。

しかし多喜二は、裏切りの問題を忠誠心との表裏の関係で問い詰めることができなかった。強調すべきは、混在的組織での裏切り行為は、個人の性格や心理といった個人主義的テーマに還元できず、強い忠誠心を対面の機会なしに高めていくことのできる強い位階制をもった散在的組織が、構造的に抱えてしまう忠誠の代償であるということだ。つまり、裏切りの可能性は高い忠誠心の背面として常に捉えねばならなかった。

逆に、彼の死後、そして戦前共産党の解体を経験しえた埴谷は、忠誠と裏切りの不可避の関係から一旦離脱することに成功した。それは孤独、つまり同志を介さない状態に積極的に身を置くことで、帰属意識を相対化することができた。これは当然、抽象機能の相対化に等しい。多喜二のテクストを引き継ぐようにして埴谷を読む価値がここにある。つまり、埴谷のテクストを組織の発達史の延長線上で読むことで、彼の着想やいくつかの比喩がより鮮明にその文脈の上で位置づけられていることを確認できる。

しかしながら、組織からの離脱は埴谷にとって仮定的なものに留まったようにみえる。興味深いことに組織からの自由を求める埴谷の思想の軌跡は、それが進行すればするほどに、新しい次元での組織性に直面し、事実上、組織への深い従属を示すことになる。次章では、組織の外部を目指す埴谷の批判が結局のところ、組織に回帰してしまう一連の理路を焦点化しよう。

# 第三章　組織の外へ?

## 埴谷雄高の孤独の発見

小林多喜二の監獄体験は前章で紹介しておいた。多喜二は一九三一年一月二二日に保釈され、『オルグ』の創作に取りかかるが、一年後の三月、今度は埴谷雄高が同志伊藤信宅で逮捕され、多喜二と同じ豊多摩刑務所に送られた。

しかしながら、そこで得た経験は対照的だ。それは藤一也が指摘しているように、「小林は独房生活という限界状況の中での囚人の生活が中心であるのに対し、埴谷の場合は、その読書体験が主になっている」点も勿論ある。[53]だが、それ以上に、回想の書『影絵の世界——ロシア文学と私』(平凡社、一九六六・一二)には多喜二が『独房』で紹介していた壁をノックし合う挿話や「ロシア革命万歳」の叫び声が同じく描写されているものの、しかし当の埴谷が見出すのは「同志」ではなく「いつも知らないもの」でしかなかった。例えば獄中での次のような習慣を埴谷は記している。

「私たちは、毎日三十分間の運動に看守に連れ出されるとき、あるいは、たまに面会に呼び出されてひき連れられてゆくときなど、廊下の中央ですれちがうことがあつた。けれども、未決時代の私たちは互いに編み笠をかむつているのでそのなかに隠されている互いの顔はわからないのである。そんなふうに偶然すれちがうとき、編み笠の縁に手をかけて持ちあげ、互いの顔を見せあうのが私たちの一種のエティケットになつていたけれども、しかし、そうして顔を見せあつても知つているものに会うことはまつたくなかつた。いつも知らないもの同士がわずかに微笑しあつてすれちがうのであるが、いつも知らないものにしか会えないというその事態が、この刑務所に収容されているものがまことに多種多様にわたつていて数多いということを知らされることになるのであつた」（『影絵の世界』「灰色の壁1」、全集第六巻、五四五頁）

埴谷は「多種多様」な「知らないもの」のすれ違いを強調する。この強調は――実際、同じ時期の刑務所で、同じような体験が記されるのだから――多喜二との共通体験の欠如を意味するのではなく、埴谷雄高という作家の、少なくとも多喜二とは違った、特有の着眼点として評価すべき記述である。一方は、細かな痕跡に「同志」散在の力強さを信じる登場人物を造形するが、他方は「知らないもの」同士のすれ違いに終始する。極端にいえば、埴谷もまた「K」や「P」の文字を見つけたかもしれない。しかし、それに類似する挿話は語られない。この沈黙が埴谷という作家の特徴を浮き彫りにさせている。[54]

実際、『影絵の世界』では孤独を深化させることで生まれる創作の原動力が描き出されている。そしてその過程は「抽象」や「観念」の徹底化へと向かう。というのも、監獄の中では行動可能な空間が規制されており、このような条件によって、回想によれば埴谷の「孤独」は「暗い頭蓋のなかで組みたてたプロットを毎日わずかずつ展開してゆき、そのなかの諸人物に思い屈した観念を負わせるという作業」を開始させることになるからだ。

ここに小説『死霊』の――最初その題名は『唯観る人』と構想されていた――原型の受胎がある。つまり、埴谷にとっての監獄体験は、現実的な組織活動から「頭蓋」中心、つまり「観念」だけの操作への転回として意味をもつことになったのだ。これは埴谷にとってみれば、簡単に、政治から文学への重心移動と言い換えられる変化だ。

## 抽象に寄生する

一見、ここで見出される「観念」性は「抽象の体系」を共有するものであるようにみえる。しかしこの「観念」とは埴谷が見做すところの文学的想像力によって使用されるものであって、現実的政治的利用を拒むという点で――例えば福本イズムに典型的な――「抽象の体系」から逸脱することになる。抽象は活用されつつも、それは具体から離れてはならない、抽象は暴走してはならない。文学がその手綱を握ることで抽象や観念を的確に操作することができるというのが埴谷の基本的な文学観だ。評論の中では次のように記している。

「自然のなかに置かれた人間がその社会を形成するとき、思想は必ず抽象化され、その伝達機能、その流通過程は必ず円滑化されようとする。ひとは他のひとに或ることがらを必ずしもつねに手をとつて教え、のみこますというわけにはいかない。抽象の世界にはまた抽象の法則が一つずつ積みあげられている。とはいえ、しかもなお、私は敢えて繰り返すが、或る思想がもつ発想の根源が目に見え手に触れられる具体的なもの以外たり得ぬという性格は、最後まで喪われるものではないのである。つまり、目に見え手に触れられるものが、私達の開眼を待つて、私達のまわりにひしめきあつているのだ」(「あらゆる発想は明晰であるということについて」、『群像』、一九五〇・二、全集第一巻、二五四―二五五頁)

取り敢えず確認すべきことは、「抽象の体系」でなくても人間の生活には「抽象」の活用が不可欠である。が、その根源にあるのは「具体的なもの」で、「目に見え手に触れられる」感性的な性格を帯びるものが実は自分のまわりに「ひしめきあつている」、ということだ。これを掬い出すのが文学的「抽象」の役割だ。

実際、同じ文章で、埴谷は複数のマルクス主義文献でできていた福本イズムを念頭にしたかのように、「抽象」のみの構築物の脆弱性を批判している。

「根源的な発想がどう探り索めようとついに発見出来ぬというほど晦渋難解な思想といつたものがあるとすれば(中略)それは必ず何処かよそで構築された思想の頂点乃至その途上の切れはしばかりをかきあつめてきて一見巧みなセメントでつぎはぎ組みたてたまやかしものに他ならない」(「あらゆる発想は明晰であるということについて」[55]、全集第一巻、二五〇―二五一頁)

埴谷に特徴的なこの論理展開は文学論に限定されるものではない。例えば、政治評論の中の不可触兵器批判も同様の論理によって支えられる。「不可触兵器」とは「相手側の軀をよじつた苦悶も、苦痛の痙攣も、残酷な破壊のなかで無機の物体と化したところの胴体の断面も直接に眺めることの決してないところのいわば絶対兵器〔56〕」だ。不可触兵器は個々の兵士の接触なしに、大局的に彼岸此方、敵味方、殺される者／殺す者を分別し、敵の中に味方が混在している可能性や敵が味方に転じる可能性を考慮せず大殺戮を実行してしまう。その操作を支えているのが諸対象の抽象化であり、身体的接触を欠いた対象は流血することも恐怖で顔を歪ませることもない。勿論、念頭におかれているのは核兵器だ。

ここで提示される埴谷の論旨は、不可触兵器がヒューマニズムに反するという理由で撤廃を叫ぶのではなく、抽象世界を誘発させる不可触兵器の具体性、つまり「その兵器自体に直接触れるところの兵士達の厳たる存在をついに排除できなかつた」という事実に着目される。そして、その「抑圧の武器」を「反逆の武器」として逆用することで、軍備廃止国家廃止のユートピアを実現できるという夢想が語られる。

確認すべきことは夢想の実現可能性ではない。そうではなく、埴谷雄高という作家の思想的傾向性、つまり、抽象的な力に対峙した時、その撤廃を望むのではなく、むしろ抽象性を支える具体性一点を手がかりに逆用して、抽象を寄生的に乗っ取ることで、問題を解消しようとする傾向がみてとれるということだ。これは政治／文学を問わず通底している。

## 相克を抱える自己——自同律の不快 1

組織から離れた監獄を契機に埴谷の文学的「観念」は党や帰属意識への相対化へ到達する。しかし批判はそれで終らない。埴谷が特異なのは、今度は「観念」や「抽象」自体を支える孤独な自己に対してさえ批判検討を重ね、その「観念」性や「抽象」性をも暴いていくということだ。最も重要な道具立てが、先行するほとんどの埴谷雄高論で頁が割かれている埴谷独自のターム「自同律の不快」である。「自同律の不快」とは何か。よく引用される三輪与志の経験の場面から引こう。

「《俺は——》と呟きはじめた彼は、《——俺である》と呟きつづけることがどうしても出来なかったのである。敢えてそう呟くことが名状しがたい不快なのであつた。誰からも離れた孤独のなかで、胸の裡にそう呟くことは何ら困難なことではない——そういくら自分に思いきかせても、敢えて呟きつづけることは彼に不可能であつた。主辞と賓辞の間に跨ぎ越せぬほどの怖ろしい不快の深淵が亀裂を拡げていて、その不快の感覚は少年期に彼を襲つてきた異常な気配への怯えに似ていた。それらは同一の性質を持つていて、同一の本源から発するものと思われた。彼が敢えてそれを為し得るためには、彼の肉体の或る部分をがむしやらにひつつかんで他の部分へくつつけられるほどの粗暴な力を備えるか、それとも、或いは、不意にそれがそうなつてしまつたような、そんな風に出来上つてしまう異常な瞬間かが必要であつた」(『死霊』第二章「《死の理論》」、全集第三巻、一二五頁)

今日多くは同一律と呼ばれる、「自同律」とは論理学上の用語で、それは〈AはAである〉という命題で表現され、排中律〈AはAか非Aかのいずれかである〉や矛盾律〈AはAであると同時に非Aであることはできない〉という命題と相関している。引用文中の「主辞」（主語）とは前者のAを指し、「賓辞」（述語）は後者のAを指すこととなる。通常、前者のAと後者のAはイコールという論理的手続きで結ばれ、間隙や差異の存在しない完璧な一致（同一性）が表現される。しかし埴谷はそこに感性的（感覚的）な「不快」を読み取る主人公を設定する。

与志の経験で注意すべきなのが、自同律＝同一律という論理的法則が、不快という身体的感覚と捩れてつながっているということだ。特に「肉体」を自由に操作できるほどの力があれば、不快からの克服は可能であると述べられているように、「自同律の不快」は、先ず第一に、感性的＝物質的存在者の側面をもちつつ、それとは異質な理性＝観念を同時に併せもつ人間存在の根本を問うものとして解釈することができる。[57] そして、前者は後者による規定（同一律）から逸脱してしまう余剰性を孕む。だからこそ、「自同律」に対する異議申し立てとしての「不快」が発生するのだ。

## 弾劾裁判——自同律の不快　2

では、その余剰とは具体的に何なのか。埴谷の説明の記述は時代によって微妙な差があり、その変化自体が一個の研究対象になりうるものであるが、その詳細はここでは追わない。取り上げたいのは、その中でも比較的強調されることが多い食のテーマだ。『死霊』第九章では次のような台詞が書きこまれている。

「「私」が「私」としてようやく出現すると、さて、その「私の生」の持続が、こんどは他の「生物殺し」によつてのみしかおこない得ないのは、また、悲しく怖ろしい「私」の生と存在のかたちといわねばなりませぬ。つまり、「この私の生」の持続は、魚、と、肉、と、野菜、をとりこむ絶えざる変幻的集塊の兇悪な持続にほかならず、つまり、「私」とは彼らの俯きつづけた死骸群の巨大の集積にほかなりませず、「この私」は絶えず「私でない私」になりつづけゆくことによつてのみしか、「私自身」と、嘗ての嘗ても、いまのいまも、称することはできませぬ」（『死霊』第九章「《虚体》論——大宇宙の夢[58]」、全集第三巻、八六二頁）

「私」（自己）の実態が「死骸群の巨大な集積」でしかないというメッセージは、余剰の根本的な説明になる。「私」はそれ自体で完結性をもって同一的であるようにみえるけれども、その実態は食という手段によって「なりつづけてゆく」という不断の生成過程にあり、「私」とは「持続」の瞬間を切り取ったものでしかない。言い換えれば、不変の「私」なるものは抽象性によって支えられている自同律の産物にすぎず、それを暴くのが食というテーマなのだ。勿論この手続きによって主張されるのは、「目に見え手に触れられるものが」「私達のまわりにひしめきあつている」という、抽象性の具体性だ。それは「まわりにひしめきあつている」以上に、「死骸」として「私」の内側に浸透してさえいる。

『死霊』第七章の弾劾裁判の挿話でも、食は主要なテーマとなっている。弾劾裁判とは首猛夫が夢の中で友人から語られる夢物語だが、そこは「地上に嘗て発生した数十億年にもわたるあいだのすべての生、つまり、目に見えぬ小さな微生物から見上げるばかりに巨大な動植物のすべてを含むところの〔中略〕「すべてのすべての死」がその僅か一つだけの異様不可思議な場所に押しあい、犇きあい、重なりあつて」いる場所であり、そこにいる無数の幽霊は己を食べた別の幽霊を発見して「見つけたぞ!」と弾劾している。しかし、食物連鎖に縛られる生物である限り、この弾劾は当然無限後退に陥らざるをえない。小蟹、鷸《しぎ》、みみず、ミジンコ、藻など様々な幽霊が登場するが、彼らは決して絶対的な罪悪の起源を画定することができない。というのも食うものは同時に食われるものであり、この両義性が平等に分配されていることで、幽霊のあらゆる弾劾を中和してしまうからだ。どんな幽霊も——これはミジンコに食べられた藻の言葉だが——「どんなふうに、食われたものが食つたものを裁いていいか、その最終決定ともいうべき区切り方がとてもとても難かしいんだ」という困惑を抱くことになる。事実、一見生物殺しをしていないようにみえる、みみずでさえ、栄養素として摂取した落葉から弾劾されている。

　埴谷が「自同律の不快」によって先ず第一に発見しえたのは、人間個体そのものを一個の組織体=有機体 organism として見做す視点だ。その観点に立てば、自己なる意識は、身体に代表される余剰を不可避的に孕んで初めて成立するものだ。逆にいえば、——自同律の操作に「不快」が伴わないような——「自己」とは抽象的な観念に過ぎない。その「自己」の実態は「死骸群の巨大の集積」が担っている。

だからこそ、『死霊』が独房の孤独から構想されたにも拘らず、「自同律の不快」の使用によって、前提としていた純粋な「誰からも離れた孤独」の状態には疑問符が投げかけられることになる。「孤独」には、食という手段によって収奪してきた無数の死体が詰まっている。この発見が、俺は俺である、という自同律の断言を困難なものにさせるのだ。

## 死者の電話箱――自同律の不快　3

組織批判の端緒を与える「孤独」の力を借りつつ、しかし「孤独」の中心にある自己を一個の組織体の一部として見做すことによって、埴谷は「孤独」を解体させていく。言い換えれば「孤独」の観念性を暴露していく。字義通りの「自己」批判である。政治組織は個々の成員を要素としていたが、それを――位階制批判と同じく顕微鏡を使うように――微視的に見ていくと、一成員そのものもまた同じく「死骸」を要素とする一個の組織体＝有機体だった。ここにおいて、単純な孤独と集団の対立図式は宙吊りにされる。ここには埴谷の組織批判の徹底性が宿っている。

しかしながら、この宙吊りさえ、組織批判の一段階に過ぎない。微視化の手続きは、徹底化の末に対極へ飛ぶように、巨視的な視点にも飛躍する。それをよく示しているのが、『死霊』中の「死者の電話箱」と呼ばれる首猛夫が語った空想の思考実験だ。

その電話箱はある医学生が作った道具で、箱の中央部に長い指針がついた計測器が三つ備えられ、病人の耳にゾンデを差し込むことによって、患者の生と死の段階に応じて反応が示される。ゾンデは耳から脳の中へ入り込んでいき、「オペレイター」が伝声管に向って声をかけると、鼓動が止まり死者に限りなく近くなった患者の意識が針に反応する仕掛けとなっている。装置の第一段階だ。

しかし、間もなくその死者の意識は消えうせ、計測器は第二段階に入る。死者の意識が「分解の王国」に入るのだ。そこから、ある信号が送られ、それを翻訳すると「何故にわれをなおとらえるや。われはもはやわれならざるわれなり」というメッセージになる。ここでは脳内のゾンデから金属製の無数の足が伸び、それが網の目をつくって「われならざるわれ」を捕獲している状態にある。

そして、第三段階になると、死者の意識と別の死者の意識とがつなぎ合わされる。与志はそれを聞いて次のように言っている。

「蛸の足装置の第二段がそこでさらに最後の第三段へ向つて切り換えられると……ついにそこまで達すると、もはや誰の目にも明らかなように、それは《死者の電話箱》でなく不思議な対話がそこでおこなわれる《存在の電話箱》になつていなければなりません！」（『死霊』第五章「夢魔の世界」、全集第三巻、四〇〇頁）

自己という観念は食のテーマと共に、死の契機によっても揺さぶられる。しかし、その契機は単なる無を記述して終わるのではない。「われ」の「分解」の先には「われならざるわれ」が、誰の所有でもない「存在」の次元が横たわっている。この認識が「自同律の不快」をきっかけにした、自己に備わる有機体性（身体性）の発見の延長であることは容易に理解できる。身体という余剰は、存在という余剰へとスライドするのだ。「存在」を有機体論＝組織論の延長に見出す視点は首の次のような台詞にもよく表れている。「死者の意識のそれぞれの断片は、死の経過のなかで、さながら連結器がはずれた車体の集団のようにそれぞれ互いから離れてゆくという独特な解釈によつて〔その装置の原理が〕できあがることになつたのだ。いいかね、与志君。つまり、暗い頭蓋のなかで一本につらなつていた怖ろしいほど長い列車の隊列から、まず貨物車がはなれ、客車がはなれ、機関車がはなれ、そして、その一つ一つの車体がばらばらになつて無数と思える横の待避線のなかへはいりこんでしまい、そして、ついには互いにまつたく関係もなくここかしこに散らばつてしまうというのがその原理の寂寥たる構図なのだ」（『死霊』第五章「夢魔の世界」、全集第三巻、三九七―三九八頁）

埴谷雄高が首に語らせている基本的な発想は次のようなものだ。即ち、有機体は元は何の所以もない「ばらばら」な部分の収奪による集合によって構成され、「われ」＝「自己」による凝集力が低下すれば、やはり以前のように「ばらばらになつて」「ついには互いにまつたく関係もなくここかしこに散らばつてしまう」。『死霊』第五章に登場するある幽霊は、「巨大な無関係」として存在の原理を語っている。

この自己と「ばらばら」の関係は、党と散在的組織との関係とアナロジカルに捉えられるものだ。散在的組織は安定的同一性を獲得する為に、党という中心を設置した。同じように、「ばらばら」な要素としての存在は自己に帰属することで凝集を保っている。しかし、そこに必然的な結びつきがあるわけではなく、自己が消えれば、「車体」もやはり以前のように「ばらばら」になっていく。その結びつきは偶然的なものだった。そしてもう一点強調しておけば、埴谷にとって組織＝有機体は常に既に混在的なものであり、散在的組織の純粋性が初めにあってそれが混在化していくのではない。有機体は元は散在していた要素の混在的な凝集で成立し、その力が失われると再び散在していく。「自己」とはその運動の一時的な核に過ぎず、翻ってそれは「党」にも妥当する。

首猛夫は言っていた。「本来違つた場所にあるべきものが、みんな同じ場所へ追いつめられてしまつた！そうなのだ。現代の優秀な青年達はみんな詰らぬ同じような場所へ追いこめられてしまつたんだ。〔中略〕本来他の稚枝へ延び拡がつて異つた形の鮮やかな花を咲かすべき若芽を秘めた青年達が、まだ地底深い同じ根のところで手足も延ばせず押しつけられてしまつたそのことが、現代の問題なんだ」（第三章、二八二―二八三頁）。

これが、共産党の地下活動（「地底深い同じ根のところ」）の中で位階制に絡めとられ、最終的にリンチ事件まで起してしまった当時の青年たちに対する、そして若かった頃の自分に対する、詠嘆であり反省であることは間違いない。「われならざるわれ」という語を埴谷はスパイを形容する時にも使用している。[59] スパイは組織に帰属しつつも組織を裏切る。成員を否定する成員の姿は、政治的舞台に現れた「自同律の不快」の形象化にほかならない。埴谷は、一時代の感想をそれだけに留めておかず、首猛夫という登場人物の口を借りて、人間存在そのものの相対化、存在を司る「無関係」として普遍的な仕方で語り直していく。戦前共産党体験が、食や死のテーマを介して存在の原理にまで飛躍するのだ。

## 存在＝宇宙の発見——自同律の不快　4

最終的に、「車体」の「ばらばら」の運動はやがて、組織＝有機体の根本的な条件にしてその完全な外部の発見を逸脱的に促していく。つまり、そもそも誰の帰属でもない遍在する大文字の存在の発見である。第三段階で発せられる何の帰属でもない「存在のざわめき」を首は語る。

「最初に聞えるのは、闇の遠くから伝わつてくる暗い森のざわめきのようないわば《存在のざわめき》の遠い通信の入り組んだ混線のような、つまり、いいかな、木の実のはじける音や、枝と枝の擦れあう軋みや、根の這う緩つくりした動きなどの無数の大きな、また、かぼそい音響が同時に重なりあつてはじめは何の音とも解らぬ遠い暗い森のざわめきのような、抑えに抑えきれず湧き起りながら寄せてはまたひき返してゆく海辺の波とたえざる砂の転がりのような、広い大気のなかを気ぜわしげに飛びかつている無数の目に見えぬ微粒が絶えず互いに打ちあつてははじけとぶ小さな小さな放電をつづけているような、微かに微かに響いてくる、無気味なほどゆつくりした、しかも、無限という網でなければとうていとらえられぬような巨大な幅をもつた複合音で、敢えて永遠を主宰する神の言葉でいえば、それは往きつ戻りつする何かがそこに存りつづけることだけにひたすら執着している永劫の肯定音にほかならなかつたのだ。あつは、つまり、宇宙全体が《私語する無数のざわめき》をはらんだ一つの潮汐運動にほかならないということこそ、永劫の神のあいだにそれまで長く伝えられてきた単一の原理だつたのだ」(『死霊』第五章「夢魔の世界」、全集第三巻、四〇一―四〇二頁)

死者の意識は蛸足のような網で一時的に捕捉することができたが、それがさらに散らばっていけば「無限という網」なしには捉えきれない領域に移行せねばならない。即ち、「存在の電話箱」だ。ここでは「存在」の散在運動の内実が、「同時に重なりあ」い、「寄せてはまたひき返し」、「互いに打ちあつてははじけとぶ」「往きつ戻りつする何か」として詩的に表現されている。重要なのが、それら「複合音」的「ばらばら」が、「一つの潮汐運動」「単一の原理」と、単一性の諸効果として見出されているということだ。

死の契機によって有機体の部分を構成していた要素は散在していくが、その過程で、部分という単位性そのものが維持できなくなり、下位分解の果てに、最終的に大文字の存在へと回収されていく。それは端的に力動する宇宙そのものと言い換えていい。存在=宇宙には運動の連鎖はあるが、その外部は存在しない――もし存在すれば存在=宇宙へと回収されるのだから――。その内実は一つの海のように波が波を生み永遠に運動し続けるだけの運動体である。だからこそ、その中で出現する、一つの自己が宿った一つの身体とは運動を中継する結節点のようなものに過ぎない。

こうして、埴谷は組織=有機体の条件であり、根本的な環境である大文字の存在を発見することで、観念化された結節点に対して、脱観念化した結節点としての身体を観念的に対置することになった。これが埴谷の組織批判、そして埴谷文学の一つの到達である。

## 5 細胞論――自同律の不快

位階制批判は、有機体の「自己」批判を導き、あらゆる有機体の素材であるような、存在＝宇宙の発見へと至る。逆にいえば、埴谷にとって組織体とは、境界線を引き抽象的な「自己」＝「党」を打ち立ててしまう、存在＝宇宙への一方的な暴力によって初めて成立するものである。この過程を分かりやすく描いているのが、『死霊』の細胞論である。

埴谷は「単細胞」という単語を高い頻度で使用していた作家であるが、その背景に彼の党フラクションでの経験を見ることはたやすい。一九三〇年の末、党中央部の再建に際し共産党は再編され、運動員は、農民闘争社、全農全国会議、共産青年同盟、党農民部へと振り分けられた。埴谷はその再建以前に関与していたこともあって、農民闘争社に残り、雑誌『農民闘争』に属する四人（伊達信、松本三益、松本傑、埴谷）で形成される「フラクション」の責任者、「キャップ」（＝キャプテン）になった。

フラクション fraction とは部分や破片を意味する単語で、〈破壊する〉という語源に照らしていえば、フラグメント fragment と同系統の言葉といっていい。ここから派生して、社会主義的文脈においてこの語は、党組織の内部に下位分解された小グループを指す言葉として使用される。そして、その文脈では、フラクションの同義語として「細胞」という語が採用されてきた。

細胞の語がもつ特殊な時代性は多喜二『工場細胞』でみてとれるだろう。島村輝は小説冒頭にある聞きなれない機械名の列挙や当時の「新語・モダン語辞典」を引きながら、『工場細胞』という題名に託された表象的闘争、即ち、「工場」＝機械と「細胞」＝有機体＝人間の対立を読み取り、革命的労働者への激励の含意を指摘している。[60]

しかしながら、位階制批判を繰り広げていた埴谷からみれば、「細胞」の比喩もまた評価することはできず、批判の俎上に載せなければならない。というのも、散在する細胞 cell は機関＝器官 organ に従属し、当然それは全体としての政治組織体＝有機体 organism に従属されねばならない。その意志を代表するのが中央として君臨する党であり、自己だ。小部分である細胞に自律性は認められない。位階制は天皇制による支配と変わらないのだ。

エッセー「叔父の心臓」（『オルフエ』、一九六四・三）の中で、義手や義足のように技術進歩によって「すべての器官が容易に取り換えられるようになるとき」「古典的な意味における《私》の持続性」は断絶し、「《私》のいわば神的な遍在の時代」が到来するだろうと埴谷は書いていた。「器官」は自己を宿す身体を構成する部位だ。器官の交換可能性が高まれば、それに従い自己は散在していき、最終的に遍在へと至る。しかし、もはやそれを通常の意味で自己とは呼べない。そこで《私》と呼ばれているのは存在＝宇宙そのものだ。この論理は当然、器官を構成する細胞群にも妥当する。

ここにおいて、埴谷固有の想像力が発揮される。埴谷の批判は比喩的（社会主義的）「細胞」を標的にする以上に、――政治組織批判が有機体批判にスライドしていたように――生物学的「細胞」の考え方そのものを標的にしていくのだ。独房 cell での孤独な思考実験は、孤独という概念の限界を精査して有機体を発見するだけではなく、有機体の単位を構成する細胞 cell の意味を問うまでに至る。『死霊』の細胞論は、主に弾劾裁判で展開されている。弾劾するとともに他から弾劾されもする多くの幽霊の登場の後で、「原始の単細胞」の声が響き渡る。彼は自分を「「自存存在者」の種属」で、生命の始まりにおいて空間的限定を欠いて無限に広がっていく「虚膜細胞」なのだと主張している。

「理解できるかな、個と他と全体、自己存在と他存在と全存在の融合をすでに遠く実現してしまったこの俺が！　ぷふい、貪食細胞の忌まわしい出現のずつとずつとずつと前に深い深い深い真つ暗な闇の地底にだけ住んでいた俺は、これまでの全生物のすべてに知られていないので、この俺自身がその俺自身をあえて命名してみれば、ほら、聞いているかな、虚膜細胞とでも呼ぶべきものなのだ」（『死霊』第七章「《最後の審判》」、全集第三巻、七一二頁）

虚膜細胞の膜は「透過」可能なもので、あらゆる無機物を自身の内に内包できる為、その単細胞は「全存在」、宇宙そのものに等しい。遍在する存在こそ虚膜細胞なのだ。だが、その後、数十億年を経て「貪食細胞」が出現し、「食うもの」と「食われるもの」との「分裂」が生まれてしまう。虚膜細胞は先行していた弾劾者や被弾劾者からは超越していた。というのも、弾劾する幽霊は「貪食細胞」の子孫であり、食う食われる以前の虚膜細胞は彼らにとっての「先住者」だったからだ。
日本の植民地であった台湾で生まれ、現地での日本人による外国人への差別的言動を目の当たりにし、日本人嫌いになったとしばしば回想していた埴谷[61]が、「先住者」の語を使うことによって植民地支配のイメージで虚膜細胞の駆逐を描こうとしている意図に留意しつつ、要点は、貪食細胞の出現が弾劾連鎖史の始原、端的にいえば暴力の歴史の発端にあるということだ。これに対して、虚膜細胞はあらゆる加害に先行する被害者であり、無辜そのものだ。[62]
しかし、全てのものを自己内部に融合することのできる虚膜細胞は、何故、貪食細胞を生み出してしまったのか。その理由は明確には記されていないが、虚膜細胞は興味深い歴史を語っている。それは少数派と多数派との分裂だ。
「遺憾の極みは、俺達虚膜細胞の全歴史にとつてまつたくはじめてもめにもめ、紛糾に紛糾を重ね、大きな食いちがいのなかで取り戻しがたい大混乱を惹起しつづけた最高最大の危機であつたウルガイスト〔＝原精神〕全体会議において、〔中略〕貪食細胞群の出現をまつたく異なつた種属、許すべからざる異種の存在としてついに容認できず、この地底から永遠に立ち去つてしまう多数派と、たとえ貪食細胞にその虚膜を噛みしめられてもその破れた孔口を自然に閉じて貪食細胞をそのまま「透過」せしめてしまうことをいわば不遜にたかをくくつて予覚しながらこの暗い地底になおとどまる少数派の両派にわかれたとき、その暗い地底固執の少数派にこそこの俺が加つてしまつたことだ」（『死霊』第七章「《最後の審判》」、全集第三巻、

七一三—七一四頁）

虚膜細胞は、貪食細胞出現を許した少数派と容認のできなかった多数派に分派する。少数派・多数派の語彙にメンシェヴィキ／ボリシェヴィキ、[63]会議の語彙にソヴィエト（元々は単に「会議」を意味するロシア語）という社会主義用語を想起することは深読みが過ぎるかもしれないが、ここで読み逃がすべきでないのは、分派が可能であるならばそもそも虚膜細胞はその本質的な意義を失っているということだ。虚膜細胞とは「自他全総融合」の「単細胞」であり、「俺達」という複数形は本質的に認められるものではない。もし「虚膜」が「分裂」できるのならば、その膜は「透過」性を失い、硬化している。「虚膜」が単なる「膜」となっているのだ。そのような虚膜細胞は単なる細胞に堕落している。

「「自存存在者」の種属」である虚膜細胞は自己の中で「会議」を始め、対立を生み、抗争する。この話の筋そのものが、「不快」の物語的表現であることは明瞭だ。俺は俺である、の自同律に対して自身の内から異議が唱えられるのが「自同律の不快」であった。「自存存在者」である虚膜細胞にさえその感覚が与えられ、虚膜細胞内部で係争が起こってしまう。

## 「不快」の両義性——自同律の不快 6

既にみたように、「自同律の不快」は有機体発見の契機となっていた。その延長線上で、究極的な素材になるような存在＝宇宙が現われる。だが、虚膜細胞の例が示しているのは、存在＝宇宙そのものもまた「自同律の不快」を抱えているということだ。「不快」から始まった思索は、巡りめぐって最終的に「不快」に回帰しているようにみえる。

だからこそ、虚膜細胞という宇宙に等しい存在に「分裂」を促す「自同律の不快」は、ほとんど存在の原理になっている。初期でも「一つ一つの物体がそれぞれ悩んでいる。自身の変貌を許し得る或る粗暴な力をそれぞれ索めて、自身を揺すつている」（『死霊』第二章）という物体観が述べられていたが、特に後期になると埴谷は「自同律の不快」を生物に限定せず、物質も含めたあらゆる個体存在の「不快」を強調するようになる。次のような発言もある。

「時間と空間の両方の無限を魂の傍らに持って、そこの中に置かれたものとしての私、これは必ずしもこの僕でなくてもいいんです。コップでも何でもいい。僕は偶然いまここに生まれたから、埴谷雄高という名前をつけられて、埴谷雄高と自分でも思っている。そういう存在論的な私を大観すると、僕の自同律の不快は、ただに、生だけでなく、存在へも、宇宙へも適用される。あらゆる宇宙の事物も宇宙自体もその自分でありたくなくて、変転するというのが僕の考え方です」（小田切秀雄＋高橋敏夫＋埴谷座談「証言・昭和という時代」、『すばる』、一九八八・五、全集第一七巻、一七一―一七二頁）

主語と述語を一致させてしまうことへの戸惑い、身体の余剰性、齟齬する意識と身体、それらの不一致の感覚を表現していた「自同律の不快」という用語は、拡大解釈的に、有機体無機物を問わず、存在の

「変転」という大きな役割を担わされることになる。

埴谷は別のところで、長期間観察していた砂粒が二つに「分裂」する事象を何度か取り上げ、やはり「自同律の不快」の説明に用いているが、[64] 存在の生成変化の動因が全て「不快」という感覚に担わされていく。

しかし「自同律の不快」は異議申し立てをするだけで、自同律の完全な否定をもたらすわけではない。否、それ以上に『死霊』の中の言説を総体的にみてみれば、「不快」は逆説的に自己を強化し、自己延命や自己増殖を駆動させる原動力として機能してしまっているようにみえる。例えば、「不快」を己の原理としていた三輪与志の友人（黒川健吉）は与志のことを「まつたく孤独に考える単細胞」と呼んでいた。その理由を彼は「細胞分裂したくないから」だと説明している。つまり、「あらゆる細胞分裂は、「外界」から何かを盲目的にとりいれ、これまでの存在以外の何ものにもなり得ぬことによつて、むしろ自分自身を侮辱しているのです。三輪は、そうした種類の「自己増殖」を拒否している」（第六章）。

「分裂」は自己の否定ではなく、「外界」を取り入れる自己拡張の現象であって、ここから分割による「自己増殖」が生じてくる。ここにはしばしば埴谷が話題に挙げる、自分の子供の泣き声を聞くといてもたってもいられない母親その人が他人の子供が泣いていても無関心である、という原初的暴力の認識[65]の根拠をみることができる。つまり、自分の子供とは自己存続の為に自同律に支配された自己の延長物に過ぎないということだ。

しかし、では、「分裂」は何故生じるのか。そこにはやはり砂粒の「分裂」の力であった「自同律の不快」を認めなければならないだろう。

「自同律の不快」は同一性という自明にみえる前提を禁じるものとして、或いは同一性には塗り固めることのできない亀裂が走っているという事実を提起する道具立てとして機能していたはずが、それが最後には、「不快」という感覚それ自体を相手取っている。「不快」による異議申し立ては「自己」の分裂を生む。しかしその現象は同時に分割による「自己増殖」でもある。異議申し立てはその営為そのものによって申し立ての対象そのものを拡張してしまうのだ。それ故、「不快」はループ状態に陥る。「不快」は「不快」によって「不快」の機会を増やしてしまい、それが延々続いていく。「不快」が自己増殖してしまっている。「これは内的にみれば、自己の自己へ向かっての反逆ですが、外的にみれば、自己の発展と退化で、すべての事物の動因、つまり基本的な動く要素、変化の動因は「自同律の不快」にある、とぼくはきめこんでしまった」[66]。この発言に「自同律の不快」の両義性が凝縮されている。

ここに至って埴谷の組織＝有機体批判の一応の終着点がある。「自同律の不快」によって、「自己」の抽象性が露わになり、埴谷は「自己」の余剰性を構成する「死骸」、散在する存在、遍在する存在＝宇宙に遡行する。投獄経験もあった亀井勝一郎は「独房の空想力は、単細胞の自己生殖に似てゐる」と述べていたが[67]、埴谷は正に独房 cell での想像力を肥大化させ、それを細胞 cell そのものの分析として活用するのだ。

しかし、その先で待ち構えていたのがやはり「自同律の不快」であり、「不快」は「不快」によってこそ

「不快」の対象を産むというパラドックスであった。この観念的思索はループし、出口を見出すことができない。得られたのは終着点がないという終着点である。埴谷の批判の試みは、ある観点からみれば失敗していているといえる。というのも、「不快」は宿命づけられた有機体変成の宿命を確認することに終始し、実質的な解決をもてないでいるからだ。

## 「文学的肉眼」の系譜

以上、埴谷の観念の物語、有機体批判の一連の流れを長々とみてきた。組織から自由な、どこにも帰属していない存在＝宇宙はその壮大な思索的実験の中で初めて見出される。それは有機体の究極的な素材だ。しかし、その存在さえも「自同律の不快」を抱えており、組織化への原動力が内在してしまっている。組織＝有機体批判は組織化の不可避を確認して終わる。結局のところ、これは政治組織批判の行き詰まりでもある。何故なら、一見組織から離脱しえた「孤独」は深化していくと、有機体に備わった組織化の力を既に内在しており、別の次元での組織性が際限なく続いていることしか確認できないからだ。埴谷自身の言葉でいえば「Das unendliche Ende」＝「果てもないどんづまり」だけが残る（「あらゆる発想は明晰であるということについて」）。「果て」がないのに「どんづま」った感覚を与えるのは、その際限なさが何の外部を見出すこともなくループする予感があるからだ。

勿論、その過程自体は、終わり＝目的 end がないという点で、政治的目的論へのアンチテーゼ、政治に従属しない文学の実践と呼べるだろう。例えば、距離の体制の根幹をなしていた未来と現在との時間差の設定は、別のいい方をすれば終わりの先取りであり、その先取りされた終末に最適化された道筋が厳しく二者択一的な目的観念を強化していた。しかし埴谷の一連の試みは、死という終わりを超えてもなお発見できる次元を描き出すことで、先取りの先取りを対置しようとする。

平野謙は「政治と文学」の中で、レーニンの政治思想を相対化しえた芥川龍之介が「或旧友へ送る手記」（『東京日日新聞』、一九二七・七・二五）の中で提示した「末期の眼」を高く評価した。川端康成（「末期の眼」、『文芸』、一九三三・一二）が拾い上げたことでも有名なこの思想は、死期の近づいた主体からの視線、つまり身体の終わりの視点を仮に設定することで現在目の前にある風景が一転するという先取的意識の力を示したものだ。死の可能性は、アクチュアルに切迫しているようにみえる政治の現実性に疑問を投げかける。政治的目的という先取りされた終わりは、いずれ死ぬという別様に先取りされた終わりと拮抗することで相対化の機会に曝される。未来で革命が起ったところで、自分が死んではなにもならない。

これを平野は「文学的肉眼」と呼ぶが、その「肉眼」は戦後作家によってさらに徹底化された。ただし、それは「肉」眼というよりも、純粋に抽象化された文学の観念的視線（観想）を用意したように思われる。例えば福永武彦のような作家は「末期」を超えて、死んだ者から生の世界を眺める「死者の眼」を『風土』（一九五七年）のような長篇小説で設定するに至った。

福永と同じように埴谷もまた、文学が表現する、最終的には有機体の終わりさえも超出する死後の世界から有限な現世を眺めることで政治からの脱却を図ろうとしていた。実際、『死霊』第三章では「一切が死滅してしまった場所」から眺める「無限の未来に置かれた眼」、即ち「死滅した眼」のアイディアが語られるが、それは「死者の眼」と同様に、「文学的肉眼」の系譜に位置づけられるもので、もはやその世界ではすべてが終わっているために何一つとして終わりの契機を迎えない。ここでは終わり（政治的目的）と終わり（身体の死）が拮抗する以上に、目的性が終わりなき世界によって一方的に裁かれる。

ただ、これをもってしても有機体は勿論のこと、散在的政治組織は何の変化もなく残存することになる。「頭」の中だけで構築された観念の物語は、何か現実に具体的な実効力をもつことはない。柄谷行人は埴谷存命中から、その決定づけられた無力に安住する態度を批判していた。一見埴谷は、「死滅した眼」を先取りしているように見えるが、それは勝手にそう思い込んでいるだけで、作家の実態は「おひとよしのグウタラ文士」に過ぎない。[68] こうして、「観念」の無限の飛躍の力はその現実的無力という背面によって支えられているという、高橋順一による決定的な埴谷批判が生じる。[69] 結果的に、埴谷の文学は現状肯定の文学でしかないのではないか。このような批判に対する十分な応答は未だ存在しないように思われる。

## 多喜二の終わりなき世界

本書ではここまで、小林多喜二のテクストを埴谷の批判に添って取り扱ってきた。実際、「政治と文学」論的批判は、女性と組織の天秤の例でも明らかなように、符合する部分が少なくなく、その為に平野没後もなお多喜二批判の常套として使用されている。[70] しかし、素朴に考えて、埴谷や平野を筆頭とする「政治と文学」論者は多喜二のテクストの全容を捉えそこねているようにも思われる。例えば、埴谷がわざわざ文学的観念世界で見出した終わり＝目的なき世界は、飛躍を介さずとも、既に多喜二が「循環小数」という言葉で、具体的な実感とともに示していたものだった。

「四を三で割ると一、三三三……となる。この循環小数を人はいくら迄続けてゆく根気があるであろう。これを一生涯せっせとつゞけ得るものがあったら、その人こそ社会改造家であり得る人である。そしてその人はキット下女を侮蔑しないであろう。何故なら下女は、今朝すっかり家の中を掃除しても、又次の朝掃除しなければならない事を知って居り、恐らく一生涯その事を「平気」で続けることをも理解しているからである」(「「下女」と「循環小数」」、『新樹』、一九二六・五、全集第五巻、三二一頁)

循環小数 circulating decimal は、土井大助が指摘している通り、多喜二が日記やシナリオノート「来るべきこと」などでよく使っていた「おなじことをくりかえす状態をさす批評語」だ。[71] 循環小数に終わりはない。同じことの反復、つまり「三三三……」に「平気」で耐えられる者だけが、「社会改造家」、そして

「下女」になりうる。逆にいえば、「下女」の資質にこそ「社会改造」の資格が宿る。[72] ここに、平野が批判していたような政治目的実現の為にあらゆるものを犠牲にするマキャベリストの姿をみることは難しい。

勿論、「社会改造家」にも未来の目的（革命）と現在の手段という乖離はあろう。ローザ・ルクセンブルクは一九〇〇年「社会改良か革命か」という論文でその対立の不毛を説き、日常闘争的な社会改良が手段、終局である革命が目的であると主張したが、多喜二が特に強調しているのは、その間には、三が無限に反復していくような何の変化もなく、意味があるかどうかも分らない労苦の日常が延々続き、それが目的と手段との間、未来と現在とのあいだを間隙なく埋めていく、ということだ。

ここには「抽象の体系」で生じた「距離」の埋め合わせがある。しかも、その埋め合わせが「一生涯」分以上続くのであるなら、現世で到達できない目的は、実質的に政治的というよりかはほとんど宗教的な、実現不能だが目指すべき努力目標と化している。

戦前共産党は日常から隔絶された「非常時」を成員に与えた。しかし多喜二の初期からの文脈で眺めてみた時、それで社会革命が果たされるし、果たされるべきだ、と素朴に考えていたかどうかは疑問が残る。「非常時」は偽りの「四」に過ぎない。逆に、「三三三……」の際限なさは『東倶知安行』で強調されていた「「何代がかり」の運動」観に直結する。革命への過程は地道な行動の積み重ねであり、多くの場合、その従事者は念願だった革命の瞬間に立ち会うことができず、希望は運動が持続するかどうかも不確かな、将来世代に託されることになる。

埴谷は、抽象の独自の使用法によって、組織の素材となる有機体、そして有機体の素材となる存在＝宇宙を遡行的に見出したが、同時にその観念世界がループし続けることも確認することになった。そこでは最終的な解決や絶対的な外部を設定することができず、謂わば世界そのものが自縄自縛し、自家中毒に陥っていた。対して、多喜二は同じループ状態でも、それをあくまで何の変化も起こらない日常の中に見出す。多喜二にとって際限なさとは、有機体や存在の際限なさではなく、端的に苦しい日常生活（とそれに根ざさざるをえない運動）の際限なさだ。

## 「循環小数」の絡み合い

確かに、入党後の多喜二の小説にはしばしば「抽象の体系」を基盤にしているような運動家が登場する。また、多喜二自身も既に確認した「観念的＝理論的中心」に奉仕する「党の作家」的な傾向をもっていたことは否定できない。ただ、多喜二のテクスト総体を眺めてみたとき、「党の作家」は勿論、「抽象」性を弄ぶ多喜二像は、例外的なものでしかないように思われる。組織を率いていく共産党の指導者や前衛、或いは普通の党員の背後にさえ、自覚的にか無自覚的にか、彼らを後ろから支える無数の「循環小数」が連なっている。それが『東倶知安行』の基本的認識だった。強調された運動家と老人の対照にしても、そもそも、対照を露骨に描きこむ行為自体に表／裏の分節そのものをジレンマとする視線が読み取れる。

表／裏で分かれつつ、個々それぞれの生活はそれぞれが相互に複雑に絡み合い、老人の娘がそうであったように、必ずしも組織なり政治なりに関心のない者までもが運動に巻き込まれていく。だから、ある生活者の一人が成員的関係を欲すると、それに準じた行為は余波を生んでしまい、別の生活者の変化させ、それが延々連鎖していく。

「一つの潮汐運動」をイメージしてもいいだろうが、一七から始まった老人の「循環小数」は、娘の「循環小数」と連鎖し、相互に維持されていく。この小説において「下女」と「社会改造家」のそれぞれの「循環小数」は決して無関係ではない。そして当然それを感激と共に眺める「「裏」の仕事しか出来ない」「私」の「小数」にも影響を及ぼさないではいられないだろう。新聞小説『安子』にも、党活動に従事する為に働けない自分の生活費を姉に頼む妹の姿が描かれているが、このような「循環」連鎖は「党」の帰属とは無関係に、それこそ「自然生長」的に生まれ、勝手に拡がってしまう。

政治的なものは決して政治的なものだけで支えられているのではない、と言い換えてもいい。例えば、古代ギリシャでは直接民主制が採用されていたが、それが可能であったのは、同時に奴隷制があることで身体的な生死に関わる労働を全て奴隷に押し付け、その分の余暇を政治的活動にあてることができたからだ。逆にいえば、奴隷が労働に従事しなければ充実した民主制は獲得できなかった。同じことは『東倶知安行』にも妥当する。娘の「循環小数」がなければ、老人の政治的「循環小数」もありえない。伝統的に、政治的なものと家政的なものとは対立的に捉えられるが、[73]多喜二の視線は政治を選べば必ず家庭に多かれ少なかれ余波を与えるそのグレーゾーン、接触地帯に注がれていた。

『東倶知安行』の主人公は応援演説で「台所と政治」、つまり「一本の醤油——醤油店——問屋——醤油株式会社——株主——重役——三井、三菱等——ブル政党」といった具合に「選挙はお前達の「台所」の問題だ」という趣旨の演説を行い、だからこそ家庭の「台所」を仕切る者、「細君」や「年老いた母親」にこそ政治的代表を選ぶ権利があると強く謳う。繰り返しになるが、第一回普通選挙では女性の投票は認められていなかった。代行の擬制に直面するからこそ、それを是正しようという主人公の弁にも熱が入る。しかし、皮肉なことに「彼等に代り叫び知らせてやらなければならない」という彼の強い思いが示すように、代行の擬制性を告発するにも代行の論理を借りなければならなかった。

実際、「これア嬶ば連れてくるんだったな！」という男の言葉が象徴しているように、その演説の場に、当事者となるべき女性は不在だった。男たちが演説会場に来ている間、彼女たちは何をやっているのか。恐らくは、正に「循環小数」的に続く実際の台所仕事なのではないか。政治と家庭の接触地帯で多喜二が見出すのは、最も政治的解決が望まれる者が、最も政治から遠ざかってしまうという解き難いアポリアだったのだ。

ノーマ・フィールドは『党生活者』再読を通じて、平野謙を典型とする「政治と文学」論者から多喜二の名誉回復を試みているが、その着眼点は政治（組織）と文学（人間個々人）の統合を目指す「到達点のない働き」だった。[74] 勿論これは「循環小数」とその複数連鎖と換言できる。弁証法的に上位の解決へ上昇していくというよりも、同じ欺瞞や葛藤に何度も何度も回帰する――次元は違えども埴谷の組織論批判で見出されたのと似ている――いくつかの相を掻い潜る永続的な運動体だ。

多喜二は埴谷のように決して現実的無力に居直ることはしなかった。けれども、興味深いことに二人の作家の見ていた世界は、類似している。一つは観念的思索で見出される組織化の際限なき世界であり、一つは現実生活にある組織以前の際限なさだ。一方は政治組織論の到達点に他方は出発点にそれを見出したが、もし運動が永続するのならば、出発か到着かという差異は、少なくとも運動体自体にとって、ささいなものにすぎない。小林多喜二と埴谷雄高という、二人の共産党員は、それぞれ固有の思考の枠組みの中で、しかし共に果てのない運動体へと還っていくことになるのではないか。運動は終らない、というフレーズこそ両極端な作家二人が、しかし共に了承するものである。

# 第四章 政治「と」文学

## 虚数の世界——未生の子供

「循環小数」に呼応するように、埴谷雄高にも数学的比喩を使った表現がみられた。しかし、数学的比喩が多喜二にとっての出発点であったのに対し、埴谷の比喩は実質的な到着点であるようにみえる。弾劾裁判の後半から引用しよう。

「そのはじめのはじめから「堕ろさ」れて「存在たり得ぬ存在」、そして、この影の影の影の国でも食物連鎖に支えられた他の亡霊達とはまつたく異種の「死のみの死」をただただ携えてきた「負の異端者」たる彼等を、数学者は、$\sqrt{-1}$と名づけ、そして、彼を規定して$i^2=-1$と呼んでいる。つまり、「存在の異端者」として「運命的存在者《エートル・ファタール》」であつた彼等こそは「亡霊宇宙」でも「絶対に黙しつづける」異端者であり得たのだ」
(『死霊』第七章「《最後の審判》」、全集第三巻、七四〇頁)

$i$とは虚数、負の数の平方根を指す。数学の専門家でない者が虚数とは何かをここで分かりやすく解説することは至難であるが、とりわけ循環小数との対比でいえば、それが実在する数に対応しているかどうかを考えてみることは重要だ。循環小数の小数は連続すればするほど小さく細かい数を永遠に演算することになるが、少なくとも確実に実在するものに対応している。循環小数は小数部分が無限に続く無理数であるが、決して実在しないのではない（つまり実数である）。それに比べて虚数はルート・マイナス・1を意味し、そもそも実数でない複素数である。虚数は計算上仮想的に必要となるが、その数は具体的な実在に対応させることはできない。

　ジャック・ラカンは精神分析の数学的比喩としてやはり虚数を使い、それが全くの出鱈目に過ぎないと痛烈に批判されていた[75]。これと全く同じ批判が埴谷にも妥当するようにみえるが、しかしながら、ラカン以上に、埴谷の比喩を読む上で専門的知識は必要ない。

　弾劾裁判で埴谷は、食物連鎖に縛られた相互に食らい合い弾劾し合う有機体を見出していたが、同じ有機体でも、彼らから超越的な位置を獲得する特別な存在者がいた。それが、「堕ろさ」れて「存在たり得ぬ存在」、誕生そのものを享受せずに死んでいった、堕胎で死んだ子供の幽霊だ。何故、彼が虚数の比喩に託されるのか。弾劾裁判で登場した有機体にはそれぞれ出自があり、生の内容を一定以上もっていた。それが為に食う食われるという争いが生じる。しかし、その幽霊には出自＝ルーツ roots がそもそも存在しない。ルートの中身がマイナスであるが為に、彼は虚数によって喩えられる。こうして、「地底の深い同じ根」に縛りつけられていた政治組織も、その延長で発見された有機体も、根 root なしの虚数的存在としての子供によって相対化されるのだ。

## 虚数から虚体へ

大澤真幸は堂々巡りを続ける弾劾裁判から特別に超越する一点として、やはり未生の子供登場を挙げ、それが現在の利害関心を超えた倫理の根幹を象徴しているのだと指摘している。[76] 実際、堕胎の子は食う食われるのループから外れて、食物連鎖から超越しているようにみえるし、そもそも存在＝宇宙に属していない。埴谷の希望が託されるという解釈も理解できる。というのも、虚数的発想は「自同律の不快」に並ぶ埴谷独自のターム「虚体」にも連続しているからだ。

自己解説を参照しなくとも、虚数と虚体の関連性は明白である。虚数は英語で imaginary number と呼ばれ、直訳すれば、想像的な数と訳すことができる。そして、想像力の問題は、虚体論において特別なものだった。[77]

「神は二十億年かけて単細胞からわれわれをつくり出す実験をして、更に無限という時間と空間を担保にして更に多くの実験をしようとしているけれど、神にとって残念なことは、その無限の時間も空間も実体的な枠の中に置かれていて、いってみれば「虚体的」な振幅はもち得ないのですね。その点、想像力だけで支えられている白紙のほうが神ほど拘束されていなくて、いまいった枠と振幅を同時にもっている」（古屋健三＋埴谷対談「『闇のなかの黒い馬』を語る」、『三田文学』、一九七一・六、全集第一四巻、二〇二頁）

二つのことを理解することができる。一つは「虚体」とは時空の条件に左右される実体とは全く別のものだということ。『死霊』中でも「それは実体の反対概念と言っても好いかも知れない」（第三章）などと言及されている。つまり、虚体とは虚無と親和性のある概念だ。もう一つは、埴谷にとって想像力の発揮が「虚体」性の発現に関わるということだ。「白紙にものを書くのは、実際にものを作ってみせるわけでなく、虚なんですが、虚がこの現実以上に強い事態を示すのが想像力なんです[78]」という別の対談での発言と合わせて考えてみた時、ここでいわれている想像力はより正確にいえば、現実を写すのではない文学的想像力と強く関わるものだということが分かる。つまり、「虚体」とは虚構と親和性のある概念なのである。「白紙」とはだから、とりわけ文学が書き記し残される特権的な場所にほかならない。

実体の反対物であり文学的想像力と連関する、言い換えれば虚無的かつ虚構的であろう、虚体とは一体何なのだろうか。それを積極的肯定的に描き出すことは難しい。その困難は思想内容や概念連関の難解さというよりも概念そのものの性質に由来している。つまり、虚体は一個の積極的な概念として設定されているというよりも、何物かに対する否定的なものとしてある。「虚」の文字は、「虚」膜細胞にもあった。勿論、そこに虚体との親和性があることは容易に予想がつくが、結論からいえば虚膜細胞は虚体そのものと認めることはできない。何故ならば虚膜細胞は「自存存在者」の種族であり、存在＝宇宙全体に等しく、それとは反対に虚体は「自存」も「存在」も否定する概念であるからだ。

熊野純彦は虚体が「むすうの可能性と無限の不可能性とを、すなわち、いっさいの未出現を包括する或るものを、人間がみずからつくり出すこと[79]」だと述べている。「未出現」、たとえば未生の子供のイメージを鑑みれば、この定義は十分首肯できるものだ。未生の子供は普通の意味で存在しておらず、だからこそ存在＝宇宙に属さないという点で他の幽霊たちから超越している。そして、その存在したかもしれない可能性を代弁することは――そもそも存在していないのだから――実際には「不可能」で、かろうじて想像的に、つまり『死霊』という虚構の中だけで許されるものだ。文学が際限ない（政治、そして有機体の）組織化の力に対して外部を設定するのだ。

しかしその超越の消極性は一目瞭然だ。森川達也は「あらゆる積極性を排除した、負の概念そのもの」と虚体を定めている。[80] 鹿島徹も『死霊』の中から「自己が自己とぴつたりと重なるならば、それは、確実な、堅固な、実体」という規定、即ち自同律の規定を引き、そのような実体の対比として「自己の実体的同一性およびそれと相補的な自己と世界との一体性を確保する枠組みとしての「私は私である」を軸にした、「存在《ある》」の論理にたいする否定の方向を模索するために、一つの問題語として提起された」のが虚体であると、概念の根本にある否定のための否定性を読み取っている。[81] 本書の文脈でいえば、虚体はそこから超越しているはずの存在＝宇宙に実は常に依拠せねばならず、しかもそれは存在＝宇宙成立の事後に後続する、それ自体で定立することはないものだ。その超越性は遅れて（のみ）見出される。

未生の子供が発見されるのは、子供が生まれその子供がまた子供を生むという歴史の前提の中で生み出された創作主体が事後的に想像するという方法を採るしかない。

要するに、虚体で示される超越（外部）設定であっても、「自同律の不快」と同じく、ループする運動に対してそれ自体で実効的な力をもつことはない。その超越（外部）は永久に仮定のものに留まり、ループをどんなに前進させても進むのと同じだけ遠のいてしまう。そこで行われているのは存在＝宇宙という確立された内部に準拠して派生する別の可能性（モシ、タラ、レバ）を文学テクストに投影する営みだけだ。

ここに「虚膜」の本質的な意味がある。内部循環しているような存在＝宇宙は虚の膜に包まれており、そこで大文字の存在に包摂されない外部を暗示する。けれども、それは「細胞」なしには存立しえないものだ。実際、虚膜細胞は細胞分裂によって「「存在《ある》」の論理」に組み込まれてしまっていた。虚膜なしでも「細胞」は維持されるが、「虚膜」は細胞なしには考えられない。

虚体も同様である。虚体はある意味で実体にとり憑く幽霊のようなものだが、その霊はとり憑くべき当の主がなければやはり（想像されず）同じく消滅してしまう付属体だ。「不快」が自己から離脱できなかったように、「虚体」も実体から離脱できない。

## 中心と心中

結局、際限ない運動体は止まらない。『死霊』は未完で終わったが、埴谷は完結部分の構想を対談で繰り返し語っている。つまり、生と存在の秘密を知った三輪与志は息絶え、それを追って婚約者の安寿子が「心中」するというものだ。〔82〕「心中」が若い埴谷を捉えていたテーマであったことは評論が示す通りであり、〔83〕『死霊』にも既に三輪高志の恋人であった尾木恒子と高志の仲間が心中したという設定があったことを想起すれば、構想は文脈からみても決して突飛なものではない。

ただそれ以上に「心中」とはそのまま、しんちゅう、心の中と読める。この構想が示しているのは、物的身体を見限り、現実の政治的革命を諦め、純粋な観念界に移り住もうとする不可能な望みである。それ故、この結末に同期して与志が虚体になるような記述が『死霊』の「九章未定稿」で書き残されたことは十分納得がいく。〔84〕与志が虚体になれるのは「虚」構の登場人物が「虚」無に還るという、「虚」をかけ合わせたような、文学以外では不可能と思われる条件なくしては考えられず、狭義の文学ができる唯一具体的な実践でもあるからだ。与志は「志」を「与」える。ここでいう「志」とは同じ党に属している同志に共通しているものではなく、政治を超えて、評論「不可能性の作家——夢と想像力」(『文学界』、一九六〇・一〇)が主張していたような、現実的対応物を一切もたない不可能に満ちた文学へと向かう「志」にほかならない。

加えて、心中にはもう一つの暗示が込められている。つまり、心中とは中心を転倒したもの、即ち中心を背面で支えているものの往々にして無視されてしまう無数の周縁的な存在者を描き出そうとする意欲である。埴谷にとって中心とは何か。勿論、戦前共産党であり、党を原理的に貫いていた位階制にほかならない。有機体への批判もそこでの体験から導かれた。多喜二の場合、出発点としての周縁的な存在者は「下女」や「老人」といった形象で浮上していたが、観念の徹底化に突き進んだ埴谷の場合、彼らも呼応して段階的に抽象化され、名もなき密告者、「死骸群」の幽霊、虚数に等しい未生の子供と、周縁的な彼らに空想的な超越性をでっちあげることで、存在＝宇宙を貫く組織化の力に対抗しようとする。その最終形が虚体と化す与志の結末だ。

誕生が既にして罪なのだという埴谷の思想はその傾向をよく表している。埴谷は実人生において、妻の敏子が懐妊しても堕胎を繰り返させ、決して子供をつくることをしなかった[85]。その根本的な理由は性が食と同等の原罪で、それは子宮の中で競走する精子の群れが、たった一匹しか選ばれず、その生き残った一匹は結果的に兄弟殺しの罪を負っているからだった。中心を転倒させること、それは共産党批判から始まり、罪を犯した自己とは別の精子、別の精神、別の可能性の声を事後的に汲み上げ逆転的に超越化するという想像力を導く。しかし繰り返すが、この転倒は物的現実を見限ることによってのみ許される。そこで逆説的に露呈する無力は虚体の道具立てでも解消せず、むしろ露骨に顕示されてしまっている。

ここには、多喜二のジレンマとして紹介しておいた不在＝権力の困難がある。『東倶知安行』では女性不在で「台所」の政治が強調されるという擬制性が示されていた。それと同じく、現実存在しない周縁的なものの声を現実の埴谷が代わって想像し、表現することの擬制性、一種の詐術を彼は意識しないでいられなかった。とりわけ死者の声を表現することの道徳的困難は容易に予見できる。評論「平和投票」（『群像』、一九五一・六）では「死んだものは、死んだものだ」「殺せ、というやつを、殺せ」という死者の声を「私」が代行的に伝えるが、仮想の対話者になっている「彼」は、その言葉を「一つの鋭いブーメランのように自身にはねかえつてくるもの」と指摘している。埴谷は文学的創作の限界を暗に認めている。ここには生きているものだけが「死んだもの」の声を請け負うことができるという詐術（擬制）への自覚がある。

女性不在で「台所」の重要性が叫ばれていたように、死者不在で死者の声が響く。多喜二のジレンマは埴谷に継承されている。逆にいえば、代行と被代行という政治的な対応を何とか克服しようとして持ち出されてきたのが、虚体に凝縮された「虚」の思想だったといえるだろう。しかし前述の理由からその試みが成功しているとは思えない。

## 「最後の風景」を超えて

「循環小数」とは対照的に、終わらない世界に断絶（外部）を持ち込むようにみえた「虚数」的発想も、結局は終わらない「不快」への依存なしには考えられず、そちらへ回収されていく。多喜二自身は初期に抱いていた循環小数的苦しみを、政治運動に参加していくにつれ、別の苦しみに代替する道筋を見つけていた。「最後の風景」がそれである。

「「最後の風景」——（中略）今彼等の運動は地下に追いやられている。普通の人なら、下駄を引ッかけて、ひょいと外へ出ると云うことでもそうだが、勿論仕事で出るときには、彼はその途中で見、聞きするどの一つの景色だって、又決して見る事の出来ない最後の風景かもしれないと考えるのだ。——今彼は、牛丼をこの上もなくうまく食べた。然しこれが、その最後かも知れない。今、食後のバット一本を、胸の奥までフカ〳〵と吸い込んだ。然し、これもその最後かも知れない。今電車で途中の景色を見てきた。然し、この帰りは護送自動車から、それを見ることになるかもしれない」（『オルグ』「上」第四章、全集第三巻、二二九頁）

特高に切迫され、緊張状態に置かれた成員は、自由、そして最悪の場合には生命が不意に剥奪される可能性を考慮せねばならず、日常生活の中で常に「最後」を意識せねばならない。実際、虐殺された多喜二には予期せぬ最期が訪れてしまった。多喜二もまた「末期の眼」をもっていた。「循環小数」の果てなき苦しみは、最期という苦しみで終止符を打つ。多喜二は運動に参加することで身体的限界という「循環」の外部に抜け出すことに成功した。しかし、埴谷はそこで立ち止まることはなかった。死者の電話箱の挿話からも明らかなように、埴谷は死後も続く「循環」の「風景」を観念的に描き、そこからの脱却不可能性を示してみせた。

言い換えれば、一見多喜二に批判的であったようにみえた埴谷は、初期多喜二が抱いていた「循環小数」的発想を、観念的な道具立てを複数介することで、（狭い政治的意味ではない）組織一般、運動一般の問題へと拡張し、延命させてしまっている。それ故に「循環小数」と無限の「不快」がどちらもループしてしまう。

ここにきて政治的小林多喜二像と文学的埴谷雄高像という対立図式に素朴に依拠することには限界がきている。むしろ、埴谷は意図せずも多喜二の隠れた後継者の一人として、若くして死んでしまった先輩の発想を独自な仕方で引き継いでいるようにさえみえる。埴谷雄高は小林多喜二の対立者というよりも補助者のようだ。「私達が敢えて自己批判すべき最初の端的な試金石こそまさに党の作家小林多喜二である」という回想文「或る時代の雰囲気」の結語の言葉は決して平野謙への配慮によってのみ導き出されたものではない。ここには「自己」批判という埴谷文学の全重量がかかっているといっても過言ではない。

埴谷は多喜二を終わらせない。ここに両者を対立 opposition の枠組みではなく、共立＝和解 composition の枠組みで捉え直す機会が認められる。言い換えれば、一見、政治と文学をそれぞれ代表しているようにみえた両者のテクストには解消不能な緊張関係の一方で、ヒューマニズムと反ヒューマニズムといった従来的な二項対立に還元できない、テクストの接触地帯で見出される共有テーマがある。実際、埴谷雄高を「政治と文学」論争でよく見られたヒューマニズム擁護の作家として認めることは、語の意味を相当拡張しない限り難しいだろう。今まで見てきたように埴谷の関心は人間が集団でつくる政治組織への関心から出発していたものの、人間個人の死を超えて、動植物といった有機体全般、無生物をも司る存在、そして存在に至らない未存在といった仕方で人間の形態を無視して、己の文学の血肉にしていった。少なくともこの観念操作上では人間存在の固有性は相対的に後退していく。たとえ、『近代文学』派的な政治的多喜二像を採用したとしても、埴谷の文学を対立図式内に収めることは難しい。

## 「政治」と「文学」の三本柱

ここにきて、元々多喜二が焦点となっていた「政治と文学」論の再考という課題に着手することができる。埴谷にとって、文学とは終わり＝目的を超えて生き延びるものだ。それは物理的身体的な死（解体）とも、政治組織の目的論とも、無縁に生き延びる。未来に永遠に開かれた汲み尽しえないこの可能性の泉にこそ文学の本質的な価値がある。そして勿論その可能性のことごとくが物理的経験的には実現できない不可能性でもある。

「私達の精神の暗い奥所を震撼させ、とめどもないような発想を否応なくうながす種類の持続的衝撃は、いつてみれば、神、自由、永世といつた果てもない「極大」へ向かうところの一種全的な思考――というより文学的思考法の上に作中の諸人物が支えられなければ、ついに、生みだされ得なかつたのである。文学は何をなし得るか、と問われたとき、ひたすらこの種の震撼をもたらすことだけというのが、本来は唯一の答えだつたのだ」（「文学は何をなし得るか」、『三田文学』、一九六八・五、全集第七巻、六二七頁）

この「だけ」という厳格な限定に埴谷の否定性を読み取る作業を繰り返す必要はないだろう。文学の特性である「極大」性は、終わり、つまり政治的目的や人間の有限性、物理的枠組みを超えた世界を表現し、読み手を「震撼」させる。しかもそれはこの評論内で「深夜、燈火もつけぬ闇のなかで物想いにふけつたまま身動きもしないでいる」「少年」の形象に託されて語られているように、作者は一人で創作することで、またその創作物を読者は一人で読むことで「震撼」に到達できる。政治はそれと違って現実の運動や共同性に束縛されてしまう。

前段の評論冒頭部にも引用されている別の評論「悲劇の肖像画」[86]が教えるところによれば、埴谷にとってそもそも政治とは「第一に階級対立、第二に絶えざる現在との関係、第三に自身の知らない他のことのみに関心をもち熱烈に論ずる態度」の三本柱で成り立っている。第一については、位階制として今まで中心的に扱ってきた。そして第二第三もことさら説明を要さない。政治は「抽象の体系」を準備し、抽象力に取り込まれた成員は見知らぬ同志の表象に翻弄され、孤独な自己への内省の機会を――独房でも用意されない限り――逸してしまう。これは「他の思考」とも呼ばれる。或いは、政治は「現在」に執着し続け、歴史の裏側で殺されていった死者や未だ存在しえない未出現のものを無視する。当然、政治に対立する文学は、これと反対の性格をもつことになる。つまり、「第一に王侯も乞食も貴婦人も娼婦も同一に見るいわば神に似た視点、第二に絶えざる非現在との関係、換言すればいかなる芸術作品もそれぞれ十年後、百年後の生命をもとうと欲すること、第三にただ自身の見知つており洞察し得たことのみからひたすら出発する態度」である。

第一点は個々人を有機体一般、存在一般から問うていく視点、第三点は抽象に宿る具体の出発点が対応しているだろうが、注目すべきは、第二点、「非現在」との関係の内実が「百年後の生命をもとうと欲すること」だと指摘されていることだ。「非現在」は死者や未生の子供への注視が代表しているといえるだろうが、それ以上に、つまり文学の内容以上にそれは文学の形式そのものに関わる。埴谷にとって文学とは人間の死を超えて生き延びるものであり、それは実体の事後に登場する文学的な虚体概念にとっても本質的な理解だ。

## コミュニカティヴな文学

ここには、とりわけ多喜二との対照の中で、看過できない無条件的な前提、つまり文学が何の努力もなしに生き延びるはずだという知見が無反省に肯定されている。言い換えれば、作家が崇高な使命を帯びて文学テクストを執筆したとしても、それが誰にも届かないことがありうる、という不安が埴谷にはないのだ。成程、文学は無限の「白紙」に見合う可能不可能含めた「極大」の題材に対峙し、「百年後」を目指すかもしれない。だが、それは書き手だけに迫ってくる一種独りよがりな衝動なのではないか。埴谷の考え方には文学の生存を保証するのは、書き手ではなくむしろ読み手の方であり、読み手は様々な現実的物理的条件によって変化するものだという視点が欠けている。読者に十分なリテラシーがなければ、或いはテクスト自体が入手できない状況が続けば、或いは文学という創作ジャンル自体が衰退していけば、一〇年後の読者にさえ受け入れられるかどうか、「震撼」が起こるかどうかは定かではないはずだ。

この点をことさら強調するのは、正に多喜二こそテクストが読者に届かないことがありうるという前提で創作活動を続けた作家であったからだ。序章では芸術大衆化論争の文脈を引いた多喜二のリーダビリティをみた。実際、本書での引用でも明らかな通り、特に埴谷と比べればその読みやすさは段違いであるといえる。それがしばしば芸術的価値への疑問にも直結し、事実、昭和初期にはプロレタリア文学の芸術的価値論争が起こるが、そこには、特別な読者認識がセットであったことは考えていい。多喜二は雑誌『戦旗』に書かれていたプロレタリア文章作法を自身の評論に肯定的に引用している。

「「諸君！　われ〳〵の戦旗を最も熱心に読むものは誰だろう?」そこでは云っている。「それは云うまでもなく労働者、農民大衆だ。とすれば、我々の読者は誰でもが六ずかしい言葉を知っていたり、外国語を知っていたりしはしない。我々の中には小学校を卒業しなかった人さえもかなり沢山居る。また我々が戦旗を読む充分の時間を持っていないことも知れ切ったことだ。一日の労働に疲れ果てた肉体をもう一度起して、この我々の戦旗のページをめくるのだ。（閉じ括弧省略）」（「プロレタリア文学の新しい文章に就いて」、『改造』、一九三〇・二、全集第五巻、一六〇頁）

プロレタリア文学の作家にとって、自身の読者層を無視すること、或いは、一様に捉えることは許されない。何故ならば、プロレタリア文学の目当てとなる読者の多くは労働者であり、彼らは本来ならば前提としていい、読書に関する諸条件を欠いている場合が多々あるからだ。例えば、リテラシーの有無は最たるもので、漢字の意味や構文が十分に理解できなければ、文学の題材やテーマ、政治的主張、イデオロギーとは全く別個のレヴェルでテクストを読者に届けることは失敗してしまう。或いは、長時間労働に従事せねばならない労働者は、読書に割ける時間は勿論、読書に向かおうとする動機そのものを維持する精神的な余裕も圧迫されてしまう。このような状態で、難解な長篇小説を読むことは極めて困難だ。こうして、序章で紹介しておいた壁小説が試みられる。今一度確認しておけば、壁小説とは全文を壁に張り付けることができるほど短い掌篇で、忙しい職場でもちょっとした時間の隙間で読み終えることができる文学形態だった。

近代文学の名作を読み通すことが難しくてそれを客人に読み聞かせてもらう若い売春婦がヒロインの『曖昧屋』（一九二五年、生前未発表）、同じく字が十分に読めず息子の手紙を他人に音読して貰う母親が登場する『争われない事実』（『戦旗』、一九三一・九）、そしてその改作『母妹の途』（『サロン』、同年・一二）、ヒロインの雑記帳のほとんどの頁が漢字ではなく平仮名によって綴られている『その出発を出発した女』（一九二七年、生前未発表、未完）、ビラの文句が「難かしくて分らない」と労働者に語らせている『沼尻村』（『改造』、一九三二・四〜五）等々、多喜二の小説には、学校に通えず満足に字の読み書きができない登場人物がよく出てくる。

遺作の『党生活者』にあってさえ、ビラを「小学生のように一字一字を拾って、分らない字の所にくると頭に小指を入れて掻い」ている女性労働者（第二章）、或いは息子の手紙を読む為に「字を覚え出し」て「不揃いな大きな字」がやっと書けるようになった母親の姿を拾うことができる（第四章）。

このような登場人物の頻出は、多喜二の読者イメージを間接的に教えている。多喜二にとって、芸術的価値の高い文学テクストを拵えさえすれば何の工夫をせずとも読者はそれを受容するはずだというような暗黙の信頼感は解体している。彼の目標とすべき読者は、小説の登場人物のように、そもそも字が満足に読めず、或いは読書の為の十分な時間を確保することができない状態に置かれているかもしれない。

少なくとも多喜二にとって、プロレタリア文学とは労働者の現実を描く小説であると同時に、労働者自身が読み進めることのできる小説でなければならない。荻野富士夫は入獄を契機にして変わる大衆雑誌『キング』への多喜二の肯定的評価に言及しているが、[87] 多喜二にとってテクストは届かなければ意味をもたない。先の評論では続けて「書き始めてから、こういう漢字を使っては読めない人がいるかも知れないというので、それを仮名にしたり、出来上ったあとで自分ではこれでいゝと思うが、人はどう思うか知らんというので、誰かを捕まえて読んできかせたりせずには居られなくなるだろう」と引用している。闘争、団結、革命といった今日ステレオタイプ化したテーマ以上に、プロレタリア文学というジャンルを特徴づけているのは、読者からの反応や応答に呼応して成長していく、作家と読者の相互作用性である。プロレタリア文学は、テクストの内容如何テーマ如何を超えて、形式的に書き手と読み手のコミュニケーションを喚起しつつ進展していく。だからこそ、書き手は、漢字が分からない、といった読み手の反応を通常以上に敏感に先取りしながらリーダブルなテクストの作成に努めることになる。

「私はある工場労働者から、五分か十分で読めるような短篇作品をドシ〳〵書いてもらえないかという話をきいた。その場合、極く単純な、小ッちゃいテーマで、読んだ瞬間、フン成る程だとか、へえとか、ピリッとしてらアとか、すぐそうくる作品であって欲しいと云うのである」(「文芸時評㈠」、『中央公論』、一九三一・五、全集第五巻、二五〇頁)

これは短い短篇小説の重要性を訴える多喜二の動機づけを説明した部分の引用だ。一読すれば分かる通り、テクストの難点が読者とのコミュニケーションを介してフィードバックされ、解決に向っていく様子が推察される。プロレタリア文学者にとって、独り合点や独断専行は許されない。それはコミュニケーションと共にある文学だ。

## 読者参加型文学としての「報告文学」

文学が書き手と読み手のコミュニケーションによって創作されていくならば、相対的に世界を創造する神に等しいような作家の特権性は低下していく。「報告文学」への多喜二の期待もこのプロレタリア文学の性質から説明できる。「報告文学」とは reportage の訳語であり、通信文学とも呼ばれる文章ジャンルだ。ここでいう「報告文学」とは今日呼称されているルポルタージュと違って記者による特別な調査や関係者への丹念な聞き込みを必要としていない。それは、各地域にいる報告員＝通信員（レポーター）がその地域で体験した事実を写しとり、文字通り「報告」することで体験を同志と共有しようとするものだ。[88]

「——我々は、最近に日本プロレタリア作家同盟が「報告文学」なるものを力説していることを知っている筈だ。私はこれだと思っている。——それは必ずしも芸術のスペシャリストではなしに、各職場、各運動分野に於て実際にその仕事と運動のなかにいるものが、前の言葉を繰り返えすならば、「工場」や各種の無産者的組織の中で働いている近代的プロレタリアートが、その刻々の運動の情勢を端的に報道することに生々とした、真実に労働者的な新しい形式の誕生を期待しようとするのである」（「プロレタリア・レアリズムと形式」、『プロレタリア文学』、一九三〇・六、全集第五巻、二一〇頁）

「職業的になったプロレタリア作家」とも呼ばれている「芸術のスペシャリスト」は、全国各地の現場を写実することはできず、しばしば実際の組織活動から断絶された無能を抱えている。別の評論「「報告文学」

其他」（『東京朝日新聞』、一九三〇・五・一四〜一六）の表現を使えば、職業作家は「コブ」、つまり「停滞化」に等しく、「「流動する」生々としたプロレタリア作品」にとって代わらなければならない。しかしこれを解消するのは専門家（「スペシャリスト」）に対する万能者（ジェネラリスト）ではない。そうではなく、地域に応じた専門＝特殊（スペシャル）を各地の点在に従ってさらに細かく分担することで出来上がる、複数「スペシャリスト」のテクストの交流の舞台こそが「芸術のスペシャリスト」の代替として登場すべきなのだ。

いうなれば、「報告文学」は作家（生産者）と読者（消費者）の常識的な二項関係の前提をつき崩し、読み手が書き手に、書き手が読み手に交替することを求める読者参加型の文学であり、当然このような提言が持ち上げられるのは、プロレタリア文学のコミュニカティヴな性格に由来する。読者は受動的に適当な文学を消費するだけでなく、自身も一時的に書き手として参加を呼びかけられる。こうして、読み手でありながらも書き手でもある労働者同士は、テクストを媒介にして、全国的なコミュニケーションに参画できる。

浅田隆は、今日、学生に「プロ文とは何か」と問いかけてもプロフェッショナルを意味する「プロの文学」という答えしか返ってこないという挿話を紹介して、その影響力の小ささを嘆いている。[89] 学生の回答は二重に間違えている。先ずいうまでもなく「プロ文」とは、プロレタリア文学の略称であり、それ以上に、プロレタリア文学はプロフェッショナル、つまり「職業的」な文学なのではなく、むしろアマチュアに大きく開かれている。

つまり、プロレタリア文学にとって、文学史に残るような有名作家が書いた大文字のテクスト（＝聖典

Texte）以上に重要なのが、各地に散らばった無名の書き手の小文字のテクストが互いに往来し合い、コミュニケーションを喚起しつつ、緻密な網をつくり上げていくことにある。

ここで勧められているのは、連帯を諭すテクストではなく、テクストの連帯である。連帯の触媒となるその小文字のテクスト群は、「芸術のスペシャリスト」から見れば、場合によっては不細工なものかもしれない。しかし多喜二にとってみれば、「職業的」「スペシャリスト」が読者に必ず届くという発想こそ何の根拠もない空疎なものであり、読者を遠ざけないようにする様々な工夫を配慮せねばならない。繰り返しになるが、ここには届くべき人にテクストが届かないのではないか、という多喜二の不安が根底にある。

## テクストの傷つきやすさ

読むべきテクストが――しばしば読みたいと思われているにも拘らず――読むべき人に届かないのかもしれない。このような不安な状態にありながら、埴谷がそうであったように、「孤独」を見つめながら創作活動に専心することに、困難が生じることは明らかだ。右に挙げた状態は読み手として想定される者の読書に関する能力的な障碍だったが、それとは別に、読書を困難にさせる事態は、紙に代表されるテクストの物的支持体そのものの毀損、テクストにそもそも接触できないようなことも想定できる。

多喜二の短篇小説『誰かに宛てた記録』（『北方文学』、一九二八・六）は配達ミスされた手紙をテクストの本文として採用している。その手紙は、ある少女が小学校教師に宛てたと思われるものだったが、手紙自体はその教師の下に届けられず、紹介者が「偶然」拾ったという設定になっている。前書きとしてその経緯が説明されている。

「小樽の地理が分っている人は、迎陽亭の前の花園橋を渡って、水天宮山の鳥居まで突かけてゆくと、左に、そこからすぐ妙見町に下りる少し斜めな坂があるのを知っている筈である。七、八間そこを下りてゆくと、堺小学校に入ってゆく道のそばに、小学生相手の文房具店がある。その前で自分はその紙片を拾ったのである。自分は、そこで辷って転んだという単純な、そんな偶然な理由でそれを拾ったことをつけ加えておく。勝手な憶測は無用だと思う、そのためにだけでも、このことは云われなければならないと思っている」（『誰かに宛てた記録』、全集第一巻、二〇九頁）

もし、この前書きの言葉をそのまま信じるのであるならば、「紙片」テクストの入手は「辷って転んだ」という意図しないアクシデントが招いた、極めて「偶然」的な出来事であり、逆にいえば、高い確率で「紙片」は誰の目にも止まることなく看過され、最終的に判読不能な屑になってしまう運命を孕んでいたものだった。実際、「紙片」の耐久性は弱々しく、宛名と著名部分は既に判読しえない状態になっていた。次のように前書きは続けている。

「用紙は小学生の使う綴方用のザラ〳〵した安西洋紙で、一番上になっている一枚は、自分が拾う前に何度も誰かの足駄の歯にふまれたり、馬橇が通ったりしたために、何時間も丁寧に手入れをしたりして調べてみたが、然し殆んど字が分らずに終ってしまった。自分は残念でたまらなかった。何故なら、その一枚目に当人の名が書いてあり、誰かに宛てたその人の名前も書かさってあったからである」（『誰かに宛てた記録』、全集第一巻、二〇九―二一〇頁）

「記録」を支える「綴方用のザラ〳〵した安西洋紙」という極めて頼りない支持体は、宛名を無くして宛先に届かず、かといって差出人に返すこともかなわず、傷つきながら屋外を漂流する。本文は処々「そばにいる人に何かいっていま（した。）」というように判読不能な字句を紹介者が括弧で補い、句読点や会話文用の鉤括弧を追加することで、かろうじて判読可能な状態に復元されている。それでも「とおもい（六字不明）しません」などと完全な復元は失敗し、最後は「お母さんや私はたゞ健二をあてにしているんです。健二が大きく」と、中途半端なところで途切れており、その後の「紙」は見つからず、ことの顛末を伺い知ることは誰にもできない。テクストの傷つきの程度の重大性は容易に推察される。

「記録」内容の細部はここでは問わない。それよりも注目すべきことは、このような傷ついたテクストを、わざわざ取り上げ、復元処理を施し、一見何の意味もない入手の経緯さえ「云われなければならないと思っている」と重々しい義務感と共に丁寧に説明する紹介者の態度だ。紹介者は前書きで「自分は本当のところ、これはこのまゝ――印刷になどはせず、見て貰いたい気がしている。この用紙と、たどたどしい字を一字、一字、それ独特な字にふれながら読むのでなくては駄目だと思う」と、原文の共有できなさを惜しみ、さらに末尾で寸断されてしまったテクストに注釈する仕方で「これが小説的なしめくゝりで終っていないからという不満に対しては、私自身読者と同じである」と追記している。読者に「不満」を与えることを事前に予見してもなお、その「不満」と引き換えに、或いはそれ以上に、読むべき価値をこの傷ついたテクストに認めている。

この態度から読み取れるのは、端的にいえば、テクストが保存され、いつでも閲覧できるという今日にあって日常的な出版の事態は、実は、特権的な条件が十分に整った上で初めて可能になるというラディカルな認識である。「紙」という物的支持体に託されたテクストは、テクストだけで存立するのではなく、実際に読書される際には、紙を順番通り束ね留める製本技術や、紙を雨風や湿気から守りきちんと保存管理する建築物の介在が必要不可欠である。もしテクストの数が膨大ならばその種類をいくつかの基準で分類し、それに従い置かれる場所を定めて、任意のテクストの入手を手助けする――例えば、アイウエオ順や分野別で並んだ本棚のような――検索システムの充実も要求されてくるだろう。

しかし以上のような条件を十分に満たしうるのは、選別された特権的なテクスト、例えば小林多喜二という人気プロレタリア作家の固有名が刻印されたようなテクストに限定される。無名どころか匿名の子供の、流通網の外に投げ出されてしまった宛名不明の手紙が保存されることなどありえない。しかしだからこそ、紹介者はその「偶然」の出会いの経緯を強調するのだ。そのテクストは普通に生活していれば、「偶然」を介さない限り出会えないような稀有なテクストであり、その出会いそのものがテクストにかけがえない価値を与えている。勿論、この態度は「報告文学」の肯定と完全に連続している。小文字のテクストが活躍できる舞台がなければ、弱いテクストほど消滅の危険に曝される。紹介者の介在により、「記録」は「報道」へと変換され再生する。もしその手続きを経なければ「記録」は消滅し、二度と読むことができなくなってしまう。

## 流通の不安——散在するテクスト

多喜二にとってテクストは動的に流通するものだ。「生々」したテクストは「流動」的なのだ。しかしその流通の過程で、事前に設定された——出版機構や郵便システムや物々交換の約束といった——流通網から「偶然」外れて行方不明になってしまう確率を多喜二は無視することが出来なかった。

傷つきやすいテクストへの視線は、その後の『工場細胞』にも見出せる。「森本が遅く階段を降りてくると、段々のところぐ\/や、工場の隅々に、さっきのビラが無雑作にまるめられたり、鼻紙になったり、何枚も捨てられているのを見た」（第一章）。勿論、謄写版（ガリ版）によって複製される「ビラ」であるならば、何度でも読者に向けて送り続けることはできる。ただ、それでも、保存されず「捨てられて」しまうテクストが現に目の前にある。

この傷つきやすさは、逆に活かされて運動に役立つこともある。『工場細胞』では、党員の間で手渡された薄いパンフレットは証拠を残さないよう読後すぐ焼却するよう求められているが、それは安価なテクストの傷つきやすさを短期的な連絡手段として見限って利用している典型的な場合だ（第一八章）。或いは「団結」用の会議を呼びかける「紙片」のメモを仕事中に労働者同士が――まるで小学生が授業中教師の目を盗んでやるように――手渡しで回し合っている場面。その現場を職長におさえられてしまうものの、一人が咄嗟に「もみくしゃにして、靴の底で踏みにじ」ることで難を逃れる（第二〇章）。ここでもテクストの傷つきやすさが簡単に字を判読不能にして、監視の眼を掻い潜らせる。判読／不能の使い分けが彼らの組織活動を助ける。

或いは、「紙」の支持体以外でも、テクストに傷つきやすさは宿る。「壁」が重要な支持体であった『独房』では「K・P」という共産党の略字が残存していた。「紙」に比べて、踏みつけられることも破けることも燃えることもない、耐久性の高いようにみえる「壁」という支持体も状況次第によっては傷つきやすさからテクストを守ることができない。

「コンクリートの壁には、看守の眼を盗んで書いたらしく、泥や――時には、何処から手に入れるものか白墨で「共」という字や、中途半端な「井」「凸」や、K・P（共産党の略字）という字が幾つも書かれている。看守が見付け次第それを消して廻わるのだが、次の日になると、又ちアんと書かれている。雨の降った次の日運動に出たとき、俺は泥をソッと手づかみにして、何べんも機会を覗ったが、ウマク行かなかった」（『独房』「松葉の「K」「P」」、全集第三巻、三三九頁）

看守の厳重な監視の中、時間的余裕がなく、書くことに専念できない囚人のテクストは自然「中途半端」にならざるを得ないし、多くは「泥」のような頼りないインクを仕方なしに選択せねばならない。しかも、やっと書くことに成功したとしても「看守が見付け次第それを消して」しまうので、テクストが保存されるか否かはほとんど運任せ、確率的なものとなってしまう。看守による監視という、支持体が置かれている社会的状況が、書かれたテクストの保存を脅かすのだ。勿論、消されても消されても再び書かれるその執拗な周期性は、第二章でみた「同志は何処にでもいる」という帰属意識を強化するものとして働くだろう。だが、それでも傷ついて消去されていくテクストへの観察は、間接的に、読むべきにも拘らず読めなくなってしまっているテクストが存在するのかもしれないという流通の不安を根底で暗示している。

読むべきテクストが保護されず、行方不明になってしまうかもしれない。流通の不安、それは逆にいえば、多喜二の特別なテクスト観を示している。即ち、多喜二にとって、読むに値するテクスト、読まれて然るべきテクストとは、既存の流通網や特定の置き場所の外に飛び出て、製本処理もされずに存続の危機を常に孕みながら、誰とも知らない読者へ向けて「偶然」を願いつつ動的に漂流しているものなのだ。散在的組織の発達段階を描いていた多喜二のテクストは、それに同期して、テクストの散在的な運動を求めている。

実際、『蟹工船』上での「団結」で重要な役割を果たしたのは若い漁夫の一人が「コッソリ」船内に持ち込んだ「赤化宣伝」のパンフレットやビラであり、それは大嵐で発動機船のスクリューが壊れてしまい、その修繕で陸に上がった際、偶然手に入れたものだった（第八章）。これによって「皆は面白がって、お互に読んだり、ワケを聞き合ったりした」という船員同士のコミュニケーションが刺激され、画期的な組織的活動を準備した。この紙はさらに散在しており、「附記」で記されるところによれば、物語内で焦点化された船のほか、二三の船からも「赤化宣伝」が持ち込まれ、そこでもサボタージュやストライキが実行されていた。

そもそも『蟹工船』というテクスト自体、「附記」の最後の最後で「この一篇は、「殖民地に於ける資本主義侵入史」の一頁である」という自己規定をしていた。『蟹工船』とは「一頁」でしかない。では、他の「頁」は何処にあるのか。勿論、各地の「蟹工船」にある。或いは「殖民地」の如く人権を踏みにじられ重労働に苦しむ全国の労働現場にある。

残された「頁」は各地に散在しており、『蟹工船』はその一つを象徴しているに過ぎない。散在した「頁」への参照を暗に求めている『蟹工船』の開放的な末尾は、『蟹工船』が大文字のテクストではなく無数に散らばる小文字のテクストの一つに過ぎないという自己宣言であり、これは散在的なテクスト運動を中心とした多喜二の文学観の表出として捉えることができるものだ。成員が散在的に組織化されるように、成員に宛てられたテクストもまた散在的に組織化される。しかし後者の場合、前者で重要な役割を果していた「党」に相当する、散在要素を束ねる「中央」性がない。有名作家の固有名は或いは「中央」的な役割を果たし、テクストを束ねるかもしれない。しかし多喜二の文学観はそのように保護されない弱々しいテクストに照準していた。多喜二によれば、「芸術のスペシャリスト」は全国の無数の報告員の前に後景化せねばならない。

だからこそ、埴谷が認めていた多喜二文学の位階制は、確かに成員と組織との関係には当てはまるものの、テクストに関する態度に関しては適当ではない。多喜二ほどに、特権的な作家が頂点に居座る――このような言葉が許されるならば――テクストの位階制に反発したプロレタリア文学者は数少ない。一見、多喜二の成員への態度とテクストへの態度は矛盾しているように見えるが、それは違う。というのも、小文字のテクストを評価しその舞台設定の整備を試みることは、間接的に、政治的意志を他人に代行させなければならないことで起こるあのジレンマを「報告」という形式で解消できるかもしれない微かな希望であるからだ。たどたどしく文字を読み進めていく女性像はその象徴だ。

## 「白紙」の特権性――リテラシーとライブラリーの前提

多喜二にとって、プロレタリア文学とは貧困者を描く文学である以前に、読書環境の貧困を前提とする文学だったのではないか。比喩的にいえば、テクストのプロレタリアが存在する。共産党員のバイブル、『共産党宣言』によればプロレタリア階級の「労働者は祖国を持つてゐない」[90]。それと同じように宛先をなくし、安住すべき場所を失ったテクストが存在するのではないだろうか。テクスト散在的な文学観を参照した時、埴谷の文学論の無批判的な出発点が明らかになるように思われる。つまり、埴谷はリテラシーとライブラリーの貧困の可能性を予め無視することで初めて、文学の「無限」の語りを獲得しているのではないか。
「私達が、なし得たところから、なし得るだろうところ、なし得ずとも、心の広大無辺性、或いは、変幻自在性の上を三段飛びして、ついに絶対になし得ぬことをも、容易にか困難の果てにか、ついに、なし得てしまったかのごとくに表出し得るのは、この世界のなかの小さな一隅に存するところの「白紙」においてである。さて、いってみれば、無限に使われるところのこの白紙は、さらに私達の向き合い方の如何によって、そのまま、即座に、無限無終の果てもなき何かの産出器となり、私達の初めての踏み出し、飛翔、そして、そして、その大いなる踏み越えを待っている」(『死霊』断章(二)、『群像』、一九九六・九、全集第一一巻、七三九頁)
「白紙」というのが文学テクストの特権的な場所の比喩であることは既に確認している。しかし、テクストの傷つきやすさという多喜二の示唆から翻って考えてみれば、無限に広がるまっさらな「白紙」に黒い文字だけが躍るという文学イメージは、書きにくく十分な余白があるわけでもなく保存の約束もされない、「安西洋紙」や「壁」や「ビラ」といった、置かれた状況に左右される限定的で可傷的な支持体のテクストを無視している。これは同時に、それら限定的な支持体に思いを託さなければならない必要性に駆られている、様々な貧困に拘束された書き手の無視でもある。文学の場所としての「白紙」の比喩は多喜二的な文学観を捨象することで成立している。つまり、そこで表出しているのは、書斎や書庫で管理保存を約束された「白紙」だけに向かって果てなき絵空事を書き記す者こそが文学者であるという偏狭な文学者イメージであり、そうでないものは文学にあずかるものではないという排他的な規定だ。

埴谷が「白紙」について語る時、「無限無終の果てもなき何かの産出器」といったように、常にその「無限」性が強調される。何も書かれていないということは、裏返せば、可能不可能含めて何物でも書けるということだ。虚無的かつ虚構的な虚体とは、このようなイメージの純粋な概念化であった。しかし、「白紙」が無限であったとして、白紙に書かれたテクストを保存する場所、閲覧する場所、ライブラリーは無限足り得ないのではないか。テクストの支持体は「白紙」だけではないし、「白紙」に印字された、その「白」黒のコントラストの文字列が汚されることなく一定期間保存され続けるという事態は決してあらゆるテクストに妥当するものではない。保存されるのはむしろ一部の特権的なものに限定されることを流通の不安は教えている。

たとえ「大いなる踏み越え」が登場しても、それを読む者に十分なリテラシーがないような場合、或いは、それがライブラリーに保存されない場合がありえる。埴谷には多喜二にあった流通の不安が存在しない。テクストが誰にも届かないのではないか、テクストに接近する機会が剥奪された者が多数存在するのではないかという発想がない。皮肉なことに、位階制を特徴とした政治から何とか文学を救い出そうとした埴谷の一連の試みは、（埴谷がいう意味で）「政治」的文学規定を定めて、そこから小文字のテクストを排除すること、言い換えればテクストに位階制を導入することで遂行されたようにみえる。

プロレタリア文学との遠さを回想する埴谷[91]の著作は実際、多喜二にみられるリーダビリティとは真反対の難解なものと化した。埴谷がプロレタリア文学を書くきっかけがなかったわけではない。若き埴谷は検挙され、一時雑居房に送られるが、そこで出会った同室の囚人たちの幾人かは字が読めなかった（『影絵の世界』）。熊坂という四〇歳ほどの窃盗容疑者は拘留帳に自分の名前が書けないことでからかわれていたが、埴谷は彼の苗字である「ク、マ、サ、カ」という「四字の片かな」を繰り返し教える。その過程で、「私のガージン」――ドストエフスキー『死の家の記録』に登場する囚人の名――と命名し、『死霊』の登場人物の一人（筒袖の健坊）のモデルともなったある囚人がその男の指先をじっと見ていたことに気づく[92]。彼もまた字が書けなかったのだ。

読み書きができることは特別な状態であるということを示唆するこのような挿話は、リテラシーの低い者でも読み書きへ導こうとするプロレタリア文学的作家態度を育てるものになりえたはずだ。しかし結局「私のガージン」をモデルとした登場人物が後景化していってしまった経緯と並行するように、『死霊』の文体は難解な漢字と冗長的な長文によって、事前に読者層を絞り込むこととなった。

## 選言と連言

埴谷文学の圧倒的影響下で出発した小説家、高橋和巳は従来型「政治と文学」論の欠点を次のように指摘している。

「従来、「政治と文学」の問題は、多く、Aかしからずんば非Aという選言原理の対象のごとく論じられてきた。結果は、異質な両者の異質のままの実りなき優先争いであり、数多いそれらの論義によって、政治が反省したわけでもなく、文学が豊かになったわけでもなかった。誤った設問は誤った解答をうむ。その選言的設問形式が、ついに政治的人間と美的人間という非現実な抽象をうみ、さらにその抽象は相い容れることなき態度のエントヴェーダー・オーダーにまで伸長させられたのである」(「最近の日本文壇における「政治と文学」論について」、『立命館文学』、八四頁、一九六四・一)

Entweder-Oder とは、「選言的」なオルタナティヴ、あれかこれかの二者択一という意味のドイツ語だ。高橋の観察は確かに正鵠を射ている。とりわけ埴谷を含めた『近代文学』派は「政治」と「文学」という二項を、共存不能な対立図式で捉え、プロレタリア文学が典型的にもっていた「政治」の優位性を「文学」の優位へと逆転しようと試みていた。これは論争に限ったことではない。テクストに描かれた戦前の政治運動も、敵味方、組織か女性か、など選言原理に貫かれている。そこから生じる混在運動の悲劇はもう繰返さない。埴谷の場合、政治組織を超えて、有機体や存在＝宇宙の際限なさを描くことで政治的目的論に文学的無限性が対置された。

けれども、高橋にいわせれば、「政治的人間」も「美的人間」もどちらもそれこそ「抽象」の産物に過ぎない。高橋は「目的経済性」という概念を提出し、人間の行為には「複数の目的を内包させうる」として、政治と文学の対立の不毛を説く。

実際、流通に関する多喜二のテクストを概観した時、埴谷の主張の眼目であったその「無限」を支えているのは、それ自体極めて政治的なテクストの位階制であり、それがリテラシーやライブラリーの欠如によって一旦無効になってしまえば、無限の運動は停止し、テクストは死蔵されてしまう。埴谷は一時期以降「精神のリレー」という言葉を好み、ドストエフスキーを読んだ時から渡された文学的「精神」を『死霊』という小説に託すことで前世代に応答し、それが後続世代へと延々続いていく「リレー」の重要性を語る。[93]構想だけが膨らんだ『死霊』未完に積極的な意味を見出していたこともここに関連する。[94]リレーの中での未完は、単なる欠落という以上に、「精神」を継ぐ新たな読者、そして新たな作者に「バトン」を渡すインターバルになるからだ。しかし、この特権的な「リレー」への参加は、難解な文字が苦もなく読める教育を受けていること、図書館や大きな本屋が身近にあること、といった物理的社会的な暗黙の条件を前提にしている。「精神」は物質に支えられている。

死蔵されているだけならばいい。それ以上に多喜二はテクストの傷つきやすさを描くことでテクスト自体が破損消滅し判読不能な状況に陥ってしまう可能性を暗示していた。しかもそのテクストとは、多くの場合、古典に名を連ねる大作家や職業作家の大文字のテクストではなく、誰ともしれない無名の書き手の誰にも保護されない頼りない小文字のテクスト群だ。たとえ「白紙」に様々な文字が記されたとしても、その多くの紙は「白」くあり続けることはできず、まとめられもせずに散逸し、やがて消滅していく。

埴谷が身をもって示してしまっている逆説がある。つまり、彼が文学の独立性を主張しようとすればするほど、文学の存立そのものに絡まっている政治性（テクストの位階制）が自ら浮き上がってきてしまうという逆説だ。ドストエフスキーも、埴谷雄高も、「リレー」に参加することができる。けれども『誰かに宛てた記録』の書き手は果たしてどうだろうか。埴谷と多喜二を対立的に捉えることができなかったように、もはや政治と文学を対立的に捉えることはできない。

つまり「選言原理」で満足することはできない。そもそも高橋のいうように、「政治と文学」論争は、実際問題として、政治か文学か、の選択として提起されていた。だがそれは、政治「と」文学の関わりを部分的にしか表現していない。選言 disjunction に対して連言 conjunction を対置せねばならない。選言が接続詞〈か or〉であるならば、連言は接続詞〈と and〉に相当する。「Aかしからずんば非A」でなく、Aかつ非A、だ。

連言は、決して二者択一を要求するものではない。それは異なる諸項を隣接的に並置するものであり、一方が他方に解消（止揚）されず緊張状態を保ちつつも、相互は対立せずに、組み合って共立する。目的と手段の距離を設定する政治は文学が提示した有機体や宇宙の観念によって相対化されるが、その文学には否応なく政治的な位階制が介入し、それを解消するのにも政治的工夫が求められる。つまり、政治と文学は誰もが前提できる決定項ではなく、動的な均衡の中で互いに変質を被る運動過程の中に投げ込まれている。そのような二つの仮定項である。考えるべきなのは「政治」と「文学」ではなく、政治「と」文学、その結びつき方だ。

## 『党生活者』再考１――禁止された「本箱」

散在的組織は混在化していき、組織を自己解体させる危機を自らつくり出していった。これと同じように、散在するテクストもまた、境界が入り乱れ、混在的テクストを準備させたのではないか。基本的に多喜二はそれを描いていない。ただし、例外的に『党生活者』の中では比喩としての混在的テクストが表現されている。ただ、政治の場合とは別に、その運動は成員を組織の位階制から部分的に解放させるようにみえる。

『党生活者』を通読していると、その物語がビラや機関紙やパンフレットやレポートを読み、書き、そして配ることに執心した男たちの生活であることに気づく。「工場に起ったことを原稿にして、明日撒くビラに使うために間に合わせなければならなかった」（第一章）、「ヒゲからレポ（＝レポート）が入った」（第四章）、「須山と伊藤に渡す「ハタ」（機関紙）とパンフレットを持って家を出た」（第五章）、「「マスク」の原稿を書いたり、地方の「オル」に出す報告を整理した」（第七章）、「一時に丁度十五分前、彼はいきなり大声をあげて、ビラを力一杯、そして続け様に投げ上げた」（第九章）等々、紙を巡る話題はこと欠かない。「党生活者」の闘争とは、実は読み書きの連続によって構成されている。最後の方では、「最初一ヵ所で撒かれたビラは、またゝく間に六百人の従業員の頭の上に拡がってしまった」というように人の手から手へと渡り、ビラが高速に散在伝播していく様子が描写されている。『党生活者』とは紙の闘争、届くべき人にテクストを届けようとする闘士の物語だ。

例えば、潜行成員として自身の情報を外に漏らすことがないよう細心の注意をもって暮らしている、主人公の「私」のテクストの扱い方は興味深い。潜行成員は少しでも異変があれば住所を直ちに変えることも厭わない。だからこそ、「私」は「色々な処を転々とし」(第二章)、その結果、笠原宅に潜り込むことにもなる。そのような彼が新たな下宿に入る際、同宿の者の素性を知る為に最初に「本箱」を見ようとする癖を読み逃してはならない。「これは私が新しい下宿に行って、同宿のある時に取る第一の手段だった。本箱を見ると、その人が一体どういう人か直ぐ見当がつくからである」(第三章)。「どういう人か」把握する為の「本箱」観察は、しかし逆にいえば正体を知られてはならない「私」自身の「本箱」禁止令を物語っている。「本箱」が人を語るのであれば、「私」は「本箱」所有を許されない。或いは、所有できたとしても、そもそもそれを保管する住所自体が不安定ならば、「本箱」は保存と閲覧の用をなさない。

小説の冒頭付近には「押し入れの中から色々な文書の入っているトランクを持ち出して、鍵を外した」という主人公の動作が書き込まれているが、常時住所を脅かされている「私」にとって重要なテクストは、「トランク」に所蔵して、常にポータブルな状態で置いておかねばならない。住所なき者にライブラリーは許されないのだ。

## 『党生活者』再考２　――混在するテクストの比喩

　このような悪条件にあっても、『党生活者』は決して流通的で流動的なテクストのプロレタリアを憐憫的に扱っていない。テクスト流通の物語としての『党生活者』は、その動的な様相がむしろ与える、創造性についての示唆に富んでいる。

　最も興味深いのは須山という「私」と密に連絡をとっている同志である。話題や知識の豊富な彼は仲間から「切抜帳《スクラップ・ブック》」と呼ばれている。スクラップ・ブック scrap book とは、新聞や雑誌の気に入った記事を切り抜き貼り付けていく（カット＆ペースト）、自作のノートのことを指す。これは混在するテクストの代表的な比喩だ。そして、このイメージは、テクストの傷つきやすさから出発していた多喜二が暫定的に提出したテクスト保護策の一つとして読むことができる。「切抜帳」は、本来は読み流し専用で周期的には廃棄していくようなフローのテクストを部分的に拾い上げ、ストックとしてのノートに保存する。この営みはテクストの傷つきやすさを、限定的にではあるが、回避しようとするものだ。

　さらに重要なのは、「切抜帳」が前段のような特徴をもつ以上、貼り付けられたテクスト断片が本来もっていたような――例えば日付や著者名といった――文脈が混在の運動を通して一旦解体されて、前後左右に配置された断片同士の意味が新たな文脈を生み、一冊の新しい本 book として編成されるということだ。ここには一つの創造的な営みがある。

実際、その創造性は「切抜帳」の頭をもつ須山の性格が比喩的に表現している。須山の「切抜」が最初に発揮されるのは、第二章、講談師の神田伯山が何らかの不意打ちに備えて腹巻きにいつでも現金百円を忍ばせていたという話で、そこから、党員たる者は「金が無くて充分の身動きが出来ないために捕かまったとなれば、それは階級的裏切だからな!」という党員心得の話に一種アクロバティックに飛躍する。それを聞いて「私」は「笑」いだしてしまう。或いは、第八章、捕まる可能性が高い大衆煽動のビラ撒き役を引き受けた須山は、三・一五事件で監獄に送られた男とその友人の四・一六事件で監獄に送られた別の男とが刑期が違うので「永久に」「入りくり」になって内でも外でも会うことができないという笑い話を披露し、「これは俺の最後の切抜帳《スクラップ・ブック》かな?」とオチをつけて、「私」と伊藤を「噴き出」させる。緊張感ある状況の中でも、須山の「切抜帳」は、保存された雑多な話題の中から適当なものを引用し、組み合わせて披露することで、特別な「茶目」っけを生み出している。

あるテクスト断片と別の断片との緩やかな結びつきがある状況下で引用されることで、予期しえなかった「突拍子もない」可笑しみが発生する。例えば同じ「切抜帳」でも、「須山とちがった切抜《スクラップ》の好きなS」(第八章)の性格は正反対のものだ。須山が引用を駆使して可笑しみを生み出すのに対し、Sは「一日を廿八時間」にして働く模範的党員生活を送り、日本共産党に関する「外国のある記事」などを引用して主人公の「私」を感嘆させる。とりわけ須山と比べてみた時、それは極めて真面目なものに映り、「Sは須山の「神田伯山」とちがって、こういうことをよく知っていた」(第七章)という「私」の内心の言い回しには須山への多少の侮りの調子がある。実際、テクスト前半部での「私」には、「須山はどっちかと云えば調子の軽い、仲々愛嬌のある、憎めないたちの男だったので、私はその度に苦笑した。が、今は時期が時期だし、私は強《き》つい顔をみせた」という不真面さへの注意があった。

二種類の「切抜帳」を前にした時、『党生活者』という物語を次のように整理することができる。即ち、『党生活者』は雑多な「切抜帳」の「苦笑」を排して、純粋に真面目な、運動論的に純化された「切抜帳」を選ぼうとしたものの、「笑」を排除しきることができず、最後にはこらえきれず「噴き出」してしまった男の話、言い換えれば「神田伯山」が混在している本の魅力に結果的に抗いきれなかった党員の物語なのではないか。

当初「私」はSの「切抜帳」に党員の模範を認め、その延長線で須山を対立的に捉えて彼の不真面目さを批判する。しかし、結局最後まで「私」は須山の魅力に惹かれ続ける。その魅力の中核をかたちづくっているのは、勿論、「調子の軽い、仲々愛嬌のある、憎めないたち」、比喩的にいえば雑多でいささか軽薄な「切抜帳」であり、それは引用の組み合わせでありながら、実質無限に「突拍子もない」可能な組み合わせに開かれている。そしてここには他に代替できない（例えばSのそれとは全く違った）個性的な創造性が発揮される余地がある。

## 「か」と「と」

抽象機能によって維持されていた組織は、混在化の運動を止められず、位階制下の二者択一的対立図式が逆に成員の不安を煽る結果をもたらした。しかしそれ自体物質的な散在する傷つきやすいテクストには、二項対立や二者択一を迂回して、混在の運動を、様々なテクスト断片が反響し合う一多様体として結実させる機会がある。「切抜帳」には何の必然性もないノイズ（神田伯山）がまるで外敵のように混入してくるものの、それは主となるテクストの主題（党員心得）と対立するわけではなく、むしろその主題を豊かに呈示させるものだ。ノイズの寄生によって生まれた継ぎ接ぎには「突拍子もない」「笑」が周囲の緊張、「強つい顔」を一時的に解いていく効果がある。これは本来の主題だけでは決して生じえなかった副次的な、しかし決定的な効果だ。当然、須山の「帳」全体はマルクス主義的な色調に彩られている。しかし同時にその中には模範的党員からは逸脱してしまうような可笑しさが紛れ込んでしまってもいる。純粋な意味で政治とはいいがたい「切抜」、スクラップの密輪がある。

ここには、敵と味方は勿論のこと、組織と女性、内と外、そして何より「政治と文学」という強い選言原理を脱臼する、連言「と」を原理にした文学の形態が示唆されている。「切抜帳」の継ぎ接ぎを構成する「と」は、「か」を含みこみつつ、決してそれに屈服されない。「と」の連続には、たとえ政治が優位をとる主題であったとしてもそこから逸脱してしまう方向へ読み手を導いていく可能性がある。

そもそも「切抜帳」の比喩を参照せずとも、多喜二は、ビラや紙片や落書きなどの製本されていないテクストの引用をふんだんに盛り込んだ実践的な「切抜」作家であった。中村三春はとりわけ『工場細胞』と『オルグ』を焦点にしながら、その引用手法を「モンタージュ的」と形容している。[95] テクストには無数の継ぎ目がある。

その時、文学は一見政治に従属しているようにみえるかもしれない。だが、それは同時に政治への寄生でもあり、流通の不安に応答する為の文学の生存形態だ。少なくとも多喜二にとってプロレタリア文学はそのような方策を打たなければ生き残れない小文字のテクストへの懸念なしには考えられない。

無論、多喜二はこれを比喩的にしか描かなかったし、依然として認められる「党」の存在感を今日素朴に受け入れることはできない。以上の考察は埴谷雄高という極端な作家との対照の中から初めて生まれてくるものだ。小林多喜二と埴谷雄高を並べて論じようとする本書の課題は果たされつつある。両者の典型的イメージが表象していた「政治と文学」という問題設定はそれが選言的に捉えられた場合、擬似問題に終わる。政治か文学か、という二者択一から、問題はすべからく政治「と」文学という連言に集中するべきである。

それは「と」か「か」、の選択を迫るものではない。奥野健男は「政治と文学」論争の不毛をつく為に平野謙が褒めた小説家と、貶した小説家の作を試金石にして従来型「政治と文学」論を引き継ぐ者は前者、引き継がないものは後者を選ぶべきだと主張し、「ミソもクソも一緒にするあいまいな態度は許されない。

必ずどちらかに賭けざるを得ない、二者択一をせまられている」と宣言した。[96] しかし、本書のここまでの考察が教えているのは、「か」の選択を迫ること自体が「政治と文学」論の磁場に依然巻き込まれていることを証左し、そして何より選言原理だけが文学を司るものではないということだった。

論争を否定する必要はない。求められているのは、「か」と「と」を並べるようにして、政治と文学「と」、という仕方で対立を共立に換えることだ。

多喜二と埴谷に従えば、「循環小数」にしろ「不快」の両義性にしろ、運動は終わることがなかった。けれども、その運動の内実となる過程を支えているのは、それ自体絶えず変質していく仮定項の緊張関係であり、それは互いに互いを差異化しつつも対立ではなく共立することを命じる「と」という場において演じられる。そして、その場こそが運動を次の運動へと橋渡ししていく。

最後になったが二人の作家に関するちょっとした挿話を紹介しておこう。多喜二は若林つや子宛書簡に次のように書き綴っている。「あなたには長い、いゝものを書いてもらいたいのです。決してあせる事はありません。外国のよい作品を読む事です。それから「農民闘争」はぜひ読む必要があります。若し手元になければ、僕のところに全部そろっていますから」(一九三二・一)。

『農民闘争』とは正しく埴谷がキャップとなって関わった機関誌であり、埴谷自身も中尾敏のペンネームで文章を寄せている。掲載された論文の一つは「古い文章『農民委員会の組織について』」(『未来』、一九七二・二)で読むことができる。そして、その前文に従えば埴谷は「昭和六〔一九三一〕年頃、殆んど毎号『農民闘争』を書いていた」――多くはレポートや煽動文のたぐいだったようだが――。つまり、『農民闘争』を「全部そろ」えていた多喜二は、もしかしたら知らないうちに埴谷の文章を読んでいたのかもしれない。彼のテクストをスクラップしていたのかもしれない。

いうまでもなく、影響関係を論じたいのではない。埴谷は機会を逸し、多喜二と対面することはかなわなかった。けれども、埴谷のテクストは多喜二の元に届いたかもしれない。テクストの運動が本来出会うはずもないような者たち、出会いたかったけれども出会えなかった人たちを当人も気づかないまま出会わせることがある。本書で考察してきた小林多喜二と埴谷雄高という耳慣れないこの対は、その奇跡的な場所に関する冒険的な読解の試みであった。

# あとがき

本書は二〇一一年六月から二〇一二年一一月までにウェブ上で発表した文章が元になっている。しかし、加筆修正を重ねる中で、ほとんど別物にできあがり、最終的には書き下ろしといっても差し支えないものとなった。

無名の在野が書いたこのような本は、少なくとも私が生きている間には、ほとんど読まれずに、捨てておかれるに違いない。そこにある種の感傷を感じないわけではない。しかし今はそれについて述べたいとは思わない。では何がいいたいかというと、これを読む可能性があるのは必然的に未来人でしかない、ということだ。突拍子もないことだ、と受け取らないで欲しい。もし今現在、本書が誰の目にも止まらなければ、この本を読めるのは未来人だけであり、これは必然的かつ現実的な可能性だ。

私は本書を、実際に多喜二や埴谷のテクストを一度も読んだことがなくても、一応読み進めることができるように努めて書いた(そのわりには時折難しいことをいっているように感じられるかもしれないが)。これは想定可能な読者が未来人であることに由来している。未来人が彼らのテクストを好きこのんで読んでいるかどうかは分からない。この本を何かの偶然で手にとった彼にとって、今日でも怪しいというのに、小林多喜二と埴谷雄高という固有名がなにか感慨を喚起させる対象であり続けているのか。或いは、そもそも日本語は滅びていて何が書かれているのか分からないのではないか。そういうことを思いながら、机に向かった。

埴谷の言葉を借りればそんな「妄想」を抱いているうちに私は多喜二が示していた一人のプロレタリア文学者であるような気分になって原稿を書き進めていたことに気づいた。本文に書いたのでもう説明は繰り返さないが、個人的な好みに限定すれば、小林多喜二よりもずっと埴谷雄高という作家に文章的にも思想的にも惹かれていたノンポリの私が、敬意を払いつつも、最後に埴谷の文学観に疑問を投げかけたのは、そのような気分があってのことだろうと思う。

最後に。「と」の思想の重要性はジル・ドゥルーズというより、ベルナール・スティグレールに示唆を受けた部分が大きい。適当な文章がなかった為引用しなかったが、ここで感謝の意を表しておきたい。また、装丁と図の作成をイラストレーターである寺田めぐみさんに協力して頂いた。おかげで素敵な本になりました。どうもありがとう。

そして何より、この本を最後まで読んでくれた読者に心から感謝する。

平成二五(二〇一三)年一月一四日

(この「あとがき」は自費出版時のものをそのまま採録した。)

# 2

# 貧しいテクスト論四篇

# 宮嶋資夫『坑夫』試論 ──ポスト・プロレタリア文学の暴力論

## プレ・プロレタリア文学としての『坑夫』

下層労働者坑夫の生活をリアリスティックに描いた、宮嶋資夫《みやじますけお》の処女小説『坑夫』は大正五（一九一六）年一月、自費出版に近い形で近代思想社から刊行された。しかし堺利彦と大杉栄が序文を付したこの初版はすぐに発禁処分を受け、一般の目に触れられるようになるには四年の年月を待たねばならなかった。つまり、このテクストが初めて多くの読者を獲得したのは小説集『恨なき殺人』（一九二〇・六）に所収されてからであり、そうしてそこでもなお、一部の伏字が施されることが日の目を見る条件であったのだ。

冬の時代という社会主義文学への弾圧が高まる中で、様々な外部からの規制と折り合うようにしてこの『坑夫』というテクストは受容されてきた。この歴史性は事後的に見れば『坑夫』論者達がもった、労働文学やプレ・プロレタリア文学の始まりとして『坑夫』を位置づける傾向性をも構成しているといえる。例えば社会主義系の思想家である荒畑寒村は次のように述べている。

「『坑夫』は一個の無名作家が処女作として、種々なる欠陥を有してゐたではあらうが、然しプロレタリア文芸の先駆をなせる作品として、注目に値ひすべきものであつた。然し此の作に於ては、階級的自覚ある労働者の集団的な意識は、猶未だ現はれてはゐなかつた[97]」

寒村が言いたいことは、時代の制約があったが為に、『坑夫』には多くの「欠陥」はあるものの、そこにはプロレタリア文学の芽生えとして評価できるような価値が認められるということだ。この「先駆」性への評価は寒村だけに止まらない。森山重雄は「労働文学の成立を力強く告知した一つの記念碑的な意義をもっている」と評価し[98]、中山和子も『坑夫』を「日本の労働者階級がまだ組織も無く自覚も持たなかった時代に、内には不満を抱きつつ、卑屈な現状維持と狡猾な保身にのみ生きるその無力へ、主人公の死にいたる兇暴な孤独を通して、激しい憎悪と軽蔑とをこめた絶望の訴え」だと規定している[99]。

「労働階級がまだ組織も無く自覚も持たなかった時代」での「記念碑的な意義」、それが「先駆」性の謂いと解釈できるだろうが、しかしこれらの論者達はある進歩史観を無条件に採用していることに注意せねばならない。つまり、『坑夫』のような労働文学は、欠損を備えており、その欠損を補い、そして一歩進歩した後に現れるのがプロレタリア文芸であるという歴史観である。勿論、文学史的常識に照らし合わせてみればこの歴史観に疑義を挟むことはできない。だが、この歴史観は大きな障害をもたらしている。つまり、その歴史観に於ける『坑夫』の位置は『海に生くる人々』（葉山嘉樹）や『太陽のない街』（徳永直）、『蟹工船』（小林多喜二）といった以降のプロレタリア文学の系譜の参照を経て始めて価値付けられ、それ単独では評価不可能な従属項としてのみ規定されてしまっているということだ[100]。

しかし、例えば労働運動など全く流行らなくなってしまった時代に於いて、或いは文学そのものの影響力が嘗てに比べ衰退していく時代にあって（そのような時代を想像することは可能だろう。というよりも今日は既にそのような時代であるように私には思えるが）、論者達が先端的だと感じていたプロレタリア文学そのものが「記念碑的な意義」しか持ち得ない状況が到来した時に、その歴史観では『坑夫』はアクチュアリティーから断絶された「記念碑」の「記念碑」という無価値しか与えられないだろうことは容易に想像できる。しかし、それは本当なのだろうか。『坑夫』というテクストは後続したプロレタリア文学の参照を経なければ位置を持たない無価値のテクストなのだろうか。

私見からすればその問いには否と答えることができる。というよりもむしろ、先入見的な歴史観を積極的に括弧がけすることによって我々は『坑夫』というテクストの単独の価値――具体的にそれは共同体や連帯と暴力を巡る今日的な問いを意味するのだが――、そのアクチュアリティーを見出すことができる。よって、この試論の目的はプロレタリア文学の参照に従属されない『坑夫』固有の価値を定立させることにある。

## 仲間と闘う「軍鶏」

さて、その為には今一度の先行研究への注視が要請される。先行研究で幾度も指摘されている『坑夫』

の欠陥は、多くのプロレタリア文学に比べ「集団」や「組織」が存在しないという点にあり、そこに時代の限界や前時代性が認められていた。成程、確かに『坑夫』の主人公石井金次は仲間達と打ち解けることができず、集団的な行動を好んで取ることなく、山の景色を眺めることに孤独な喜びを見いだしている。勿論、個々人との関係性はないではないが、そこからより大きな集団性を獲得することは失敗しているといえよう。そしてそれ以上に彼はしばしば仲間達に乱暴をふるい、同じ「兄弟」たちから怖れられている。作中でいえば石井は百姓で床屋も営む男妾の次郎や、石井に死のきっかけを与えた大澤という屈強な坑夫などと流血沙汰の喧嘩をしている。このような挿話によって、石井はその攻撃的な性格のため仲間を攻撃し、仲間達から疎んじられ、自身の孤独を深めているように見える。この状況を端的に象徴している場面がある。それは冒頭付近の「軍鶏」に関する描写である。

「長屋の前には軒並に大きな鳥籠が伏せてあつて、赤肌に毛の脱けた鋭い眼の軍鶏《しやも》が太い声で鬨をつくつてゐた。彼等は坑夫達の荒い血を娯ませるために飼はれてゐるのであつた。退屈になると坑夫等は筵で囲んだ土俵の中に、軍鶏を入れては蹴合はせるのであつた。同類と闘ふためばかりに生れて来たやうな鳥は、狂気のやうに争つた。鶏冠がちぎれて頸も羽根も血だらけになつて目を白黒させて倒れると、坑夫等は声を揚げて喜ぶのであつた」（第一章、一一頁）

「同類と闘ふ」「軍鶏」。この象徴性は重要だ。何故なら、「軍鶏」と同じく石井の主なる闘争対象は全て同じ坑夫や農民といった下級労働者、「同類」にほかならないからだ。プロレタリア文学的な価値観に従えば、坑夫等は過酷な労働を科してその成果を搾取する資本家や雇主といった敵に結託して反抗していかなくてはならない。しかし、坑夫達はそれができず、外部へ向かうべき暴力は内部へ向かい、坑夫共同体は仲間が仲間を殺し合う内ゲバ的状況へ陥る。この側面が先行研究に於いて、欠陥を導き出す因子となっていた。

しかし、この場面では重要な点がもう一つ象徴されていることを見落としてはならない。つまり、「軍鶏」(例えば石井)を殺す為には『坑夫』の世界では直接相手取って対面的に殺害する必要はなく、その殺害条件は「軍鶏」を「囲ん」でその自由を奪ってやれば、それで勝手に「軍鶏」は他の「軍鶏」(例えば大澤)と「狂気のやうに争」い、「血だらけになつて目を白黒させて倒れる」ということだ。ここには明らかに(「階級的自覚」があるかどうかは別として)「集団的な意識」が介在している。そうでなければ自由は制限できないからだ。そして、正しくこの「集団」こそが共同体の暴力を行使するのである。

## 散在的共同体の成立

事実『坑夫』には集団や組織がないわけではない。例えば、石井が労働運動を起した後のことだ。「彼れが日蔭者の浪人になつて、山から山へこつそり隠れて使役を求めて渡り歩くやうになつたとき、所々の山に散在してゐる彼れの兄弟分や仲間達は彼れを隠匿する事を恐れた。何処へ行つても彼れは態のいゝ口実で追つ払はれた。突き刺すやうな冷たい山風の吹く冬になつても彼れは、薄い着物に慄へながら苦しい旅を続けなければならなかつた」（第二章、三三頁）

ここでは仲間の坑夫による組織的な疎外が語られている。つまり、石井の「苦しい旅」は、彼を凶暴で協調性のない者と見做す仲間からの受け入れ拒否によって引き起こされるわけだが、その疎外は連携的であり、情報ネットワークが十分に機能している。そのネットワークは、一個の山を越えて、石井金次という人間がどういう人物であるかという同一で固定した情報を広域化させる機能をもっている。この高度な情報伝播によって石井は自身の過去を、そして自己同一性（アイデンティティ）を受動的に一方的な仕方で決定されてしまう（石井の「乱暴」については茶屋の女や選鉱のお新のような人達さえ共通に認識している）。

しかしこの組織性を構成している条件とは何処にあるのだろうか。最も重要な点は坑夫という共同体が局在的なものではなく、ばらばらに散らばっていく散在的なものであるということだ。石井の「俺達みたいな風来坊は自分の家つてものあねえんだし、山で生れて山を歩いて、死んでも山に埋められるんだから、山が家みたいな気がするのも無理やねえかも知れねえやな」（第一章）という台詞は象徴的であり、テクスト内の坑夫達の流動性の高さは至るところで見出される。例えば、春になると飯場の若者は「暇を取つては当てもない旅に出て行」き、「借金の多くある為に暇を取る事の出来ない者は、夜更けてから他人の着物を盗つて着てそつと脱走」し「飯場にゐる者の頭数は殖えていつたが、その顔ぶれは余程変つた」（第四章)。また、「山の鉱況」がよくなれば「事務所では掘進を急ぐ為に、どし〳〵人を増すので、飯場にも長屋にも坑夫は一杯にな」り、自然見知らぬ顔も増える。特に、ある夜「諸国から寄り集つた坑夫等が、各自に生れ故郷の盆踊りをやる」(第五章)というイベントはそこに集まった人の生まれ故郷が単一ではなく全国からばらばらに集められたことを端的に示す。単一の生まれではそのイベントは成立しえないからだ。

坑夫という人材であるだけで、遠くの見知らぬ者がその日のうちに「仲間」や「兄弟」となる『坑夫』世界は、逆にいえば見知った者が「当てもない旅」や「脱走」等によって見知らぬ土地に根付く世界(「風来坊」の世界)でもある。ここに、広範囲の非局在的な情報ネットワークの成立がある。石井を知る者達は散在し、見知らぬ土地へと旅立つ。そうして、石井の知らないところで情報が伝播し、固定的な人物像が共有される。石井がどんな旅をしても自分を知らない者に出会うことはまずありえない。

石井が全く別の職種に就くことができればその柵も断ち切れたのかもしれないが、見た目のみすぼらしさから都会人に全く相手にされない彼の都体験や、彼の父が坑夫病(よろけ)になって死んでしまうまで坑夫であり続けた挿話が示しているように、坑夫職には転職のチャンスがほとんど与えられておらず、流動性の高さも同一の共同体内(坑夫共同体内)だけという制限がつく。何処であれ「仲間」が、「兄弟」がおり、石井という人間の過去を一方的に規定し、疎外する。石井は自分の過去を断ち切れず、新規に一転した生活を始めることができない。散在的共同体はその進展の度合いに従って遍在的共同体と化し、石井のような「乱暴」な対象を取り囲み、その自由を拘束するのである。

## 自由の条件

このように、『坑夫』世界に於いて「自由」とは、流動性の高さがそうであるように、ある制限の下で始めて獲得されるものである。制限された「自由」、或いは「自由」の条件。ここにもまた散在的共同体の性質が波及している。このことを考える為に「自由な旅」に乗り出す若い坑夫の佐藤と彼を見送りながら自身と比較する石井の場面を引用しよう。

「二人は和らかな春の気に包まれて、楽し気に酒を酌み交した。何時もひそめた石井の眉もやゝ開けて、険しい眼もうつとりと細くなつてゐた。彼れは麗らかな陽を浴びて長閑な村を歩きながら若い娘にからかつたり、夕暮になると宿賃のいらない飯場に泊つて、方々の国々の様子など話しては、心ゆくまで放浪した時のことなどを想つてゐた。そして何処の山へ行つても、誰も恐ろしがつて相手にする者のない今の身を思つては、自由な旅に出られる佐藤に比べて、寂しく悲しいやうな気にもなつた」（第一章、一五頁）

そして石井は佐藤に次のようにいう。

「もうそろ〳〵野州花も咲き出すから、足尾坑夫も巣立ちをする時分だなあ、初めの中は彼方の山がいゝか、此方へ行きやあ甘いことがあるかと思つて、みんな当なしに歩くんだけど、段々歩きたくつて歩くやうになつちまわ、暗い坑内《しき》へ這入つて仕事してるより、銭なしでも呑気に清々と歩いてゐる方がよくなるからな、俺なんか何処へ行つても険呑がつて使つてくれねえから、手前で危くつて浪人することも出来なくなつ

た。お前歩いてる中に甘いことがあつたら呼んでくれ、え佐藤」（第一章、一六頁）

石井の実感が『坑夫』世界に於ける「自由」のあり方を説明している。つまり、「自由な旅」や「浪人」には必ず自身を受け入れてくれる複数の鉱山が必要であるということ、石井の言葉、「山で生れて山を歩いて、死んでも山に埋められるんだから、山が家みたいな気がする」（第一章）を借りるなら「自由」には散在した複数のホーム（「家」＝受け入れ場所）が必要であるということだ。佐藤の「自由な旅」の内実は鉱山から鉱山への移行状態であり、複数のホームが彼の旅路を保障している。しかし、石井の場合、散在的遍在的共同体の情報ネットワークは彼に複数のホームをもつこと、そして「浪人」することを禁じ、単一のホームを彼に押し付ける。ここに自由は生起しない。

そしてそればかりか、テクスト内で頻出する石井の「孤独」もこの点に端を発しているのではないかと考えられる。ホームからホームへの交通を禁じられた彼に残されたのは「乱暴」の烙印を無条件で押してくる無数の坑夫達であり、そこから逃れようとすれば、必然的に「孤独」な生活を送らなければならない。それ故、「こんな不自由な山奥でつまらない日を送るのも、暗い牢屋で暮すのも大した変りはあるまい」（第四章）と彼が思うのも当然だ。石井は間接的に管理されている。石井の単一の「山奥」（ホーム）は「牢獄」と大差ない。

小田切秀雄は石井に「反逆の自然発生的な性質とそれが陥ることの多い粗暴な、またはねじけた行為」を認め、そこに「自己の解放の道」としての労働運動失敗の原因をみている。[101] しかし石井が「反逆の自然発生的な性質」をもち「ねじけ」ているようにみえるのは、彼を取り巻く共同体が物理的にも心的にも彼を管理していることの効果でしかないのではないか。もし、それらの性質を彼固有の本質的な性格として認めてしまうのであれば、その判断は、彼を良く知りもしないのに石井の受け入れを拒否した特定されない無数の坑夫達と同じレヴェルに止まっているのではないか。石井の問題を個人主義的テーマへ還元してしまう瞬間に、そこでは共同体の問題が閑却されてしまうのだ。

『坑夫』に於ける連帯の困難を石井個人の性格や心理として回収するべきではない。何故なら、もう既に坑夫共同体には組織性やその連帯性を認めることができ、正しくその効果として、「反逆の自然発生的な性質」はでっちあげられるからだ。それは自然発生的な性格であるどころか、組織によって人工的に構成された情報である。石井にとって「自己の解放の道」とは何よりも先ずその共同体からの脱却を意味していたはずだ。[102]

## 責任者なき共同体の暴力

整理しよう。散在的遍在的共同体は石井に大別して二つの暴力を与える。第一にはアイデンティティの固定（過去の決定）であり、共同体の成員はたとえ石井に会ったことがなくとも彼がどのような人物であるのかを知って事前に先入見を構成させる。第二にはホームの固定（自由の剥奪）であり、新しく対人関係を更新できなくなった彼は自身を「孤独」に追いやるしかない。

この二点は別種の暴力の発露というより、相互補完的なものであるが――つまり、アイデンティティの固定が単一のホームを押し付ける一方で、ホームを固定されたが故にアイデンティティも更新されない――、いずれにしろ散在的遍在的共同体がこの暴力を司っている。逆説的なことではあるが、石井に与えられた二つの暴力的固定は広域に散在するテクストの成員の流動的な共同体こそがもたらしているのだ。

そうして、この暴力の発露はテクストの最後で頂点に高まる。つまり、この暴力は石井を実際に殺害するのだ。乱暴な坑夫である大澤と流血沙汰の喧嘩をした後の場面だ。

「取巻いてゐた坑夫等の眼には残忍な笑が浮んだ。――その中には女房を弄ばれた者もあつた。彼れに怒罵されたり擲られて恨を忍んでゐた者もあつた。けれ共彼れの心を知つてる者は一人もなかつた。――誰か最初に、／「つらあ見ろ畜生ッ、余り威張りやがつたもんだからいゝ態だッ」と力任せに蹴飛した。せかれてゐた水口を切られたやうに、卑怯な下駄履きの足は怪我人の上に注がれた。反抗の力を失つた者に

する復仇は容易かつた。妙な唸り声は直ぐに消えて、手足のもがきも止んで了つた」（第五章、八八頁）

組織的な疎外は、最終的に組織的な殺害にまで高潮する。しかしこのことの意味は単に集団で一人の人間を殺害した非人道性だけに限定されない。例えばこの後、石井の世話を焼いていた吉田は「誰れがこんな真似をしたんだ」と怒鳴るが、「それに答へる者はなかつた」。考えてみれば当然だ。何故なら、共同体全体が石井殺害に加担している為、犯人となる人称態（「誰」）を特定できるはずもなく、「誰」にもレスポンシビリティ（責任＝応答可能性）はないからだ。あえていえば共同体そのものが罪の共同体であるが、しかしここですぐさま坑夫共同体が散在的共同体であったことを思い出さなければならない。その共同体は持続的な固定性を欠いており、その散在も上位の管理者の法に従っているわけではない。だからこそ、石井を殺害した罪の共同体の成員は誰も処罰されることなく、ばらばらに散って、各々は匿名化し、新たな共同体に組み込まれていくだろう。そこで罪を背負うような責任主体は生起しない。有用な労働人材を管理しつつ、不要になれば殺害し、しかもその罪は不問となる。ここに散在的共同体の最たる暴力がある。

# ポスト・プロレタリア文学としての『坑夫』

このように、『坑夫』に於ける共同体は決して前時代的な組織ではなく、散在性と遍在性を備えているという点で極めて現代的な脱中心化された組織を形成している。但し、ここでいう脱中心性とは中心の不在を意味しない。それは複数の中心が離散と集約を繰り返しながら、なお一定のネットワークを保持することを可能にする組織である。勿論そこに、坑夫共同体のリーダーである飯場の頭や坑夫を管理する「事務所」のような上位の統括者は存在し、上意下達の構造は存続している。しかし、共同体内部で坑夫達の闘争は上位の承認を得ないまま、それぞれ場当たり的に暴力性が発露する為、上位下位の区分はおろか敵味方の区分さえ無化されていき、坑夫達は本来戦うべきではない「兄弟」と闘争する。丁度、「軍鶏」が対面する「同類」と戦うように、だ。この組織的運動を先行研究の論者達は所謂「組織」や「集団」とは見做せなかった。しかし、その脱中心化された組織は頭領やリーダーや代表者を打倒するだけでは解体されない力強く頑固な耐久性を示しているのではないだろうか。

例えば、先行研究で比較的に意識されたプロレタリア文学、その代表的作家の一人であろう小林多喜二は、『蟹工船』の中で個々人が打倒されても維持する不屈の「集団」[103]を描き、また『党生活者』に於いて運動の戦略として「見えない組織をクモの巣のようにのばして置」くことや「組織の胞子《たね》を吹き拡げ」ることによる成員散在的な組織展開の重要性を語っていたが、しかしそれらで獲得される組織の耐久性はもう既に『坑夫』が描いていたことだ（散在的共同体）。そして、『坑夫』はその先、つまり、成員が散在し、組織が脱中心化されたとしても、それは権力への対抗運動にとって必ずしも効果的なものを帰結させるのではなく、むしろ敵味方の区分が曖昧になり、仲間が仲間に手をかける内ゲバ的リンチ的状況を招いてしまうということさえ描いている。小林多喜二は仲間であったはずの諜報（スパイ、三船留吉）に密告され、結局殺された。散在性は敵味方の区分を曖昧にし、必然的に両義的存在（諜報）の侵入を許してしまうわけだが、そのような状況は「兄弟」が「兄弟」に手をかけ、誰が敵で誰が味方なのか分らないような『坑夫』世界によって予告されているのではないか。

二〇〇八年、『蟹工船』は非正規雇用やワーキングプアがもたらす貧困の問題と共に流行し、新たに映画化も果たした。或いはその文脈で初期プロレタリア文学である葉山嘉樹の作品も文庫化（『セメント樽の中の手紙』、角川文庫）し、若い読者にとってもリーダブルなテクストとして復活した。だが、そのような状況にあっても、プレ・プロレタリア文学としての『坑夫』は今日忘却されている。研究の更新も森山や中山などの時期に比べ、活発とは言い難い。しかしながら『坑夫』は今迄みてきたように決してプロレタリア文学の「記念碑」ではない。『坑夫』はむしろ多くのプロレタリア文学の登場の後でこそ、その真価を露わにするポスト・プロレタリア文学であり、今日的な共同体と暴力の問題系が既に書き込まれている原点的テクストなのである。『坑夫』再読は今こそ要求されている。

# くたばって終い？――二葉亭四迷『平凡』私論

## くたばつて仕舞へ

小田切秀雄は『二葉亭四迷』[104]の冒頭で「二葉亭四迷」という長谷川辰之助のペンネームについてのささやかな小話を紹介している。つまり、「二葉亭四迷」とは金にならない文学を志す辰之助に対して愛想を尽かせた父親が「クタバッテシメエ」と言ったことに由来するとしばしば伝えられているが、厳密にいうとそれは間違っている。談話「予が半生の懺悔」（『趣味』、一九〇八・七）では、「親の臑を噛つてゐるのは不可、独立独行、誰の恩をも被ては不可」という精神のもと、自身の不甲斐なさを叱咤するものとして「苦悶の極、自ら放つた声が、くたばつて仕舞《しめ》へ（二葉亭四迷）！」であったと説明される。つまり、父親からではなく自分自身で自らを罵った言葉こそが「二葉亭四迷」だったのだ。

文学で小金を稼ぎつつその虚業性に耐えられない捻れた主体。このアイロニカルな態度が最も露骨に表出しているのが四迷最後の小説『平凡』である、と取り敢えずはいえる。明治四〇（一九〇七）年一〇月から一二月まで『東京朝日新聞』に連載された『平凡』は、当時流行していた自然主義――同年九月には島村抱月によって「赤裸々の人間の大胆なる懺悔録」と評された花袋『蒲団』が発表された——の書き方を真似て、「何でも作者の経験した愚にも附かぬ事を、聊かも技巧を加へず、有の儘に、だら／＼と、牛の涎のやうに」（二章）書かれたもので、法学を志し上京するが、恋愛問題や経済問題に煩悶したあげく、文学にうつつを抜かし、最終的には「文学に陥つて始終空想の中に漬つてゐたから、人間がふやけて、秩序がなくなつて、真面目になれなかつた」という自己反省に至る。それ故、この小説では作中に小説（文学）批判が何度となく繰り返され、ペンネーム「二葉亭四迷」に象徴されるようなアイロニカルな態度を作中の書き手が共有していることが示唆される。永田育夫が、先行する『浮雲』や『其面影』などと比較して「仮構性を捨て」た「自伝的形態」と評するのも一応は頷ける。[105] 四迷自身は『平凡』を「失敗」作とみなし、「サタイヤ」（風刺）に堕してしまったとの認識を示している（談話「『平凡』物語」、『趣味』、一九〇八・二）。

しかし、ことはそう単純ではない。「私は今年三十九になる」という『平凡』の設定とは異なり、そもそも、この作を書く四迷の実年齢は数えで四十四歳であり、また幼少期に体験した犬の死の挿話は自伝的事実に照らしていえば四迷が「三十……幾歳といふ時」のことである（「『平凡』物語」）。ここには、自然主義を揶揄するかのように「自己告白を詐称する」「私小説に見せかけたフィクション」[106]がある。

この観点は、今まで見過ごされがちだった『平凡』の物語構造を考える上で、重要だ。亀井秀雄は「きわめて意識的な小説についての小説」[107]と述べ、『平凡』が単なる私小説ではなく広義のメタフィクション（小説についての小説）であることを示唆していたが――そしてそれは後で述べるように実に正当なものであるが――、その具体的な詳細については沈黙している。以下考えてみたいのは、『平凡』という小説批判を入れ込んだ複雑な小説テクストがもっている物語構造である。

『平凡』評価は近年、プロットの組み立て方や物語内容というより、とりわけ、語り（の文体）に対する着眼点を中心に行われてきた。『浮雲』で言文一致という新しい日本語の書き言葉を実現させた四迷のテクストが最終的にどのような展開を迎えたのか、四迷が親しんでいた俳諧的感覚の活用、小説の最後に持ち出される「ござります」という戯作的文体など、多くの研究が文体に注目することで、『平凡』の文学的価値を訴えている。

朴善述[108]、田中敏生[109]、塹江美沙子[110]などは、言文一致以降の日本語変化のサンプリングのひとつとして、文学研究というより日本語研究としてテクストに接近する。

また、『平凡』の文体が知識人ではなく大衆の話し言葉を採用していると読む西村好子[111]、『平凡』が教科書教材に多く採用されてきた歴史を確認しながら対象を客観視しない自在な「語り」が可能にする（自然主義とは異なる）「描写」論の特徴を分析した高橋修[112]など、狭い意味での文学研究の関心の中心も物語内容というより特異な文体の語りの魅力に焦点化されている。高橋を受け継ぐかたちで書かれた小森陽一の論考も、広義の文体的評価――詳しくいえば漱石に先立って達成された、主客を転倒し溶解さすような「「写生文」的技法」――を下している[113]。

しかしながら、『平凡』には私小説的コードは無論のこと、特異な文体や語りの魅力だけでは回収されない、つくりこまれた物語構造と、これによって浮き上がってくる高次のテーマ性がある。先取りしていえば、この小説は小説批判を組み込んだかたちで、しかしなお、小説（文学）的「空想」の執拗さを描いてしまっているテクストであり、作者のコメントに反して、それは仕掛けられた複数の「技巧」によって発生している。清水茂のいう「まずそつのない構成[114]」以上のものがある。以下、そのような物語構築の技巧を明らかにすることで『平凡』の新しい評価の確立を目指したい。

## 三つの名

そもそも、『平凡』とはどのような筋立てをもった小説だっただろうか。その問いには、巧妙に配置された三つの名によって、大胆な仕方で要約することができる。名の配置、言い換えれば、主人公の名前に対する読者の意識を一定方向に組織する仕掛けがこのテクストにはある。実際、『平凡』の主人公の名前は物語の進行と共に変化していく。

第一に『平凡』の読者は、主人公のことを「古屋」と呼ぶことになる。自叙伝を書き始めようとする主人公は「私は地方生れだ。戸籍を並べても仕方がないから、唯某県の某市として置く」（三章）と書き、その詳細を明らかにしようとしない。『平凡』の書き手は、書くことの動機づけや「浮世」に対する厭世観、小説批判などは饒舌に語るものの、読者に対して改めて自己紹介することはなく、物語の進行のなかでひっそりヒントを落としていく。「古屋」という名が明かされるのも、彼の祖母についての挿話で単に必要とされたからに過ぎないというほどに、極めて素っ気ない仕方で言及される。即ち、「面長の、老人だから無論皺は寄つてゐたが、締つた口元で、段鼻で、なか〳〵上品な面相だつたが、眼が大きな眼で、女には強過る程権が有つて、古屋の――これが私の家の姓だ――古屋の隠居の眼といつたら、随分評判の眼だつたさうだ」（三章）。

さり気なく挿入された「古屋」の苗字（ファミリーネーム＝ラストネーム）によって、読者は主人公のことを暫定的に「古屋」と呼ぶことになる。しかし、この名の効果は単にそれだけに留まらない。というのも、周りには祖母は勿論、父母という複数の「古屋」が彼を取り囲んでいるからだ。「古屋」とは苗字であり、姓であり、つまり家を意識させる呼称だ。最初は祖母の孫としての「古屋」が、勿論祖母は小説の前半ですぐに死んでしまうが、続いては父の息子としての「古屋」が、いずれによせよ古屋家に拘束されたアイデンティティとしての名が、読者に呈示される。実際、物語の進行は、「内拡りの外窄まり」（＝内弁慶）の彼が上京を決意するまで、あたかもそれ以上の名は必要ないとでもいわんばかりに、徹底的に家内部の物語に限定される。すべての挿話が「古屋」さんの坊ちゃん、として事足りるのだ。

しかし、小説の中盤では「古屋」に別の名が追加されることになる。つまり、最初は法学研究のために上京するも、下宿していた叔父の家の一人娘である雪江に恋し、しかし雪江の婿が決まることで失恋して、その代わりに「止むを得ず当分文学で其不足を補つて」（四二章）、失恋に関する小説を書くことになるが、思い出を引きずって彼は自分の筆名（ペンネーム）を「雪江《せっこう》」と決める。「初恋が霜げて物にならなかつた事を書いたのだからとて、題は初霜だ。雪江さんの紀念に雪江と署名した」（四六章）。こうして読者は小説の中盤（というよりもほとんど終盤）に来て初めて、今正に読み進めている小説の書き手が古屋雪江という名の小説家であることを知る。家を出て上京し、都会での青春に悪戦苦闘する主人公には、「古屋」だけでは不十分だ。「雪江」という第二の（追加的）名には、家から距離をとって、過ごしてきた文学的青春の一連の記憶が刻まれている。

けれども、小説の最後の最後では、この「古屋」「雪江」に三つ目の名が与えられる。父が病に臥せていたことを知りつつ、「お糸さん」と関係した晩が明けた朝、主人公は「父危篤直戻れ」の電報を受け取る。すぐ汽車に乗り込み、「漸くの想で家へ着くと、狼狽てゝ車を飛降りて、車賃も払つたか、払はなかつたか、卒然門内へ駆込んで格子戸を引明けると、パツと燈火が射して、其光の中に人影がチラ〳〵と見え、家内は何だか取込んでゐて話声が譟然と聞える中で、誰だか作さん——私の名だ——作さんが着いた、作さんが、と喚く」（六〇章）。然り、古屋雪江の本当の名前（ファーストネーム）は「作」というのだ[115]。

古屋作。最後の最後に主人公の本名が明かされる。物語の最初にラストネームが置かれ、文学者としてのペンネームを仲介して、最後にファーストネームが明かされる。名の開示に関する、この段階的構造は極めて重要だ。というのも、割り当てられた名前の各段階は、それぞれの象徴性に相応しいかたちで『平凡』全体の物語の進行に対応しているからだ。第一に古屋家の一員として〈拘束／保護〉される幼少時代（三～二四章）、即ち「古屋」の物語。第二に、上京して女性と文学に夢を抱く青春時代（二五～五九章）、即ち「雪江」の物語。そして最後に、父が死に自分のルーツである家から完全に〈解放／放擲〉された一個人としての独立の時代（六〇章以降）、即ち「作」の物語へ。

このように、それぞれの名は、各時代の物語性を象徴する役割を負っている。そして、全体としてみてみれば、その過程は主人公が家から独立していくための諸段階と理解できる。このように『平凡』は、一見「聊かも技巧を加へず、有の儘に、だら〳〵と、牛の涎のやうに」書かれたテクストのようにみえるが、その実、極めて構成的な小説構造をもっていた。

## 経済に拘束される小説家

『平凡』の物語は、「古屋」が「雪江」を経て「作」として新生するまでの過程を描いている。これは家から脱出する過程と同期しているが、しかし、その変化は主人公「作」に具体的には何をもたらしたのか。顕著なのは、経済的自立の要求だ。実家暮らしの時代に、経済的な問題が前景化しないのは当然のことだが、家を出るに従って、その問題は無視できなくなる。上京時代の主人公は、小説家を本格的に始めるまで、実家から「学資の仕送り」（四七章）、経済的支援を受けている。しかもその元手は「地所を抵当に入れて借りた金」で、父親からは「己は無学で働きがないから、己の手では到底も返せない。何とかしてお前の手で償却の道を立て呉れ」と言われていた。しかし、その「負債償却の約束は不知《つい》空約束になつて了」い、「父も母も近頃は心細さの余り、遂に内職に観世撚を撚り出した」という（五七章）。言い方を変えれば、主人公は自分の実家を食いつぶすことと引き換えに文学者になることができたのだ。父親の病状が悪化したときも、「度々送金を迫られても、不意忿つてゐたのだから〔中略〕今度こそは多少の金を持つて帰らんでは、如何に親子の間でも、母に対しても面目ない」（五九章）という経済的理由で彼は帰省を先延ばしにしてしまう。

家から脱出していく物語は、背面で、段階的に経済活動に囚われていく物語を示している。学資が絶たれ、「書けても書けんでも、筆で命を繋ぐより外仕方がない」（四七章）状況に追い込まれて以降、古屋雪江は金銭問題に縛られて、文筆業に励むことになる。小説を書いている現在時の彼は「意久地なく所帯染みて了ひ、役所の帰りに鮭を二切竹の皮に包むで提げて来る気になる」（二章）と、勤勉に役所勤めをする官吏であるとともに、帰宅すると、「内職の賃訳」、翻訳業で小金稼ぎに励む。

考えてみれば、そもそも、『平凡』というテクストそれ自体が、「内職の賃訳が弗と途切れた。此暇を遊んで暮すは勿体ない。私は兎に角書いて見やう」、「原稿を何処かの本屋へ嫁《かたづ》けて、若干《なにがし》かに仕て呉れる人が無いとは限らぬ。さうすりや、今年の暮は去年のやうな事もあるまい。何も可愛い妻子の為だ。私は兎に角書いて見やう」（二章）と、金銭獲得のために動機づけられた仕事だった。当然ここには、実家には頼れない小さな一家の主として独立した「作」の新しい現実がある。いわばテクスト創作の動機づけの明示が、そのまま、主人公の行く末の暗示にもなっているのだ。

特に印象的なのが、第二章、老い込んだ結果、過去のことをすぐ思い出し、それにうつつを抜かす主人公が、妻子不在の日曜に、やはり過去の回想に惚けている場面だ。

「長火鉢の側で徒然としてゐると、半生の悔しかつた事、悲しかつた事、乃至嬉しかつた事が、玩具のカレードスコープを見るやうに、紛々と目まぐるしく心の上面を過ぎて行く。初は面白半分に目を瞑つて之に対つてゐる中に、いつしか魂が藻脱けて其中へ紛れ込んだやうに、恍惚として暫く夢現の境を迷つてゐると、／「今日は！　桝屋でございます！」／と、ツイ障子一重其処の台所口で、頓狂な酒屋の御用の声がする。これで、私は夢の覚めたやうな面になる。で、ぼやけた声で、／「まづ好かつたよ。」／酒屋の御用を逐返してから、おゝ、斯うしてもゐられん、と独言を言つて、机を持出して、生計の足しの安翻訳を始める」（『平凡』二章、全集第一巻、四一九頁）

金を得るために「過去」を描こうとする小説家が、過去の「夢」に耽っていると、「酒屋の御用の声」で回想が中断される。酒屋がなぜ「御用の声」をかけるかといえば、当然、（主人公と同じく）「生計」のため、経済活動によって賃銀を得なければならないからだ。

例えばこの「夢」中断の挿話と、幼少期に飼っていた棄狗「ポチ」との出会いの場面（一一章）は対照的だ。祖母が死んだ翌々年、ある晩、両親と寝ていた古屋は外から聞こえてくる犬の鳴き声を耳にする。

母に聞くと「棄狗さ」と答える。これに対し、古屋は「如何して棄てツたンだらう？」と自問し、「まづ何処かの飼犬が縁の下で児を生んだとする。小ぽけなむく〳〵したのが重なり合つて、首を擡げて、ミイ〳〵と乳房を探してゐる所へ、親犬が余処から帰つて来て、其側へドサリと横になり、片端から抱へ込んでベロ〳〵舐ると、小さいから舌の先で他愛もなくコロ〳〵と転がされる」から始まる、先行研究でも極めて評判の高い（空想の）仔犬出自描写が続いていく。父母に養われた幼い主人公は、ここでは経済問題に拘泥することなく、存分に空想的世界に没入することができるのだ。

この対照が象徴しているように、文学的「空想」や「夢」は、大人になれば、経済活動と遊離して存在することが許されず、常に生活の物質的な営みと連動している。作中、主人公の下には、「ナチユラリーズム」（自然主義）を支持している旧友が「君も然う所帯染みて了はずと、一つ奮発して、何か後世へ残し玉へ」という芸術至上主義的な助言を与えにくるが（九章）、自然主義に対して一貫して批判的・揶揄的なこのテクストにとって、このアドバイスほど的外れなものはない。というのも、テクスト創作の動機づけそのものが正に「所帯」に由来しているからだ。

## 死を看逃す

しかしながら自然主義者によって提起された「後世」の問題は、本質的な視角を提供しているようにみえる。というのも、「後世」、つまり誰かが死んだ後の世界こそ、小説『平凡』の基本的空間であったからだ。そもそも『平凡』は三つの死を描いていた。第一に祖母の死、第二にポチ（犬）の死、第三に父親の死。これら挿話に共通するのは、主人公はそれぞれの死の場面に必ず遅れてしまうということ、死を直接に看取れないということだ。

幼少期の主人公が「平常の積で何心なく外から帰つて見ると、母が妙な顔をして奥から出て来て、常になく小声で、お前は、まあ、何処へ行ツてゐたい？　お祖母さんがお亡なンなすツたよ」（七章）と言われ、母親を介して祖母の訃報が間接的に知らされる。

ポチの場合では、主人公が学校に通っている間に犬の死直面の機会を逃す。家で飼い始めたポチを溺愛しつつ、「学校なんぞへ行きたか無いンだけど……行かないと、阿父さんがポチを棄てツ了ふツて言ふもんだから」（一四章）という理由で渋々学校に通うも、ある日、その留守中にポチは「犬殺し」によって撲殺されてしまい、「殺されたとさ……」（一八章）と再び母親を介して死の事実が言い渡される。

父の死も同様だ。上京し、恋愛と文学にのめり込み、経済的にも困窮していた主人公は、父親の病状を知りつつも合わせる顔がなく、帰郷を先延ばしにしていた。しかし、「父危篤直ぐ戻れ」の電報を受け取って慌てて帰郷してみると、既に手遅れ、つまり「何処からか母が駈出して来たから、私が卒然、「阿父さんは？……」と如何やら人の声のやうな皺嗄声で聞くと、母は妙な面をしたが、「到頭不好つたよ……」といふより早く泣き出した」（六〇章）。

このように、『平凡』は何度も死を看逃す小説だった。主人公は他者の最期を看取ることができず、常に遅れている。「死」は常に間接的な伝聞情報でしかない。言い換えれば、現世というよりも（他者の）「後世」に生き延びてしまう者こそ、古屋雪江（作）という主人公の最大の特徴である。『平凡』の小説空間は「後世」（誰かの死の後の世界）として全体的に組織されている。古屋にとって「後世」と「所帯」は矛盾しない。経済的要求の絶えない彼の「所帯」とは、同時に祖母の後世であり、ポチの後世であり、父の後世であるからだ。父の死を経て、書き手は次のように述べている。

「つく〴〵考へて見ると、夢のやうな一生だつた。私は元来実感の人で、始終実感で心を苛めてゐないと空疎になる男だ。実感で試験をせんと自分の性質すら能く分らぬ男だ。それだのに早くから文学に陥つて始終空想の中に漬つてゐたから、人間がふやけて、秩序がなくなつて、真面目になれなかつたのだ。今稍真面目になれ得たと思ふのは、全く父の死んだ時に経験した痛切な実感のお庇で、即ち亡父の賜だと思ふ。彼実感を経験しなかつたら、私は何処迄だらけて行つたか、分らない」（『平凡』六一章、全集第一巻、五三二頁）

十川信介が「多くのエピソードから成るとは言っても、『平凡』の主題は「実感」と「空想」、すなわち

「真面目」と「不真面目」の対立である[116]」と評す、その根拠となるような記述がここにある。この対立に、「所帯」と「後世」、或いは経済的現実と夢想的文学という項目を付け加えてもいいだろう。しかし、一方の項の最たる「痛切な実感」なるものは、詳細に分析してみるならば、父の「死」に間に合わなかったこと、死を直に「実感」できなかったことの「実感」、つまりは不可能性の「実感」にほかならない。父の死だけではない。作中で繰り返される「死」なるものは、主人公にとっては、常に伝聞情報としてのみ存在している。

そもそも「死」とは決して直視しえないもの、必然的に間接的＝媒介的に理解されるほかないものではないか。それは自己の死であれ他者の死であれ同様である。自己の死を「実感」するには自分は生きていなければならず、しかしそれは背理である。他者の死に関しても、死にゆく他者を外面的に看取ることはできても、厳密にいえばそれはその他者の「死」を「実感」することを意味しないだろう。「死」は逃れゆく。「死」とは、「実感」や「経験」の不可能性そのものであり、実感と空想、真面目と不真面目といった単純な二項対立で処理することができない対象である。

端的にいえば、「死」の「実感」とは、「空想」（フィクション）の介入なしには考えられないもののはずだ。「仮令へば作家が直接に人生に触れ自然に触れて実感し得た所にもせよ、空想で之を再現させるからは、本物でない。写し得て真に逼つても、本物でない。本物の影で、空想の分子を含む」（六一章）と『平凡』の書き手は続けて書いている。しかし、「本物の影」としてでしか捉えられないものこそ、「死」であるというべきだ。例えば、主人公は父の死に際して、次のように深く反省している。

「後で段々聞いて見ると、父は殆ど碌な療養もせずに死んだのだ。事情を知らん人は寿命だから仕方がないと言つて慰めて呉れたけれど、私には如何しても然う思へなかつた。全く私の不心得で、まだ三年や四年は生延びられる所をむざ〳〵殺して了つたやうに思はれてならなかつたから、深く年来の不孝を悔いて、責て跡に残つた母だけには最う苦労を掛けたくないと思ひ、父の葬式を済せてから、母を奉じて上京して、東京で一戸を成した」（『平凡』六一章、全集第一巻、五三一頁）

ここでは一見、「真面目」な圧倒的現実（＝「死」）が語られているようにみえる。しかし、ここにある「死」とは解釈されて過剰に意味づけされた「死」であり、実際のところ、彼が思うように「まだ三年や四年は生延びられる所をむざ〳〵殺して了つた」かどうかは分からないはずだ。「まだ三年や四年は生延びられる所」とは「空想」的に仮構された時間であり、「殺して了つた」もやはり同じく「空想」的な殺人でしかない。早くに帰省し親孝行に努めたとしても、父は同じような時に同じように死んだかもしれない。勿論、これは逆にもいえる。にも拘らず、「切実な実感」を受け取ろうとする彼の「死」なるものには、既に「空想」が侵食している。

それ故、十川のいう二項対立は表面的なものにすぎない。ここにあるのは、「空想」と「実感」の対立というよりも、「空想」という名の「空想」と「実感」という名の「空想」という、「空想」一元論の諸相にすぎない。そもそも、あらゆる「死」は、「後世」によってのみ把握され、解釈され、理解され、記述される。この他者依存性、言い換えれば自己の権能の終端にある構造的な無能にこそ、『平凡』最大のテーマが隠されているようにみえる。

## 失われた〈終わり〉を求めて

死に目に会えないこと。〈終わり〉を逸し続けること。ここにこそ、『平凡』の見過ごされてきた重要なテーマがあるように思われる。つまり、「ふやけ」「だらけ」「不真面目」の原因である文学の「空想」性や「遊戯分子」を断ち切るには、その対極にある、「真面目」や「実感」を与えるような（「死」に代表される）大文字の現実に直面することが大事である……が、その大文字の現実なるものは、「空想」や「遊戯分子」を使ってでしか捉えることができず、そこから教訓を引き出そうとすれば、不可避的に混在を免れえない。ここには、「実感」の逆説がある。別の言い方をすれば、「死」は「生」によって、〈終わり〉は〈続き〉によって初めて分節される。「死」は「死」だけで、〈終わり〉は〈終わり〉だけで自足できない。だとすれば、遅れた「死」を受け止めて「真面目」に還る『平凡』が、意図せずも描いてしまっているのは、一貫した文学批判を装いつつ、当の批判対象である文学がなければ究極の現実に至近できないという、そのアンビヴァレンスであるといえるのではないか。

『平凡』というテクストが優れているのは、メタフィクショナルな設定を用いることで、このような文学のアンビヴァレンスを、読み手の読書体験のなかに組み込むような仕掛けを一番最後に用意しているところにある。つまり、父が死に、母が死に、文学の「遊戯」性に嫌気が差した主人公は自らと同じく「だらしのない」「文壇」の悪口を書こうとするが、「古今の文壇の、、、、」と書いたきり、点々が五〇回ほど打たれて唐突に「(終)」の文字を迎える。そして注釈するように「二葉亭」による解説が最後の最後に挿入される。「二葉亭が申します。此稿本は夜店を冷かして手に入れたものでござりますが、跡は千切れてござりません。一寸お話中に電話が切れた恰好でござりますが、致方がござりません」(六一章)。

第一に注意したいのは、読者がここまで丹念に追っていた本文とは「稿本」(草稿や手書き本)という極めてプライヴェートなテクスト、活字化されてないテクストだったということだ。リアルタイムに物語を追っていた読者にとって、『平凡』とはひとつの新聞連載小説であり、最後に種明かしされた「稿本」とは、古屋作の物語に対してメタ的に仕掛けられた、意外な小説設定であるといえよう。

この設定が重要なのは、小説そのものの動機づけであった経済的要求が満たされなかったことを示唆しているからだ。主人公が経済に拘束され、「所帯」維持のために執筆を始めたことは既に述べた。つまり、主人公は当初は「原稿を何処かの本屋へ嫁けて、若干かに仕て呉れる人が無いとは限らぬ」(二章)ということを目論んで小説を書いていたはずだ。だが、「稿本」の「夜店」への流出、そして「跡は千切れてござりません」という保存状況の悪さから伺えるのは、その目論見は頓挫し、「若干かに仕て呉れる人」はなく、大きな媒体には載らず、テクストは公に活字化・流通化することなく草稿のまま散在してしまったという可能性である。もし公刊されていれば、「跡は千切れて」ていたとしても、刊行された出版物を参照することで古屋の物語の全容、物語の〈続き〉は補完されるはずだ。しかし、それをしない（できない）のは、このテクストが「稿本」としてのみ存在する極めて私秘的な対象であるからだ。

なぜ『平凡』は媒体に載らなかった（と虚構化された）のか。その理由は分からない。予想以上に「本屋」が受け入れてくれなかったのかもしれないし、自叙伝の試みが頓挫して自ら反古にしたのかもしれないし、或いは、途中で気が変わり自身の半生を書き綴ったテクストを金に換算する経済的行為に抵抗を感じたのかもしれない。いずれにせよ、読者は〈終わり〉を逸してしまう。ここで何より興味深いのは、〈終わり〉を見届けられない読者のこの無能感は、「死」を看逃し続けてきた作中の古屋作と正に完全に同期しているということだ。古屋作は父の「死」を解釈し、虚構化された「痛切な実感」を得る。それと同じように、『平凡』を読んだ読者もまた、テクストの失われた〈終わり〉を各々解釈し、『平凡』というテクストの最後、そして古屋作の最期に関して「空想」する。

読者の想像力はこのテクストが終わるために必要な、〈続き〉として要請される。しかし、正にその瞬間、『平凡』が延々批判していた文学の「遊戯」「不真面目」が、読者という〈続き〉を媒介にして、皮肉にも甦って来るのではないか。テクストを貫く時間性に関し、西川順一は「未来が鎖される」(117)と述べ、佐々木雅発は「回想の範囲（つまり「懐しい」という）を一歩も越ええない」(118)、服部康喜は「あらたな時として未来に向かって構築されることはない」(119)などと指摘しているが、このような評価は、最後に組み込まれたメタフィクション性を無視している。『平凡』の未来は読者の「空想」に開かれている。「切実な」現実認識に既に巣食う「遊戯」の浸透性のテーマは、『平凡』読者を巻き込む仕方で、メタフィクションを介して更なる「空想」を刺激することで具体化する。

冒頭で述べたように、二葉亭四迷というペンネームは「くたばつて仕舞へ」という自虐に由来していた。しかし、「くたばつて」もそれでお終いにはならない。その〈終わり〉は構造的に〈続き〉を要請し、様々な解釈の可能性を示しながら、分節されることで一応の完了をみる。くたばっても終わらない、くたばってから始まってしまうのだ。

# 人間の屑、テクストの屑

一八歳で天涯孤独の身となって放浪生活を送っていたエリック・ホッファーは、カリフォルニアのエル・セントロ市が提供するキャンプで、季節労働者達との運命的な出会いを果たす。身体的な不具を抱え、酒や女に溺れ、衝動的なために定職に就けないで、世間の目を逃れて流浪するどうしようもない社会不適合者(misfits)の群れ。しかし、ホッファーは彼等クズにこそアメリカ的なフロンティア・スピリットの原型を見出す。「人間はめったに居心地のよい場所を離れることはないし、進んで困難を求めることもない。財をなした者は腰を落ち着ける。居場所を変えることは、痛みを伴う困難な行動だ。それでは、誰が未開の荒野へ向かったのか。明らかに財をなしていなかった者、つまり破産者や貧民。有能ではあるが、あまりにも衝動的で日常の仕事に耐え切れなかった者」(『エリック・ホッファー自伝——構想された真実』、中本義彦訳、作品社、二〇〇二年)。開拓者(pioneer)とは、既存の社会に居場所をなくした余所者(outsider)である。開拓の場所とは、誰も知らない未知なるものを発掘する先端であると同時に進歩に見捨てられたどうしようもない掃き溜めの末端でもある。正しく、ホッファーが学んだのは、先端と末端は同じ場所を指し示す二つの呼称であるということだ。クズを侮ってはいけない。

吉本隆明は小林多喜二『党生活者』(『中央公論』、一九三三・四〜五)に対して、いわゆる「政治と文学」論争とはやや異なる視角から、批判的な評を下した。「政治と文学」論争とは簡単にいえば、革命という大きな理想を掲げた政治運動のために女性(小説では笠原)を半ば奴隷的に利用していた『党生活者』の物語の読解から、戦前の共産党運動の反人間性を倫理的に問題視したものである。吉本は従来、非道と論じられていた運動家の「私」よりも、「私」の女同志として共に運動に尽力していく伊藤に対して不快感を露わにしている。伊藤が「未組織をつかむ」「コツ」として、芸術を政治的に利用している場面を引用して、吉本は次のように述べている。

「好きだからレビュウへ行き、日本映画をみ、プロレタリア小説をよみ、男工と遊びにいつたりしているのではなく、利用するためにやつているという作者の描写を信ずるならば、この「伊藤」という女性はまつたく人間の屑としかいいようがない女である。ここでも「人を管理するコツ」といった類いのわいい本にもみまがう低劣な人間認識が顔をだす」(「党生活者・小林多喜二——低劣な人間認識を暴露した党生活記録」、『国文学　解釈と鑑賞』、一九六一・五)

吉本によれば、笠原を政治的に劣った存在とみなす「私」の態度が、人間蔑視のエゴイズムか、それとも革命運動の苦闘の証か、などと仰々しく論争することに意味はない。「私」など政治を方便にした甲斐性なしの単なるでくの棒だ。そんなことよりも許し難いのは、文学や演劇や映画といった芸術を、政治目的で利用すべきだと考え、実際に実行している伊藤の方だ。伊藤は、運動に組み込まれていない「未組織」を自分たちの仲間に引き入れるために、芸術を利用して政治的勢力のさらなる拡大を目論む「人間の屑」である。

譲歩してみよう。『党生活者』は「人間の屑」を描いた小説である。果して、それがどれほどに的を射ているかどうかは措いても、『党生活者』が少なくとも「屑」を一つの隠れ主題にしたテクストであることには同意できる。『党生活者』は登場人物の特徴を表すのに、何度か「スクラップ・ブック」(「切抜帖」)という言葉を使っている。スクラップ・ブックとは、(新聞や雑誌といった)本来フローなメディアのテクストを、読み手の興味関心に従って、ストックとしてのノートにカット&ペーストして作成される私製本(私家版)を指す。運動家としての経験と知識が豊富で、かつユーモアも忘れない仲間の須山は、「色々と知っている須山の頭は「スクラップ・ブック(切抜帖)」みたい」や「あの突拍子もない切抜帳で私たちを笑わせる」と描写され、Sという少し堅苦しい党員は「須山とちがった切抜の好きなS」などと語られている。党生活者にとって「スクラップ・ブック」とは特権的な比喩なのだ。

党生活者たちは「スクラップ」を寄せ集めた教科書、屑状の頭脳で己の政治運動に臨む。スクラップ・ブックは多様で雑多な知を、自分の都合や興味によって編集的に並べ替えることができる。しかし、それは「屑」の可能性の一面でしかない。「私」はアジトが密偵にバレて夜逃げのように引越しするたびに新しい隣人の「本箱」を観察する。「本箱を見ると、その人が一体どういう人か直ぐ見当がつくからである」（第三章）。しかし、正体を隠し、日常生活の裏で潜行的に運動を進めていかなければならない党生活者にとって、その習慣は逆にいえば、自分の「本箱」の所有を禁止された世界を意味している。「本箱を見ると、その人が一体どういう人か直ぐ見当がつく」のならば、「本箱」は運動家としての素顔を人に知らせてしまう最大の隙となるからだ。密偵の監視と特高による検束を恐れ、住所（「アド」）を転々とするその生活には、そもそも持ち運びしにくい、例えば何巻にも渡るような、大きくて重たい書籍は所有に向かない。「私」が大事な文書を「トランク」に入れていたことを思い出そう。アドレスが固定しない党生活者にとって、――彼等が本編中、一生懸命につくり配布していた「ビラ」のように――重要なテクストとはポータブルであらねばならない。このように考えてみたとき、スクラップ・ブックという書物の形態は、単なる編集可能性だけでなく、公的な出版物を一旦「屑」状にして私的な形で保存し、様々な知や経験へのアクセスを維持しようとするテクストの生存戦略として読み直すことができる。

スクラップ・ブックとは〈すべて〉が禁じられた書物である。並べられたスクラップのひとつひとつが、しばしば出典情報をなくした元のメディアのかたちを暗示する。そして、失われたメディアの想像的な全体像を夢見させ、読むたびごとに、ひとつのブックに複数の亀裂を生じさせる。それはいくつもの夢の残滓の結晶体であると同時に、失われたいくつもの夢の忘れ形見でもある。

おそらくは、屑でなければ、〈すべて〉を打ち捨てなければ、生き残らないテクストがある。逆にいえば、屑だからこそ生き延びられるテクストがある。屑のテクストは、他の屑と連帯して本来備わっていた作者の意図やメディアの文脈を微妙に交代させつつ、別の仕方での転生を果たす。それに比べて〈すべて〉の書物は、巻数や章節や頁数によって屑を目次の一部分として飲み込んでしまう。そして、いくつもの夢が〈すべて〉に収奪されたとき、墓石としての書物が、つまりは生き延びることをやめた死物としての書物が完成する。完成、それは〈すべて〉の別言である。だから屑とは、〈すべて〉に従属した一部分ではない。スクラップ・ブックは〈すべて〉の外を夢見るテクストであり、読む者個々人で異なる未知の世界へと導いて行く、永遠の未完のプロセスである。〈すべて〉にとり憑かれるのは学者だけで十分だ。

与えられた残りの紙が尽きてしまう前に言うべきことを端的に要約しておこう。成程、確かに伊藤は「人間の屑」かもしれない。しかし、彼女が政治目的で芸術を利用したからといってそれが一体なんだというのか。「人間の屑」が勝手に芸術を利用するのならば、こちらも手前勝手に「屑」として振る舞えばいい。紹介者のもっている「人を管理する」意図など蹴っ飛ばして、人の意志もメディアの状況もかなぐり捨てて、〈すべて〉を拒否して、目の前の映像、演技、文章、つまりはテクストを断片的に焼きつけ、自分なりのスクラップ・ブックを勝手に作成すればいい。そもそも、誰であれ、本の〈すべて〉も〈すべて〉の本も、読むことなどできやしない。読むこととは、断片化して読むこと、無意識にコレクションされた解答なきジグソーパズルを弄ぶこと、異なる集中の度合いを通じて、つまりは生きた時間を通じて自由に読むということだ。受け手が、紹介者の意図や計画に従順な存在だと独断することは、スクラップ・ブックの自由度を余りに見くびった考え方だ。その内なる本は、曲解と故事つけのアマルガムでできた接ぎ木を無限に許す歓待のテクストである。終わらない書物を生きよ、私が、あなたが。
屑とは断片のことでもある。ただ、断片を論じるのに、わざわざベンヤミンなど引く必要はない。我らが誇るべき超一級の知識人、寺田寅彦がひとりいればそれで十分だ。『党生活者』の同年に発表された自著の序文に寺田は次のように書いている。
「泥溝《どぶ》の水を皿に一杯汲み取ってそれを蒸発させるとあとにわずかな残滓がのこる。それを顕微鏡で覗いてみると、色々なものの屑が現われる。鉱物植物動物それからあらゆる人間に親しいものの微細な断片が見える」（「『蒸発皿』自序」、『蒸発皿』、岩波書店、一九三三・一二）
屑とは、動植物を超えて「あらゆる人間に親しいものの微細な断片」である。〈すべて〉に到らない粉々の断片だけが、同じく出来損ないの人間と人間、その間をなかだちする。なんども失敗してこっぴどく叱られて自己嫌悪して調子に乗ってまた下手こいて嫉妬して。実にクズらしい、しかし、そんなどうしようもない親しみやすさだけが完璧ではない人と人とをとり結ぶ。人間が〈すべて〉に到達できないということは、人間が自由に生きているということの証であり、エミール・デュルケムが直観したように、他者との連帯の条件である。「あらゆる人間に親しいもの」を求めて、泥にまみれて泥臭く行け。「泥溝」（ドブ）は世界中の屑が生き延びるために集うインターナショナルなアドレスである。

# 宮本百合子「雲母片」小論

子供たちは言葉よりも先に泣くことを覚える。涙を流して他人を支配することを覚える。涙で命令する。涙は前言語的なコミュニケーションのツールだ。

よくいわれるように、牛や馬の赤子は産後すぐに自分の力で立ち上がるが、人間の赤子はほとんど未熟なまま誕生する。なにもできない、泣くことしかできない。まるで他人に依存することが自明の前提であるかのように人間は誕生する。

だから〈欠如〉を意味すると同時に、コンピュータ用語で〈初期設定〉も意味するデフォルト（default）という言葉は、人間の生にこそ相応しい。無-力であること、独立するのに必要な生得的アプリケーションを欠いているということ、それは後天的に獲得可能な能力のインストール可能性を示している。人間が学習できるのは、人間が無能に生まれつくからだ。そして、そんな無能者が生来からもっている数少ない自前の武器こそ、涙を流すことなのである。

文字は、いや文学は、涙に勝てるのだろうか。果して勝てたときがあるのだろうか。「雲母片」を読んでいて思い出すのは、そんなことだ。

宮本百合子のエッセイのような短篇小説のような、小文「雲母片」は、大正一三（一九二四）年三月、『女性改造』に発表された。筋は単純だ。明治三九年の春、七歳の「私」は母親と共に筆と墨と半紙で「いろは」の手習いをする。「私」は母の字を手本として、「い」の字を書こうとするがどうしてもうまくいかず、ついには泣き出してしまう。ただそれだけの文章だ。

母から「百合ちゃん」と呼ばれる、おそらくは書き手自身の過去の書字の思い出を読むとき、そこにはどうしても暢気さがつきまとうことになる。というのも、もし書くことの困難を克服できなかったならば、その思い出は文章化されることがなかっただろうからだ。

そう、このテクストの書き手は文字を自在に操れる。文字を操れる者が文字を操れない者を文字を用いて描く――事実、「私」が難儀する「い」の字は、彼女を嘲笑するかのように作中一一八回も用いられる――。ならば、そこで語られる困難は近い未来、解決することが既に約束されている予定調和の躓きでしかない。暢気な思い出話にすぎない。

けれども、文字を操れるからといって、書道に通じているとは限らない。文字の書き方は一つではない。〈筆-半紙-墨〉という書記の物的環境と〈万年筆-ノート-インク〉という物的環境は異なる。〈筆-半紙-墨〉は、〈指-窓ガラス-霜〉と違うし、〈枝-地面-凹み〉とも違う。当然、〈キーボード-モニター-フォント〉とは似ても似つかない。書記の物的環境が異なれば、そこで発揮される身体性は姿勢だけにとどまらずに変化する(文字を毒として退けたプラトンと共に、書記の機械によって書記の機会を奪われた私たちの健忘症を想起せよ)。もしかしたら、「私」は文字を操る術は覚えても、未だに〈筆-半紙-墨〉の物的環境に適応した身体を手に入れていないのかもしれない。このテクストはタイプライターで、或いは代筆で書かれたのかもしれない!

文字の環境に合った身体を獲得しなければ文字は書けない。〈筆-半紙-墨〉の物的環境は、出来合いのインクとは違って、文字の材料を自らつくり出すところから始めなければならない。「私は一心に墨を磨った」。そして、そこには「時計のカチ、カチ、カチカチいう音」や「涼しいような黒い墨の香い」といった特有の聴覚的嗅覚的空間が広がる。「雲母片」が描き出しているのは、文字とは物(モノ)によって制約された身体の所作(振る舞い)であり、その身体とは涙を流す身体でもあるということだ。

少し長めに引用しよう。「上手に書きたく、褒められたいのだけれども、筆というものは、何という手に負えないものか。その上、私の心には字というものの感じがはっきり写らず、母の書いてくれるいの字も、いという音には相違ないのだけれど、眼で見れば、少し真中で曲った蟹の鋏形の二本の棒としか見えない。それが、どうして、私共の喋る言葉のいなのか。大切な、間違えてはいけない字だと、凝っと見れば見る程不可解な、まごつく、奇怪な二本の棒になって来る」。

誰にでも経験がある。「いくら容易い字でも、こりゃ変だと思って疑ぐり出すと分らなくなる」のは宗助だけではない（漱石『門』）。一度、「字というものの感じ」を喪失してしまえば、「い」は「蟹の鋏形の二本の棒」に等しくなる。逆にいえば、書字／読字の前提には、「字というものの感じ」を「心」にインストールすることが必要不可欠なのだ。心のなかに適切なフォーマットがなければ、「い」の試みは「これは字じゃあない。たどんじゃあないの。たどんやさん！」という結果にしばしば終わる。「たどん」（炭団）とは、炭を固めてつくった団子状の燃料のことである。

子供たちは団子づくりをしながら――泥あそびならぬ墨あそび――フォーマットを固定化していかねばならない。だが、硯の水に溶かされた墨は、拙い身体の所作によって、有意味な文字ではなく無意味な炭団に結構する。〈固いもの〉は、一旦〈流れるもの〉に翻訳されるも、すぐさま間違った仕方で再び〈固いもの〉へと舞い戻ってしまう。

そうして、〈固いもの〉に抵抗して〈流れるもの〉を継続させるかのように、或いは己の身体所作のぎこちなさやこわばりを恥じるかのように、無色透明の涙が準備される。「私は、筆を紙の上に放り出し、始めはしくしく、やがて声を出して泣き出した」。

しかも、涙は伝染する。「母の眼も、明るい日の中であやしく閃いて」、「児童心理学をまるで知らない若い感情家の母と、幼い未開人めいたその娘とは、暖い十畳の日だまりで、神の微笑そうな涙を切に流した」。母の文字は娘の文字を引き出すことに頓挫するが、娘の涙は母の涙と共に流れていく。人は文字で結ばれずとも、涙によって結び合わされる。涙で団子はつくれない。「幼い未開人」のコミュニケーションに言語は要らない。

文字の敗北である。子供たちに文学は要らない。

しかし、涙は永遠に流れるわけではない。そして、文字は〈筆‐半紙‐墨〉にだけ依存しているわけではなく、常に別の仕方での書き方を許す。成長するということは、涙を拭いてときに涙を我慢するということだ。筆であれ指であれ枝であれ、子供たちに文字を教えるということだ。この形象や描線があの音とあの意味につながっているのだと、無根拠に祈ることだ。成長する者の涙はだから単に流れるだけでなく、「心」のフォーマットとして、鉱物のように結晶化するだろう。そう、たとえば、雲母という「母」の字が混じった綺羅めく〈固いもの〉の断片のように。

教訓。文学で泣いてはいけない。そんなものは音楽や演劇に任せておけばいい。文学は涙のあとの大人の世界を約束するものなのだから。

# 3

# 自費出版録

## 在野研究の仕方――「しか(た)ない」?

在野研究者を名乗り始めてから二年が過ぎた。「在野」というのは大学機関に属していないというくらいの意味合いであるが、大学院博士前期課程(修士課程)を修了以後、私は近代文学を専門とする自分の研究成果はウェブ上、つまり電子書籍販売サイト「パブー」やインディペンデント批評サイト「En-Soph」で全て公開してきた。

このことを人に説明すると決まっていつも「どうして大学に所属しないんですか?」と尋ねられる。実のところ、私はずっとその問いに答えあぐねていた。自分自身にとってその一連の行為が不自然とは感じられなかったから、そして、どうして自分が不自然と感じられないのかについて言語化することができなかったからだ。しかし、今回、二年間の研究成果を一冊の本としてまとめるなかで、自らを振り返り、それに付随して次第に在野で生きようと思った過去の自分を昔よりもずっと客観視できるように思えてきた。それはもちろん、自身の成長を意味しているのではないだろうけれども、「ああ、こう言えばよいのだ」と、頭にかかっていた靄がとれたような気分になった。

## 教師になる「しかない」？

ことあるごとに、ある言葉が思い返される。「研究者になりたいのなら教師になるしかない」。院生時代に指導担当になっていた大学教授の言葉だ。彼と面談するとき、私は必ずといっていいほどその言葉をかけられた。教師になりたいという欲望を一度としてもったことのない私はいつもその言葉に辟易していた。夏目漱石や有島武郎や福永武彦を私は愛していたが、教師を愛することは一度もなかった。文学が好きであることと教師になりたいという欲望は私のなかで自然な結びつきをもっていなかった。そのような人間に「しかない」という理由で教職を勧めることに、違和しか感じなかったのだ。

一見その言葉には、「社会人」（実質的には会社員を意味している言葉）に対する謙虚な気持ちがあるようにみえる。年齢を重ね、プライドばかり高くなった大学院生を一般企業が雇うはずがない。だから、君がまともな研究者でいるには、そもそもまともな人間でいるには教師になるしかないのだ、というわけだ。しかしここには二重の冒涜がある。第一に、教職とは一般企業に入れないような「社会」的ではない人員の受け皿に過ぎず、そういう不適合者は教師にでもなっておけばいいという、教員一般についての冒涜。第二に、研究者とは学校でものを教える仕事をしている者を指し、その外で知的な活動をしているものは単なる趣味人でしかないという在野研究者についての冒涜だ。

「しかない」という理由で教師になりたくもない者に教職を勧めることの圧倒的な理不尽さに絶望したことは忘れがたい。私が教員にでもなったら、全国の教員はもちろん、全国の学生に申し訳が立たない。責任感の全くない男であるが、しかし私は私が無責任な男であることだけは誰よりも責任を負うことができる。そう思って在野で研究することを決めた。

教授を非難したいのではない。そんなことをしても何も始まらない。実際に、彼が好人物であることを私は疑わない。重要なことは、彼が言っていたことが事実であったとして、何故それを粛々とまるで運命が定めたかのように受け止めねばならないのか、ということだ。物理法則でもない社会的事実や傾向性に対して、どうして「しかない」と言い、それを信じ、伝えねばならないのか。何故、その事実を変えていく方途を探さないのか、探そうと試みないのか。

断っておけば、私はポスドク問題にもアカハラ問題にも一切関心がない。大学の制度や機構が今後どうなるかについてもまったくといっていいほど興味がない。なるようになればよいと思う。ただ、一つだけ、私にとって大事なことがあるとすれば、どうやったら人は「しかない」と言わないで生きていけるのか、という素朴な、しかし根本的な疑問だけだ。

## 電子の本から紙の本へ

最近、研究成果である『小林多喜二と埴谷雄高』（ブイツーソリューション、二〇一三・二）を出版することになった。この本は二〇一一年六月から二〇一二年一二月まで電子書籍販売サイト「パブー」で発表していた近代文学の諸論考に、細部を書き加えながら通読に耐えるよう再編集したもので、最終的にはほとんど書き下ろしといっていいものに仕上がった。

この本は完全なる自費出版によって生まれた書物だ。「完全なる」という形容詞は決して言い過ぎではない。出版社のブイツーソリューションにお願いしたのは基本的に本の印刷とAmazonでの販売手続きだけで、あとの執筆、校正、装丁、データ入稿を含んだ編集作業は全て自分でまかなった。そのために、市販されている文庫に比べて不細工なところがないではないが、ISBNを獲得し、印刷部数一五〇部で請求金額は税込二五万八〇二五円に抑えることができた。

この数字を高いと見るか低いと見るかは人それぞれだろう。私の知人周辺の反応を鑑みれば、その多くは「高い」と感じていたように思う。しかし「自費出版」という言葉には、一昔前ならば一生を賭けた博打のイメージがつきまとっていたことを忘れてしまうのはフェアではない。今日の技術力では、このくらいの値段で自分の本が作れ、少部数ではあるが、ネット上でそれが販売できるという事実は強調されていい。

上記の額は、半年大学院に通えば吹き飛んでしまう程度のものだ。博士号を高い授業料の代わりに得て、高価な専門書を大学人や図書館への献本で消費するのか。或いは勝手に自分の本を書き、少部数ながら出版し、様々な手段を使って研究成果を読者に届けていくのか。後者が良いと言いたいわけではない。ただ、一顧だにしないような選択肢ではない。少なくとも教授になりたいというよりは研究がしたいと考えていた私にとっては後者の手段の方がずっと魅力的に見えたのだ。

元手のいらない電子の本から二〇万ほどかかる紙の本へと出版を促させたのは、もちろん自分の仕事に一つの区切りをいれるためというのもあるが、もう一つにはPDFとE-PUB形式（今ではKindleにも対応している）を用意していた「パブー」の電子本があまりに売れなかったこともある。私の場合、多喜二と埴谷それぞれ一つづつ課金設定（一五〇〇円）した原稿用紙五〇〇枚程の論文を用意したが、どちらもほとんど売れなかった。多喜二のものは皆無で、埴谷のものは二回課金通知が来た。しかし、これは読者がいないということを意味するものではない。事実、Twitterで宣伝しつつ無料公開していた他の論考は半年も放置しておけば三〇〜四〇ほどダウンロードされ、時折、読んでくれた人の感想の便りが届いた。

三〇〜四〇という数が説得的な数字には思えないかもしれない。しかしそれは間違いだ。日本近代文学の概説的というより専門的な論文の読書には、たとえ文体や表現を工夫したとしても、明らかに高い文脈性が求められてしまう。そもそも論点となっている作家のテクストを読んでいるというハードルに加え、しばしば大きな文学史や研究史の共有が前提とされてしまう。「大学紀要の読者は論文の書き手と査読者だけ」という昔から伝わる笑い話は、もちろんあまりに誇張した言い方だろうが、しかし、専門的な論文を読みこなすには複数の、しかも高度な条件があることは疑えない。

私の書くものに少数であれ興味をもってくれる人がいる、しかし電子本を買うことはない。そのような状況が紙の本の出版を後押しした。少なくとも私個人にとっては、通常言われているのとは逆に、電子本のオルタナティブとして、紙の本が要請されたのだ。

完全に無料で公開するという考え方もあっただろう。しかし私がそれを選ばなかったのは、研究が単なる個人の趣味でしかなく社会にとって何の役にも立たないというある種の人々がもっている臆見に、金銭を介在させることで、ささやかではあるが抵抗したかったからだ。無料だから、単なる暇つぶしだから、研究が行われ、そしてその成果が受容されるのではない。いくらかの小銭を払って、何の権威もない在野研究者の書いたものを、一定時間を費やし読む人は決してゼロではないのだ、ということを可視的に証明すべきだと思った。それは私個人というよりは、現在いる、そして未来の有望な在野研究者たちへの激励にもなる。そのような積み重ねが「しかない」に対する最も着実な抵抗手段に思えた。

ほとんど無料《フリー》で研究成果をネット上で提供する。その代わりに、例えば図書館に通う際の電車賃ぐらいの、例えば資料のコピー代くらいの、例えば眠気覚ましに飲むコーヒー代くらいのお金を、読者の気が向いたときにいただくことはできないか。反省してみれば私にとって紙の本は、自分の活動を（ここが重要だが）「部分的に」応援してくれるフォーマットを整える、という意味があったように思われる。読み手が接近しやすい手段を選べるよう、選択肢を複数確保しておくべきだ、という考えが電子と紙を両立させた理由である。商売をしたいわけではない。しかし完全無給のボランティアでもない。その際の応援手段は電子本購入でも紙本購入でも構わない。儲ける「しかない」のでもなく、ボランティア「しかない」のでもなく。その間には無限のグラデーションがある。電子の本と紙の本の両立はそのグラデーション内での細かい設定を可能にする。

## 小林多喜二と流通する言葉

小林多喜二は書物の体裁を保てていない弱々しいテクストを繰り返し描いている。『誰かに宛てた記録』で紹介されるのは、屋外に漂流していた名もなき少女の「手紙」だ。『蟹工船』でストライキが起きたのは、船員が「コッソリ」船内に持ち込んだ「赤化宣伝」のパンフレットだった。『独房』では、囚人の「壁」の落書きが書いては消され消されては書くというプロセスが何度も繰り返される。『党生活者』での、党員の運動の本質は「ビラ」や「レポ」(レポート)の作成にあり、主人公は大事な文書を「トランク」に入れている。いずれもが、文書を束ねておく製本技術や文書を雨風湿気から守り保存管理しておくライブラリーの恩恵を十分に得られず、しかも既存にある一般的な流通網を使用できない、何の権威もない非公式なテクストたちだ。

しかし、非公式なテクストだからこそもつことができる特別な流通性があるのではないか。例えば「壁小説」というプロレタリア文学の小説形態がある。文字通り、壁に全文が貼れるような短い小説を指すものだが、それが要求されていたのは、貧困に苦しむ多くの労働者にとって文学に親しむ時間的余裕が十分にないという読書条件に由来している。

雑誌『戦旗』に引用されている文章作法「一日の労働に疲れ果てた肉体をもう一度起して、この我々の戦旗のページをめくるのだ」を多喜二は肯定的に引用している（「プロレタリア文学の新しい文章に就て」）。逆にいえば、テクストの長短や漢字の使用率、配置場所などを調整工夫することで、一見労働「しかない」状況にさえ文学を密輸することができる。誰かが書いた『独房』の消えやすい落書きは、しかしだからこそ監視の眼を潜り抜け、孤独な囚人の心を癒すことができる。製本されていないからこそ、『蟹工船』のパンフレットは過酷な海上の労働現場とは別の世界の夢を労働者に与える。

多喜二は「しかない」に抗い続けた作家だ。プロレタリア文学は決してプロの（職業家の）文学ではない。それ故、当時から芸術的価値に対して疑問が付されてきた。しかし、そもそもプロ＝職業家は様々な無能を抱えている。多喜二は評論「プロレタリア・レアリズムと形式」の中で「職業的になった」プロレタリア作家＝「芸術のスペシャリスト」は各地の労働者の現状から遠ざかり現実を把握できなくなってしまった「コブ」であり、彼らは「停滞化」していると批判している。プロレタリア文学でなくとも、例えば締切りやギャラや業界のルールなどによってその無能を現代に置き換えることは可能だろう。

それら全てが無意味だといいたいわけではない。そうでなく、注目すべきなのはそのような拘束によってできない仕事を代替的に別の職業に就くアマチュアが行い共立的に状況を前進させる可能性、そしてそれ以上にアマだからこそ可能な仕方の可能性である。

　私は本を書きながら自分が一人のプロレタリア作家になったような錯覚を覚えた。それは電子も紙も手段を選ばずアクセシビリティ（接近可能性）を高めようとする自分の方法と、多喜二のプロレタリア文学観とが重ね合わさったように感じたからだ。本は専門書らしからぬ文庫の形にした。それは多喜二が自分の小説を通勤時間で読めてしまうような「電車小説」と自称していたことを考えていたからだ（「四つの関心」）。書物の形態が、読書と読者の有り様を事前に決定してしまうことがある。高価で分厚く重い専門書の読書を支えるには、高いリテラシーと読書に割ける一定の暇と腰が痛くならない椅子が必要だ。しかし、それを手に入れられない者たちには研究にアクセスする資格がないのだろうか。私は断じて否だと思う。通勤しながら、労働しながら、夜風呂に入りながら、それでも可能な研究の形が存在しないと、一体誰が決めたのだろうか。

　いうべきことを端的に要約しておこう。「しかない」論者には「しかたない」という根本的な感情があるかもしれない。しかし今日、様々な「仕方」は存在する。もちろん、そのすべてが意に適うような有効なものだと言う気はない。だが「しか（た）ない」という言葉はトライアル&エラーを繰り返した後の呑み屋の愚痴までとっておいても遅くないのではないか。全てをこなすことはできないのかもしれない。しかし、自分の能力、割けうる時間、願望するもの、個々人で異なるその細かなオーダーに応じて、自分が望む世界のために自分ができることは、少しずつだが確実に増えている。

## カネよりも自分が大事なんて言わせない

山本芳明の『カネと文学――日本近代文学の経済史』（新潮選書）は、経済＝市場の観点、具体的に言えば原稿料の増減や出版景気の変化などを例にして、日本近代文学者とカネの関係を歴史的に辿ることで、教科書的な文学史からは見えなかった、生々しい文学者像を新たに浮かび上がらせている。

大正期のベストセラー作家であった有島武郎が晩年に個人雑誌を立ち上げ、その直後に美人記者と情死したのは、文学作品と恋愛というどちらも神聖な対象を商業のルールで汚すことを拒否した潔癖思想の表れではなかったのか。従来、純文学と通俗小説の綜合の試みと理解されていた横光利一の「純粋小説論」は、原稿料減少の苦境な時代にあって文学で飯を食うためのライフスタイル転換の試みだったのではないか。経済や市場という新しい視角を介入させることで、既知の文学史の風景が一転する。

## カネなんて要らない？

『カネと文学』は二〇一三年の三月に刊行された。これは極めて時宜を得た出版だったといえる。数年前から、とりわけ東日本大震災以降、出版界には「クリエーターにカネなど要らない」というメッセージがこめられた本があふれている。岡田斗司夫『なんでコンテンツにカネを払うのさ？』（福井健策との共著、阪急コミュニケーションズ、二〇一一・一二）では、多くのアマチュア・クリエーターが、その道の職業家（プロ）を目指すのではなく、複数の副業を抱えつつ、暇を見つけて自分がつくったコンテンツを無償で提供する未来が肯定的に語られている。貨幣を介入させないその営みを岡田は「評価経済」と呼ぶ。

或いは、家を造らない建築家こと坂口恭平は、『独立国家のつくりかた』（講談社現代新書、二〇一二・五）のなかで、自身がフィールドワークして得た路上生活者についての知見をもとに、ゴミとして落ちている「都市の幸」によって彼らが衣食住を〇円でまかなうように、人々が貨幣経済から離脱することは可能であり、その生全体が芸術そのものだと主張している。貨幣経済は個々人に備わった全身全霊がものを言う「態度経済」へと転換されるのだ。

風変わりなところでは、pha『ニートの歩き方』（技術評論社、二〇一二・八）を挙げてもいい。この本では、インターネットを活用することで豊穣なコンテンツ世界をほとんど無料で無限に楽しむことができるようなった新しいニート処世術を教えているが、カネよりも大事なニート生活を訴える著者の文章からは、その本で得られるはずの原稿料がインセンティブとして働いていないことが節々で伺える。

こういったメッセージ、或いはもっと漠然に雰囲気といったものは、もちろん、より前へと遡ることもできるだろう。無償をきっかけに人は読者になっていくのだ、という趣旨の内田樹的著作権論[120]もそのような傾向のひとつだったろうし、いや、今の今まで忘れていたが、柄谷行人によれば「早晩、利潤率が一般的に低下する時点で、資本主義は終わる」(『世界史の構造』、岩波書店、二〇一〇・六)のであった。

とにもかくにも、もはや、勝間和代や堀江貴文といったような経済界の著者が掲げていた、効率的にカネを稼いでカネから自由な生活を送ろうといったような一昔前のメッセージは、もう後ろの半分しか機能しない。そしてその分割は決定的だ。なぜなら、「カネを稼いでカネから自由になろう」は「カネから自由になろう(＝カネなんて要らない)」とはほとんど反対のことを言っているからだ。『カネと文学』は図らずも、現在進行形のアクチュアルなクリエーター問題を通時的な視点から捉え直してみるのに、極めて有益な本になっている。「旧来のシステムが機能不全に陥りかかり、新たなシステムが模索されている転換期において、しっかりと見据える必要があるのは、崩壊しつつあるシステムそのものではないだろうか」とは、「あとがき」からの引用だ。

## ハンス・アビング『金と芸術』を参考に

カネを介在させずに、自分の作物のほとんどをウェブ上で公開し、赤字覚悟で研究成果を自費出版までした私は、以上のような時代適応的な（或いは、時代要請的な？）クリエーター・モドキの典型例だ。私は自身の創作行為が無償であることに何の違和感も持たないし、もちろん、それを、いわゆる「職業」にしようとも思っていない（といっても私の場合は文学研究であるため、create という言葉を使用すべきではないのかもしれないが）。そして比較的、他人にもその感覚を要求する。沢山のカネを稼ぐことで得られる自由よりも、カネとは別次元の自由を重んじている。単純に、芸術家はカネに換算できない神聖な使命を帯びていると考える、ロマンティストなのだといっても差し支えない。

しかしながら、「カネなんて要らない」と声高に主張される雰囲気の現在だからこそ、このような心性を純粋であるという規範に照らして評価しようとする傾向には、自分自身がそうであるから尚更、距離をとらねばならない。それは私自身のためであると同時に、今後必要以上に特権化されるかもしれないある論理を予告しているように見えるからだ。

アーティストであり同時に経済学者でもあるという異色の経歴をもつハンス・アビングの『金と芸術——なぜアーティストは貧乏なのか？』（山本和弘訳、grambooks、二〇〇七・一）は、文芸の話ではなく、訳者あとがきで明示されているように厳密にいえば日本の事情に不適当な所もないではない。しかし豊富な例示から導かれる番号付の簡潔な諸テーゼには、現代のクリエーター問題一般に関して一定程度の普遍的妥当性があるように見える。

とりわけ、第五章「アーティストにとってのマネー」では、なぜアーティスト一般の収入は低いのか、という問いに取り組んでいる。その答えのひとつとしてアビングは芸術家志望者は、しばしば自身に適当な芸術的技量があるかどうかではなく、自身が社会的に不適合かどうかを重要な判断基準として採用すると指摘している。曰く、「卓越した才能があるからではなく、他の職業ではプロのレベルになることはできないと考えているために、平均的なたくさんの人間がアーティストになることを選ぶこともあり得る」。

彼らは自分の年代で割り出されている平均的な年収を喜んで放棄し、無償か、よくて低賃金の、芸術的な仕事に進んで従事する。彼らは自らが規範的な一般社会で生き抜いていく能力を欠いている、と「信じている」からだ。だから、非日常的で刺激的でロマンチックなアートの道に進み、個人的満足を得ることで、一般社会で生きられない自分の無能を補填的に正当化しようと試みる。当然、高い収入への意欲は生じず、金銭的満足は芸術の個人的満足に代替される。このような状況は、今後大量に現れる無数の自称物書きたちにも高い確率で生じるだろう。

ここには、無能というマイナスの烙印が、そのまま変人たる芸術家の勲章に逆転する瞬間がある。一般的な勤め人の能力を予め諦めることで、その振る舞いそのものを、アーティストとしての適性の間接的な証明として利用しようとする。**こんなにハチャメチャなのだから一般社会は俺を絶対に受け入れないに決まっている、だからアートに邁進するしかない**、というわけだ。

しかしながら、これは極めて倒錯的な営みだ。つまり、自分は社会的な能力を欠いている、といった無能感が、そのまま全肯定されるかたちで、芸術家適性へとスライドしてしまい、それ以後、芸術家として生きていこうとするなら、彼は初めにもっていた無能感や絶望感を手放すことはできなくなるだろう。なぜなら、それは同時に自分を支える唯一の芸術家認定書だからだ。生きていくために絶望する。しかしそれは、絶望するために生きていくことと何が違うのか。

断っておけば、私は芸術に身を捧げる無名かつ無数の殉教者に対して好意以上に敬意を払っているし、何よりも自分自身が少なからずそのようなアート信仰を胸に日々物を書いているような人間だ。実際、私は皆無といっていいほどコミュニケーション能力がないし、それ故に一般社会に認めてもらえないだろうと「信じている」。しかし、その一方で懸念するのは、無償の物書き、ライター、アーティストの存在が一般化していくにつれ、無償行為の神話のその背後で、同時に、駄目な自分を神聖化しようとする捩れた自己正当化の論理が強化されてしまうのではないか、ということだ。彼は成長することを禁じられる。「駄目」を克服してしまえば、認定書は破かれてしまうからだ。クリエーターはカネの代わりに無能を手に入れた。そしてカネ以上に無能を手放せなくなる。

それが悪いことだとは思わないし、「駄目なのが、逆に良いのだ」という論理が一時的に人を救うことがあるのもよく分かっている。繰り返すが、私自身だっていつもそんなことを言っている。しかし、自分が大切にしてきた場所を自分の情けなさを弁護するアジールとしてのみ使わなければならないとしたら、それは少し寂しいことだとも思う。駄目な自分に安住してよければ、人は成長を忌避してしまうかもしれない。

社交上手な小説家やアーティストがいたって、別に構いはしないのに。様々な「一般的」社会経験がエクストリームなアート表現に生かされることだってあるかもしれないのに。

何より、ものを創る悦びは、自分の情けなさを弁護するなんていう、チャチな目的のためにあるのではないことを、実は誰よりも、無能感を抱く当人がよく知っているはずではないか。少なくとも私はそう思っている。

## コールリッジに倣いて／背いて

「私は同情と、心からの願いのほかには何の大権も持たないで、私自身の経験にもとづきながら、愛情をこめて若い文学者たちに訓戒を述べたいと思う。それはごく簡単である。なぜなら、初めも中ほども終りも、一つの戒めに収斂されるからである。すなわち、文筆を職業としてはいけないということである。或る特殊な人間を除いては、職業を、すなわち何か正規の職業を持たずして、健康であり幸福だという人を私は知らない。ましてそのような天才には会ったことがない。この場合の職業とは、目下の意志には左右されず、きわめて機械的に続けられるゆえに、われわれが忠実に職務を果たすためには、或る程度の健康と、精神力と、知力の発揮だけは必要とするものである」（サミュエル・テイラー・コールリッジ『文学評伝』第一一章、一四三頁、桂田利吉訳、法政大学出版局、一九七六・九）

驚くべきは、一〇〇年程前のイギリスの批評家が現在の出版界で活躍中の論者が如何にも主張していそうなことをもう既に述べていた点だろうか。或いは、理想主義的性格が強調されやすい英国ロマン主義運動の草分けのような詩人が、意外と堅実なアドバイスをしていた点だろうか。

もちろん理想主義的な思潮と文学専業化の拒否は簡単に両立する。文学とは少数のソフィスティケートされた読者にしか理解されない神聖なもので、職業として成り立たない以前に、カネに左右されてなすべき低俗な仕事ではないからだ。コールリッジに言わせれば、「作家先生になって飯を食いたい」などという文学青年の甘えた夢は、中途半端な現実主義でしかない。聖なる文学に飯の種を求めるなんて言語道断だ。理想の純度を下げないためにこそ、理想とは別のところで黙々と機械的な仕事を適当にこなす必要がある。理想主義も徹底化していけば、案外、現実的で堅実な解決に落ち着くものである。

いささか古臭い批評家のアドバイスに従ってみるのも悪くないだろう。様々な副業、コールリッジ風にいえば「正規の職業 some regular employment」をこなすなかで、無能感も緩和されていくだろうから。当たり前のことだが、芸術家や作家を志望していたからといって、幸福であったり健康であったりしても別にいい。自殺とかもしなくていい。

しかし、私は部分的にコールリッジに背きたいように思う。つまり、複数の副業に就きつつも、それでアートの部分を完全に無償にするのではなく、小額でも不定期でもいいから、文章を書き、それをカネで買ってもらう、そんな回路がもっと一般化すればいいと思っている。そのためにセルフ・パブリッシングや電子出版、はたまたメルマガなど、どんな手段が有効なのかは未だ判断がつかないが、ともかく、ギャランティが二万円から一万円になったという不景気の話よりも、無償なのか有償なのか、その分割線の移動の方が重要だ。

もちろん、それはカネを得ることで飯を食うためではない。カネを得て、無償行為がはらみやすい倒錯的な論理とは別の道筋を通って文章を書くことだってできるのだと示したいからだ。そして、アートの内側には一般社会が地続きにあることを示すことで、不必要な神聖視や両者の遊離を和らげていきたいからだ。それはきっとアマチュア・クリエーターたちの（どんな方向であれ）成長に資する環境を整えるだろう。文学者も芸術家もサラリーマンの隣りにいる。駅前の本屋にだってプラトンがいるのだ。

# 自費出版本をAmazonで六九冊売ってみた

二〇一三年二月二〇日に自費出版した文学研究書『小林多喜二と埴谷雄高』(ブイツーソリューション、文庫、税込八四〇円)をAmazonで発売してから、一年経った。「マガジン航」でもその出版事情について書かせてもらったが、このたび、契約した半年区切りの二度目の決算通知が来たので、ここに報告したい。通知によると、発売から翌年一月末日の期間で計六九部の売上、印税額は合計二万八九〇円になった。

しかしながら実際には、これは実売部数ではない。もう少し多く売れている。というのも、ネット販売のほかに対面販売(手売り)もしていたからだ。それはおおよそ三〇部程売れたから、三月の今現在で合計すると大体一〇〇部というのが実売部数だと思われる。全部で一五〇部刷り、そのうち二〇部ほどは献本で消費したので、大体ははけた状況だ。この場を借りて、お買い求め頂いた方に、感謝申し上げる。

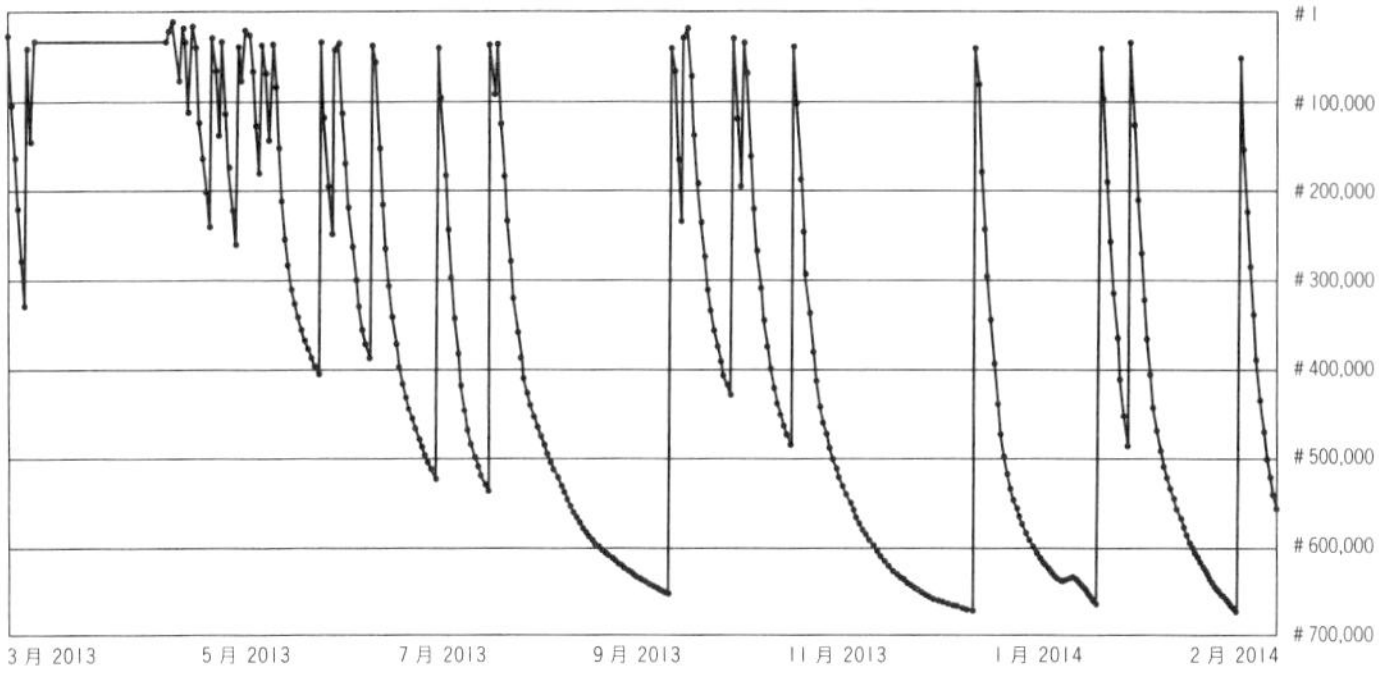


アマゾンの著者セントラルより売り上げ推移のみ転載

## フォロワーの八％が本を買った

上の図を見て欲しい。これは拙著の発売から今日までのAmazonでのランキングの推移の履歴だ。本が売れると線が上がり、売れていないと下がっていく。これについて少し解説したい。

拙著は二月二〇日発売予定だったが、Amazonでは私の気づかないうちに実はそれよりも早く発売していたようで、出発時の線が下がっているのはその影響によるものだ。しかし、二〇日以後、Twitterで告知しだすと一日に一冊、或いは二日に一冊といったペースで売れていった。これが大体一ヶ月ほど続く。

ブログも使うことはあったが、基本的に本の宣伝は、主としてTwitterを利用した。書籍内容の軽い紹介や書いた動機などを時々に呟いた。そのためか、実際、本の感想の多くはTwitterに寄せられた。多くの読者がAmazonで購入したはずなのに、Amazonレビューではなく Twitterの方に感想を書きこむことは興味深い。

ちなみに発売時の辺りでフォロワーは八〇〇人程度だったと記憶

している。単純計算すれば、フォロワーの八％が本を買ったことになる。

三月の末には一時在庫待ち状態になったこともあった。それと、四月の頭に一番高い山ができているのは、先に紹介した「マガジン航」の記事を書いたことに由来していると思われる。この時の順位は九四七八位をマークしている。そして、四日に一冊、一週間に一冊、二週間に一冊とペースは徐々に衰え、発売三ヶ月を越えると一ヶ月に一冊といったペースになり、それ以降、時を経るにつれその間隔が開いていく傾向を見せていく。

九月の頭に大きな変動があった。この変動はTwitterで断片的に呟かれていた、『小林多喜二と埴谷雄高』感想集をまとめた結果であろう。頂戴したレビューを見て購入を決めた方が複数人いたようだ。

六九＋α冊という数字をどう判断するかは人それぞれだろう。少なすぎるだとか、文学フリマ[21]ならそれくらい簡単に、と感じる人もいるだろう。私個人としては、反省点は色々あるものの、割合うまくいっている方だと思っている。元々、一五〇部という刷り部数も、献本その他諸々を引いて、なお一年に一冊売れる本を作ろうとして、男性の平均寿命（つまり私が生きているだろう間）から逆算して導き出した数字だからだ。その意味でいえば売れ過ぎといってもいいかもしれない。

## 新しい「知り合い」の誕生？

自費出版をする時、よく用いられる定型的なアドバイスがある。つまり、「刷り部数は自分の知り合いの数に設定すること」。無名の書き手が書いた自費出版本は、知り合いが同情で買ってくれる程度のもので、それ以上過剰に刷り過ぎてはいけない、という意味だ。確かに、この忠告は、一面よく当たっていると思う。書店に平積みされる本ならばともかく、私のような無名研究者の書いた（一見専門的にみえる）一冊を、完全に未知の読者が、純粋な興味だけを動機にして手に取るような状況は考えにくい。『小林多喜二と埴谷雄高』を手にした読者の多くは、何らかの仕方で私と縁のある「知り合い」だ。これは実感として感じたことだ。

しかしながらその一方で、今の時代にあって、そもそも「知り合い」の概念そのものが自明でなくなっているのではないか、と感じたのも事実だ。どういうことか。既に示したように、私の自費出版は Twitter というSNSに深く依存している。これが Facebook ではないというのが重要だ。

一般的に Facebook はリアルの友人知人とのつながりで活用されるサービスであるが、それに比べ、Twitter はそうでない人々とのつながりを誘発させる（相対的にいえば）オープンなメディアだ。実際、Twitter 上で交流のあるアカウントの多くが、実際に会ったこともない未知の人々だ。名前しか知らない、もっといえば本名でないアカウント名しか知らない場合が多々ある。私自身 Facebook のアカウントをもってはいるが、面倒なので一切放置している。[122] それに比べて Twitter の更新頻度は極めて高い。

興味深いのは、そのような曖昧模糊とした人々が私の本を何冊も購入してくれたことだ。そうでなくては、社交性のない私が本来「知り合い」しか頼みにならない自費出版で一〇〇に届くほど売れるはずがない。知人のメールアドレスを数えるには片手の指があればそれで十分、それほどまでに私の「知り合い」は少ないのだから。古典的なアドバイスに従えば、明らかに私の本は刷り過ぎている。

いや、単に本を買ってもらっただけではない。彼らは拙著を大学図書館に納本してほしいという願いに応えてくれたり、[123]金銭ではなく物々交換で本をやり取りする試みに応じてくれたり、[124]しばしば密なコミットメントを示してくれる。多くの感想を書いてくれたのも彼らだ。

Twitter のフォロワーは「知り合い」なのだろうか？　この問いは従来の（自費出版関係でよく持ち出されてきた）「知り合い」概念に対して大きな揺さぶりをかけてくる。その新しい「知り合い」は、私のパーソナルな経歴や雰囲気や背格好を知らない。知っているのは私の（ウェブ上で公開している）テクストだけだ。推測してみれば、彼らはTwitter を始めとする細かなテクストに記された情報に基づき、その延長線上で、より大きなテクスト（本）が、面白そう／つまらなそう、といった判断をしたのだ。文字テクストによって更なる文字テクストが期待される。このような事態が、自費出版が延々頼みにしてきた従来の「知り合い」概念とは別様のアスペクトを見せていることは明らかだ。

というよりも、むしろこう言うべきかもしれない。テクストによって更なるテクストへの期待を誘発するそのカラクリは、端的に職業的な書き手に対するそれに近いのではないか、と。雑誌で立ち読みしてた記事がやっとまとめられたから買う、前のシリーズが好きだったから買う、書評が面白そうだったから買う、参考図書に挙げられてたから買う、引用されていたから買う……。読書が更なる読書を呼び込む。本を増やすのはほかならぬ本そのものなのだ。新しい「知り合い」を通じた自費出版の来るべき戦略は、古典的に商業出版が用いてきたそれと、一周回って、（結果的に）瓜二つになってしまうようにみえる。「知り合い」概念の自明さが崩れているように見えるのは、きっと、そういう理由によるのだと思う。

## 自費出版のコミュニケーション

瑣末なことだが、この話も書いておきたい。私の経験からすると、自費出版をした若い人が一番難儀するのは、自身に降りかかってくる憐れみの情に対してどう対応するか、ということだと思う。世の中の人の大部分は、自費出版とは「作家」という栄誉を与える代わりに素人から高額な出版費用をふんだくる出版社の悪だくみだと考えている。例えば、強引な自費出版勧誘で（一部で）有名な某社に対するネット上の悪評の数々をみればそれは一目瞭然だ。その観点からすると、自費出版した者は、出版社の甘い罠にはめられた頭の悪いカモであり、憐憫に値する、つまり「可哀想な奴」にすぎない、というわけだ。

憐憫に対するコミュニケーションは一般的に困難なものであるが、自費出版被害者とみなされた、若い人が（最後の思い出に、と自伝などを出版してきた歴史のある老人のケースと比べ）、「お前は騙されているんだ」といったニュアンスの忠告を受け取ったとき、その対応は悩むものがある。そして、この窮屈さが、しばしば言われる、「自費出版＝恥ずかしいもの」という固定観念を強化しているようにみえる。

そういった観念を内面化した人間を説得するのは極めて難しい。私の場合、彼らを説得するのは無理だと感じたので、愛想笑いをしながらずっと無視していた気がする。コストを心配して「Kindleで出せばよかったのに」という人もいたが、今日の日本の電子書籍普及率からいって、それでは多くの読者は望めないし、そもそも私はインターネット上にテクストを公開しており、その外にいる読者にさらに本を届けたいと思うのならば、本の物質性にこだわるしかなかった。多くの感想をいただけたのは、物的な本というパッケージングを経て初めてのことだった。「BCCKS」[125]のようなサービスについても、ISBN取得や値段設定の問題によって、本来期待できる読者を遠ざけているようにみえた。二〇数万円は必要不可欠なコストであるように思えたのだ。

実際問題、良心的な出版社だけが存在しているわけではないし、悪質な出版社への警戒を怠るべきではない。けれども、自費出版が恥ずかしいとは最初から最後まで思わなかった。というのも、島崎藤村の『破戒』（一九〇六年、一五〇〇部）が、北一輝の『国体論及び純正社会主義』（一九〇六年、五〇〇部）が、そして――これは拙著のエピグラフを飾ってくれた大事なテクストである――ドストエフスキー『悪霊』（一八七三年、三五〇〇部）が自費出版であることを私は知っていたからだ。出版は単なる手段に過ぎない。そこで製作され流通するテクストが良質か否か、感動的かどうかはまったく別次元の話だ。

## 自分の限界を知ること

自費出版をしてみて一番ためになったのは、出版界に対して新しい視点（基準）をもてたということだ。簡単に、かつ露骨にいってみるならば、あらゆる本が、「素人の私でもこんだけできてたのに、プロがこんなのしか作れないの？」という本と「あんなに血眼で頑張ったのに全然及ばないなんて、この著者、この編者、流石だな」という本とに分節できるようになった。

人気の書き手を揃えて急ごしらえした対談本（新書）には、以前にもましてゲンナリするようになったし、細かい注の羅列が延々続くにも拘らず編集と校正が行き届いた専門書にはずっと敬意を感じるようになった。自分の経験が一個の物差しとなって、本に対する視界がとてもクリアーになったような気がした。その本にかけられた情熱や努力（そしてしばしば怠惰）が手に取るように感じられるのだ。

自分にもできること／自分にはできないこと。自費出版はその境界線を明らかにしてくれる。そのおかげか、「あの著者、俺に比べて実力もないくせにやたらに本書きやがって」だとか「誰にも評価されないのだから自分の書いたものを本にするなんて無理に決まってる」といった（大体が）無根拠で空想的に膨らんだ高慢や卑下をもたないようになった気がする。本を作ることはとても大変だ、けれどもバイト三ヶ月分くらいの金があれば自分だって本を売ってみることができる。その絶妙なバランスのリアリズムが、「書物」や「作者」に対する盲目的な信仰心を、適正な批判や敬意に変えるのだ。

自費出版をしても、一発逆転や一攫千金なんてできやしない。自分の死後に数々の名作のように翻って評価されて名声を勝ち取るかもしれない、といった文学青年の妄想みたいなことも、正直ウンザリだ。それは、現世では無力だけど本当は正しい振る舞いをしているのだから天国に行けばボクは救われるんだ、というニーチェが嫌ったルサンチマンの論理の変形でしかない。自費出版なんかしても、歴史に名は残らないし、日常は変わらないし、誰も何も救わない。

けれども、自費出版をしてみて本がさらに好きになった。書くことを続けたいと思った。大切なことは、書く歓びであり、書くことで自分が歓ぶならば書けばいいし、逆に自分が苦しむのならばやめたらいい。所詮は手段にすぎない出版も同じだ。自分が歓ぶならすればいいし、そうでなければしなければいい。自費出版はきっと、そういうシンプルな話に戻るべきなのだ。そんなふうに私は思う。

# 註

## 第一部

1 林淑美「芸術大衆化論争における大衆」、『講座昭和文学史』第一巻収、四一頁、有精堂、一九八八・二。

2 小林多喜二「四つの関心」、『読売新聞』、一九三一・六・一一〜一五、全集第五巻、二七八頁。

3 小林多喜二「プロレタリア文学の「大衆性」と「大衆化」について」、『中央公論』、一九二九・七、全集第五巻、一一〇頁。

4 埴谷雄高「『死霊』の思い出」、『神戸新聞』、一九六六・九・二九、全集第七巻、四一一頁。

5 「文庫は五十年後になっても読む価値があるというのが基本条件だ。この五十年後は、百年後といってもいいのに、いま五十年後といったのは、死後五十年後に印税がなくなるからです」。栗原幸夫＋埴谷対談『埴谷雄高　語る』、河合文化教育研究所、一九九四・九、全集第一八巻、三五四頁。

6 訳されたうちの四点は『埴谷雄高全集』別巻で読むことができる。

7 荒正人『第二の青春――文芸評論』、一八一頁、八雲書店、一九四七・一一。

8 中野重治「「党生活者」について」、『小林多喜二研究』収、一五九頁、蔵原惟人＋中野重治編、解放社、一九四八・八。

9 イマヌエル・カント『永遠平和のために／啓蒙とは何か』、二三九頁、中山元訳、光文社古典新訳文庫、二〇〇六・九。

10 マックス・ヴェーバー『職業としての政治』、脇圭平訳、岩波文庫、一九八〇・三。ただし、定言命法は動機ではなく行動に関する命法であって、善き「心情」にだけカント的道徳律を還元することはできない。

11 ジョルジュ・バタイユ『文学と悪』、山本功訳、一四頁、ちくま学芸文庫、一九九八・四。ただバタイユにとって悪を表現する文学は単なる道徳の不在を意味しない。それは「超道徳 hypermorale」を要求している。

12 小熊英二『〈民主〉と〈愛国〉』第六章、二三〇頁、新曜社、二〇〇二・一〇。

13 批評に偏った『近代文学』の性格は埴谷自身意識していたことだ。「『近代文学』は評論家が多くて小説家が少ないので、ほかの人に書いてもらって小説を出した」。井上光晴＋埴谷対談「真実とフィクション」、『国文学　解釈と教材の研究』、一九八一・二、全集第一五巻、五〇二頁。

14 「この数年のあいだに私はいくつかの政治的なエッセイを書いたが、それらは、本来、すでにかなり以前に途中で停止したままでまだ仕上げられていない長篇のなかの或る章で触れられるべく予定されていた謂わば副主題の副主題ともいうべき位置を占める小主題なのであつた」。埴谷雄高「政治の周辺」、『群像』、一九五九・四、全集第四巻、六六〇頁。

15 奥野健男「「政治と文学」理論の破産」、『文芸』、二二六頁、一九六三・六。

16 例えば、埴谷雄高「カントとの出会い」、『カント全集』第三巻付録、一九六五・一一、全集第七巻。

17 埴谷雄高「あらゆる発想は明晰であるということについて」、『群像』、一九五〇・二、全集第一巻、二四五頁。

18 埴谷雄高「デモについて」、『東京新聞』、一九五九・一二・一四〜一六、全集第五巻。「選挙について」、『東京新聞』、一九六〇・一一・一〇〜一二、全集第五巻。

19 佐古田修司『反埴谷雄高論』序論、二〇頁、深夜叢書社、一九八四・一〇。

20 吉本隆明「埴谷雄高氏への公開状」、『週刊読書人』、一九六二・五・二一。

21 『「文学」としての小林多喜二』、神谷忠孝＋北条常久＋島村輝編、至文堂、二〇〇六・九。ちなみに、巻頭の座談会（日高昭二＋小森陽一＋島村輝）は「「政治と文学」からの解放」というトピックで締めくくられている。

22 小林多喜二「一九二八年三月十五日」、『若草』、一九三一・九、全集第五巻、二九一頁。

23 ギュスターヴ・ル・ボン『群衆心理』、櫻井成夫訳、講談社学術文庫、一九九三・九。

24 徳永直は会社への抗議運動を次のように描いている。「群集は密集し、増大した。町の辻から、家の軒から、別の通りから、闇の底で、黒い影が押して来た」、「黒い影達は、物の怪に憑かれたやうに眼を光らし、闇の底を這ひのぼつた」（『太陽のない街』「突風」第一章、一九四頁、一九六頁、戦旗社、一九二九・一二）。

25 この点に関しては、『蟹工船』の空間を「情報の渦」だと見做し、「情報小説」として考察した日高昭二『文学テクストの領分』（一九頁、二三頁、白地社、一九九五・五）が参考になる。

26 立花隆『日本共産党の研究』上巻第一章、四〇頁、講談社、一九七八・三。

27 小野陽一『共産党を脱する迄』「マルキストの洗礼」第三節、五二頁、大道社、一九三二・一。

28 例えば、埴谷雄高「現実密着と架空凝視の婚姻——純文学の問題」（『群像』、一九六二・二）で、埴谷は平野謙の作家論の方法を「作家から切り離せないところの太い裸かの「事実」を丹念に洗い出してみる」という意味で、「現実密着」だと呼んでいる。ちなみに例で挙げられ議論されているのは、やはり小林多喜二（の女性問題）である。全集第六巻、二〇―二二頁。

29 埴谷雄高「目的は手段を浄化しうるか――現代悪の中心的課題」、『講座現代倫理』第二巻収、筑摩書房、一九五八・一二、全集第四巻。この評論の中で、埴谷は目的の為の手段として殺人を実行するテロリスト、組織の裏切り者を暗殺した革命家ネチャーエフ、そして「政治と文学」論争を例に引きながら、政治特有の目的論を批判している。

30 島村輝『臨界の近代日本文学』「〈モダン農村〉の夢」、三三〇頁、世織書房、一九九九・五。

31 高畠通敏「一国社会主義者――佐野学・鍋山貞親」、『共同研究 転向』上巻収、一八〇頁、思想の科学研究会編、平凡社、一九五九・四。

32 例えば、蔵原惟人は「大衆」を「前衛」の対話に（「無産階級芸術運動の新段階」、『前衛』、一八頁、一九二八・一）、林房雄は「指導者」の対話として考えていた（「プロレタリア大衆文学の問題」、『戦旗』、九九頁、同年・一〇）。

33 栗原幸夫『増補新版 プロレタリア文学とその時代』補遺、二四五頁、インパクト出版会、二〇〇四・一。

34 林房雄『文学的回想』「狂信の時代」、一六頁、新潮社、一九五五・二。

35　一九二七年四月一〇日の多喜二の日記には「〇福本和夫氏「社会の構成並びに変革の過程」（読了。）（全部唯物的弁証的に述べられている。非常に感激した最初の本）」と記されてある。全集第七巻、一一二頁。ちなみにこの読書体験は中絶した遺作『転形期の人々』の中の挿話にも活かされる。「福本イズムの台頭」を書いた序篇では「今、東京ではこの本を読まない革命的学生・労働者なるものを考えることは出来ない」という文句で、『社会の構成並に変革の過程』が必読文献とされている雰囲気を伝えている（第一〇章）。全集第四巻、一九三頁。

36　藤田省三「昭和八年を中心とする転向の状況」、『共同研究 転向』上巻収、三九頁、前掲。

37　「民族と階級とを反発させるコミンターンの政治原則は、民族的統一の強固を社会的特質とする日本において特に不通の抽象である」。佐野学＋鍋山貞親「共同被告同志に告ぐる書」、一九三三・六・一〇。『近代日本思想大系』第三五巻、三七四頁、筑摩書房、一九七四・一〇。

38　「「不在地主」を作ってから、小樽の仲間は自分を「不在作家」と云い出した。単純に「東京にいない作家」という意味らしい。その位なら、その言葉には別に重大な意味がない――然しこの「不在作家」という言葉で思いついた。／自分は何故今まで「朝鮮」と「台湾」から偉大な「不在作家」が出ないか、と思っている。朝鮮と台湾からこそ、自分は「北海道」や「樺太」をフッ飛ばしてしまうような「不在作家」が出ることを信じ、又出なければならないことを信じている」。小林多喜二「不在作家」、『文芸春秋』、一九二九・一二、全集第五巻、一四四頁。

39　政治思想史では代議制を論じる際に、代表と代理という似た概念を峻別している。吉田徹に従えば、思想史にはバーク的＝責任的 responsible とルソー的＝反映的 responsive の代議制の系譜があり、前者では人民の意志を引き受けた代表者が責任をもってリーダーとして振る舞うことができるのに対し、後者は人民の意志の召使いとして意志の反映だけが求められる（『ポピュリズムを考える』第三章、一一九頁、NHK出版、二〇一一・三）。仮託時の重心が置かれるのが代行をつとめる者かそれとも代行される者かで、「責任」と「反映」という性格の差が生じる。この両義的な意味合いを切り捨てずに本書では、不在＝権力ないしは代行の論理という言葉を使用している。

40 『独房』の「壁」が媒体＝メディアとして機能していることは、栩沢健が既に強調している。「「独房」の落書き」、『「文学」としての小林多喜二』収、一五九頁、前掲。

41 松本清張『昭和史発掘』第五巻、一〇一頁、一三三頁、文芸春秋、一九六七・三。

42 「下部組織の者は、自分が連絡をとる直接上部の者が「実はどんな人間」であるかをまったく知ることができない。その人間の経歴はおろか、名前さえも知らない」。福永操『あるおんな共産主義者の回想』第五章、三〇七頁、れんが書房新社、一九八二・一二。

43 宮内勇『ある時代の手記』第二章、五三頁、河出書房新社、一九七三・九。

44 伊藤晃『転向と天皇制』第三章、六二頁、勁草書房、一九九五・一〇。

45 突然の再編成は元党員の成島辰雄の回想にもみられる。「「なんだか不明の」われわれの「組織」も、われわれの知らないところで再編成されることになり、約半年間のMとの共同生活に終止符を打つこととなって永別した。蔭の男Kの指示によるものであった」。「昭和初期の党活動」、『運動史研究』第一四巻収、一九二頁、三一書房、一九八四・八。

46 ラムネは一八五三年、日本の浦賀に輸入されてきたといわれているが、当時はワインのようにコルクで栓をしていた。その後、一八六〇年代、イギリス人のハイラム・コッドがコッド瓶と呼ばれるガラス玉で栓をする形式を発明し、その著作権が切れた一八八八年に大阪の徳永玉吉がこれに目をつけ、以降日本でも広がった。

47 亀井勝一郎『我が精神の遍歴』第二章、一二三頁、創元文庫、一九五一・九。

48 荻野富士夫は、多喜二の書簡「俺は今、小樽での有力な「要視察人」になっている」、「俺のところへくる郵便物は時々開封されるらしい」、「俺のところへ来る時は、何時でも一人々々新らしい特高をつれてきて、「顔みせ」をやり、俺だちの行動を水を洩らさずに警戒しやがる」（斎藤次郎宛、一九二八・一二・六）を引きながら、公然と姿を見せることで威嚇や圧迫を与える戦略を、特高の側から解説している。『特高警察』第三章第二節、六二頁、岩波新書、二〇一二・五。

49 佐藤績宛書簡（一九三〇・一・三〇）の中で、多喜二は『工場細胞』を解説して、「今迄の作品になかった「スパイ（党員のうちのスパイ）」——之等の、その後進展してきた日本の現代の工場を考えるとき、決して度外視することの出来ない問題を大胆にとり入れた最初の作品ではないか、と思っています」と、テーマの一つにスパイ問題を数えている。全集第七巻、四二三頁。

50 「ドストエフスキイがネチャーエフ事件によって『悪霊』を生みだしたごとくに、私達はリンチ事件によってまだ私達の『悪霊』を生みだしていないけれども、敢えて大ざっぱにいえば、平野謙の「政治と文学」論も私の『死霊』も『悪霊』の遠い延長線上にあるといえよう」。埴谷雄高「『悪霊』――私の古典」、『エコノミスト』、一九六六・八、全集第七巻、四〇七頁。

51 多喜二はこの二つを『オルグ』の中で、「「居直り」のスパイ」と「はなッからのスパイ」と呼んでいる。「上」第四章、全集第三巻、二二七頁。

52 「スパイ幻影説といった問題があって、「やつはスパイだ」といういい方をすると、そこに幻の増殖運動が起こって、たちまち架空のスパイがつくりあげられる。ぼく達が党内にいた時代も、「どうもあれはスパイじゃないか」と誰かがちょっという。すると、そのうちに「どうもスパイらしい」「いや、スパイだ」となってゆく。それでいまだにわからないことがずいぶんあります。そのようにスパイをつくるという疑心暗鬼は底もないほど深く大きい。同時にまた実際にスパイがいる」。大江健三郎＋埴谷対談「革命と死と文学」、『世界』、一九七二・六、全集第一四巻、二三七頁。

53 藤一也『埴谷雄高』第四章、一五四頁、沖積舎、二〇〇六・七。

54 「埴谷の革命論が一種ちがつた悠久な相貌をしているのは、スパイとも正党員とも分かちがたい男女に、無数に遭遇してしまつた結果であり、しかもその一つ一つを、見逃すことなく彼の「理論」の中へ吸収し包含してしまわねばならぬとする、彼の正直な責任感から発生したことである」。武田泰淳「埴谷雄高論」、『新潮』、四一頁、一九五六・七。

55 これは埴谷が位階制と共に、政治の特徴とみなしている「他の思考」に直結する批判だ。「他の思考」とは「他人の言葉で論ずることに慣れ、次第に、自身の判断を失つてしまう」状態を指す。埴谷雄高「政治のなかの死」、『中央公論』、一九五八・一一、全集第四巻、五五六頁。

56 埴谷雄高「抑圧の武器と反逆の武器」、『世界』、一九六二・一、全集第五巻、六六二頁。

57 菅谷規矩雄は「自同律の不快」を「同一であるはずのないものが、同一でしかありえないという背理。意識（思惟）としての〈自〉と、肉体としての〈自〉とが、極端な相反性であり、しかもその相反においてのみ、それ自体である」と解説している。「ロマネスクの反語」、『「死霊」論』収、二二四頁、白川正芳編、洋泉社、一九八五・五。

58 埴谷は「自己とは何ぞやと問うたら、死屍累々としていて、草や魚や鳥や獣の死体で埋まっているのが自分なんです」と述べている。秋山駿＋埴谷対談「格闘する文学」、『海燕』、一九九一・六、全集第一七巻、四九六頁。

59 例えば埴谷雄高「二重操作の顔」、『映画芸術』、一九六六・七、全集第七巻。

60 島村輝『臨界の近代日本文学』序論、四九頁、前掲。

61 例えば、秋山駿＋吉本隆明＋埴谷座談「思索的渇望の世界」（『海』、一九七五・一二）には「ぼくはほんとうにぼく達日本人がいやになってしまった。世界中で日本人ほどいやなものはないと思いこんでしまったのです」という発言がある。全集第一五巻、二九頁。

62 「食うもの」と「食われるもの」との分裂の後、「雄と雌との性の分裂」、つまり「生殖細胞」の誕生も語られる。勿論、虚膜細胞からすれば分裂を進める生殖細胞も貪食細胞と同様に罪深い。全集第三巻、七一三頁。

63 メンシェヴィキは少数派、ボリシェヴィキは多数派の意味のロシア語。ロシア社会民主労働党が、一九〇三年に党員の資格に関する考えの齟齬で分派した。メンシェヴィキの中心人物はプレハーノフで、ボリシェヴィキはレーニンが率いた。

64 「くるりと向うへ廻転して腹をみせたその砂は、あつと思うまもなく、二つに「分裂」してしまうのです。私は、あくまで自分自身であろうとしつづけながら、同時に、無性に自分自身でなくなろうとする私達の自己格闘する本性を「自同律の不快」と名づけていますが、どうやら長く長く自身の不快を噛みしめながら凝つと自身のなかに蹲つていたその砂も、自身を乗り越えた自身にようやくなつたらしい」。埴谷雄高『薄明のなかの思想』「存在について」、筑摩書房、一九七八・五、全集第一〇巻、三七―三八頁。

65 「自分の子供が転げて泣くと間もおかず飛んでゆく母親が、ほかの子供が転んで泣いているのをまつたく「無関心」に眺めているといつた情景は、「愛」の内包する密度の差のあまりの大きさに、一種底も知れないような怖ろしさを感じさせますね」。埴谷雄高『薄明のなかの思想』「愛について」、前掲、全集第一〇巻、四四―四五頁。

66　栗原幸夫＋埴谷対談『埴谷雄高　語る』、前掲、全集第一八巻、三一五頁。

67　亀井勝一郎『我が精神の遍歴』第一章、八一頁、前掲。

68　柄谷行人「埴谷雄高における夢の呪縛」、『国文学　解釈と教材の研究』、五七頁、一九七二・一。

69　「埴谷の意識・観念の自律性の了解の底には、意識・観念の無力性の了解がひそんでいる。それは、意識・観念の自己運動が最終的には制約的・無底的であるという諦念・放棄の認識と結びついている。（中略）埴谷にとって意識・観念の自己運動は「運動」としてこそ意味があるのであって、そこから出てくる「結果」には何の意味もないのである」。つまりは、「自同律の不快」が「運動」（連鎖）し、それを認識したからといって具体的にいえば「何の意味もない」。高橋順一「〈あれも駄目〉と〈あれもよし〉――埴谷雄高の二律背反」、『情況』、二五―二六頁、一九九七・六。

70　例えば、平野謙の弟子筋に当たる中山和子は、平野の『党生活者』論の基本軸を踏襲して、とりわけ性差別の観点から批判を展開している。「戦後批評のジェンダー」、『文芸研究』、明治大学、一九九七・三。

71　土井大助『小林多喜二』第四章、一一九頁、汐文社、一九七四・三。

72　『一九二八年三月十五日』にもやはり「循環小数」の比喩が用いられている。「組合員の教育、演説会、――準備、ビラ、奔走、演説、検束……彼等の身体は廻転機にでも引っかゝったように、引きずり廻される。それは一日の例外もなしに、打ッ続けに、何処迄行っても限りのない循環小数のように続く。――

もう沢山だ！　そう云いたくなる位だ」（第六章）。全集第二巻、一五九頁。

73　ハンナ・アレントは『人間の条件』第二章（志水速雄訳、ちくま学芸文庫、一九九四・一〇）において、公私領域の区別を、政治（ポリス）と家政（オイコス）の対立に求めるギリシャ思想を要約している。ちなみに、アレントは本書で人間の営みを生命を維持する為の「労働」、有限な時間を越えて制作される「仕事」、政治に参加する「活動」に分けるという有名な議論を展開しているが、その言葉遣いを借りれば、多喜二が見出しているのは、「活動」が別人の「労働」の支持によって可能になるという、「活動」条件への根本的な問いかけであるといえるだろう。それが多喜二が遺した重要な「仕事」である。

74　ノーマ・フィールド「女性、軍需産業、そして《私》」、『日本近代文学と戦争』収、山口俊雄編、三弥井書店、二〇一二・三。加えて、「小林多喜二と文学――格差社会とリベラル・アーツを考えるために」（『みすず』、二六頁、二〇一〇・一一）も参照。「到達点のない働き」という言葉自体は後者から。

75　アラン・ソーカル＋ジャン・ブリクモン『「知」の欺瞞』第二章、田崎晴明＋大野克嗣＋堀茂樹訳、三五頁、岩波書店、二〇〇〇・五。よく知られているようにこの著作は、数学的先端科学的な意匠を凝らした難解なポストモダニズムが実は内容空疎なナンセンスでしかないと宣言した。ラカンは「虚数と無理数を混同している」と指摘されている。

76　大澤真幸「未来への／からのメッセージ――男はなぜ幼子を抱いたのか」、『群像』、二〇〇三・五。

77　ただし、虚数と虚体は明らかな連関性があるものの、容易に同一視することはできない。大岡昇平との対談

『二つの同時代史』第一三章（岩波書店、一九八四・七）の中で、虚数がイマジナリー・ナンバーであることを理由に虚体の訳語として大岡が提案した「イマジネール」に対し、埴谷は「虚」の翻訳困難を強調している。全集第一六巻、二九六頁。立花隆との対談（「生命・宇宙・人類」、『太陽』、一九九二・六）では立花が提起した「アンリアル」が一番良いとの発言もしている。全集第一八巻、五八頁。

78 小松左京＋埴谷対談「文学と人間の未来」、『毎日新聞』、一九九三・八・一六〜一九、全集第一八巻、二〇九頁。

79 熊野純彦『埴谷雄高』第三章、二六一頁、講談社、二〇一〇・一一。熊野は虚体を「もの」ではなく「こと」だと規定している。『死霊』には「虚体」と似たような「虚在」という概念が登場しているが、一応それは虚体とは違う。詳細は省略するが、第八章で「虚在」は「なくてあるもの」だと説明され、これに対して虚体は「最高に能動的な虚在」「創造的虚在」などといわれる。虚体は単に在る「もの」なのではなく、それを創る「こと」自体に関わる。

80 森川達也『埴谷雄高論』第三章、四三二頁、審美社、一九六八・九。

81 鹿島徹『埴谷雄高と存在論』第三章、一二五〜一二六頁、平凡社、二〇〇〇・一〇。

82 「三輪与志は、大雄の教え通り、生と存在の秘密を明かしたとたんに息を止めなければならない。そして、恋人の内面を最後に悟る津田安寿子も同じように、三輪与志が息を止めると自分も止める。つまり一緒に心中してしまうわけですね」。秋山駿＋吉本隆明＋埴谷座談「思索的渇望の世界」、前掲、全集第一五巻、一二〇頁。

83　例えば、埴谷雄高「自立と選挙」（『週刊読書人』、一九六二・五・二八）には、「私は遠い少年時代、心中することのみを私の生の唯一の意味と考えておりました」とある。全集第六巻、七六頁。

84　「与志さんは、この地球に出現した多くの生物進化のなかで、「思考する動物」の進化の果て、大きくかけ離れにかけ離れてしまい、人間的実体をもたぬ「虚体」へまでついに達してしまいました」とは安寿子の言葉。第九章未定稿、全集第三巻、八九四頁。川西政明『定本　謎解き『死霊』論』（二六三頁、河出書房新社、二〇〇七・一）は、第五章を書き終えた辺りから、与志が虚体になる結末が埴谷の念願であったと捉えている。

85　埴谷に縁のある人物へのインタビュー集、木村俊介『変人　埴谷雄高の肖像』（文春文庫、二〇〇九・三）では、その話題がよく質問され、道徳的非難を含めて様々な反応が返ってきている。

86　埴谷雄高「悲劇の肖像画」、『人間の研究』第四巻収、丸山眞男編、有斐閣、一九六一・一〇、全集第五巻。同様のことは「政治のなかの死」でも既に主張されている。

87　荻野富士夫「解説Ⅰ——獄中からの手紙」、『小林多喜二の手紙』収、四八二頁、荻野富士夫編、岩波文庫、二〇〇九・一一。

88　説明は、多喜二活躍と同時代の川口浩の評論「報告文学論」（『プロレタリア芸術教程』第四輯、一九三〇・七）に拠った。川口は以上の説明に加えて、レポーターの青野季吉的な「社会主義の目的」意識の有無を重要なメルクマールとして認めている。

89 浅田隆「葉山嘉樹の魅力　II」、『葉山嘉樹・真実を語る文学』収、七五頁、三人の会編、花乱社、二〇一二・五。

90 カール・マルクス+フリードリヒ・エンゲルス『共産党宣言』第二章、一〇七頁、大田黒研究所訳、河西書店、一九三二・一。

91 「当時「戦旗」は私たちのあいだでも時折読まれていたので、小林多喜二はいちばんよく読んだけれど、中野重治はいちばん読まなかった部類ですね。（中略）できあがった思想には関心がなくなっていたので、どうもプロレタリア文学系統のものをあまり身をいれて読まなかったのです」。古林尚+埴谷対談「戦後派作家と左翼運動」、『図書新聞』、一九七〇・八・二九、全集第一三巻、四八一頁。ただし、例外的に「葉山嘉樹だけは特別に好き」だったという。埴谷は『海に生くる人々』の解説文（『日本の名著』、毎日新聞社、一九五一・五）を書いてもいる。

92 秋山駿+埴谷対談『『死霊』の発想と未来像」（『現代文学の発見』第七巻月報、学芸書林、一九六七・一二）にも、この経緯が語られている。

93 「ドストエフスキイがたとえば数百マイル走つてリレーするなら私は十メートルでもいいけれど、とに角走つてゆき、また誰かにリレーして伝える、そういう永劫の渇望を書かなければ白い紙に対して済まない、白い紙に何かを書いて汚す以上は、何者かにこの渇望の何らかをリレーしなければ済まないというふうに思つている文学観があるために、私流の小説を書いているわけです」。埴谷雄高「精神のリレー」、『精神のリレー講演集』収、河出書房新社、一九七六・一二、全集第九巻、五二四頁。

94 「おそらく、いや、必ず『死霊』は未完成だろうと思います（笑）。／未完成だということは、ある意味で読者の想像力を非常にそそるわけで（笑）、読者自身がみな著者になってくれて、「あ、先はこうなるだろう」というふうになってもいいし、『紅楼夢』のようになってもいい。『紅楼夢』ははじめ書いた人と、それをつけ足して書いた人は別人でありますが、幸福なことに、全体として一つの完成された作品になっている」。西田勝＋埴谷対談「現実密着と架空凝視の統合」、『文学的立場』、一九八〇・七、全集第一五巻、三五八―三五九頁。

95 中村三春「「オルグ」の恋愛と身体」、『「文学」としての小林多喜二』収、一五二頁、前掲。

96 奥野健男が否定的に言及している作は野間宏『わが塔はそこに立つ』と堀田善衛『海鳴りの底から』、肯定的に言及している作は三島由紀夫『美しい星』と安部公房『砂の女』である。「「政治と文学」理論の破産」、二二八頁、前掲。

## 第二部

97 荒畑寒村「社会主義と文芸」、『新潮』、七二頁、一九二七・八。

98 森山重雄「宮嶋資夫」、『日本文学』、四頁、一九六二・一〇。

99 中山和子「宮嶋資夫論」、『文学』、四九頁、一九六五・一一。

100　例えば佐藤勝は葉山嘉樹のテクスト、『淫売婦』や『海に生くる人々』を引用、比較しながら『坑夫』を論じている（「『坑夫』論」、『日本近代文学』、一九六五・一一）。中山和子も同様だ（「「坑夫」について」、『日本文学』、一九七三・一）。

101　小田切秀雄「解説」、『日本近代文学大系』第五一巻、一八頁、角川書店、一九七一・九。

102　少し文脈はずれるが、ここで考察した問題点は現在研究されている学校内でのいじめ対策と同じ問題性を共有しているように思われる。例えば、内藤朝雄＋荻上チキ『いじめの直し方』（朝日新聞出版、二〇一〇・三）では、いじめを直すために必要とされるのは「逃げちゃだめ」や「仲良くしなさい」といった個人への道徳主義的助言ではなく、所属している学校から転校し、いじめっ子と距離を取ること、具体的にいえば学校選択制度の積極的導入であることが主張されている。小さな共同体（学校）で一旦いじめの標的にされたものは、内部においてそれを解除することが難しく、「排除」されないまま「飼育」的にいじめが持続していく。先生や友達からの道徳主義的助言はいじめられっ子個人に問題性を還元してしまっており、更にいじめられっ子を心的に抑圧してしまう危険をもつ。これを食い止めるためには、共同体を交代し、新規の関係を取り結ぶことを可能にさせるような「仕組み」（環境の整備）を作っていかねばならない。ほかにも田中美子『「いじめ」のメカニズム――イメージ・ダイナミクスモデルの適用』（世界思想社、二〇一〇・九）に同様の主張ある。このことを示唆程度に指摘しておきたい。

103　小林多喜二は蔵原宛書簡（一九二九・三・三一）の中で、「この作（『蟹工船』）には「主人公」というものがない。「銘々伝」式の主人公、人物もない。労働の「集団《グループ》」が、主人公になっている」と書いており、事実『蟹工船』には個々人に固有名は命名されておらず、個人の意識や心理を超えたダイナミックな「集団」

の運動が描かれている。全集第七巻、三九〇頁。

104　小田切秀雄『二葉亭四迷』第一章、一頁、岩波新書、一九七〇・七。

105　永田育夫『二葉亭四迷論』第二章第二節、一七六頁、豊文社、一九七五・四。

106　橋本治『失われた近代を求めて』第一巻、一七〇頁、一九八頁、朝日新聞出版、二〇一〇・四。

107　亀井秀雄『戦争と革命の放浪者　二葉亭四迷』第六章第四節、二六二頁、新典社、一九八六・五。

108　朴善述『言文一致文体の研究と二葉亭四迷の語法』、国学院大学院、二〇〇四・一〇。

109　田中敏生「漱石『坊っちゃん』における副助詞バカリとダケ――四迷『平凡』との対比を兼ねて」、『四国大学紀要』、二〇〇九・三。

110　塹江美沙子「二葉亭四迷『浮雲』『平凡』で辿る女性語の変遷――〈「てよ・だわ」言葉〉の受容とその社会的・歴史的要因」、『ことば』、現代日本語研究会、二〇一三・一二。

111　西村好子『寂しい近代』、六一頁、翰林書房、二〇〇九・六。

112　高橋修『主題としての〈終り〉』第二部第二章、一五八頁、新曜社、二〇一二・三。

113 小森陽一「二葉亭四迷『平凡』――交通する主客」、『国文学　解釈と教材の研究』、五一頁、一九九四・六。

114 清水茂「二葉亭『平凡』の問題」、『国文学研究』、一二六頁、早稲田大学国文学会、一九五四・一二。

115 ここでの「作」の呼び名は、もしかしたら愛称なのかもしれない（例えば作之助や作太郎といった）。実際、二葉亭四迷による『平凡』草稿では、「作蔵」という名がみえる。全集第七巻、四〇八頁。しかし、テクスト本文では明らかにされない以上、ここでは「私の名だ」という記述を素直に信じ、古屋作を主人公の本名として読みたい。

116 十川信介『増補　二葉亭四迷論』第八章、二四八頁、筑摩書房、一九八四・一〇。

117 西川順一「「平凡」の世界――存在の不合理性と「父」への回帰」、『日本文芸研究』、六四頁、関西学院大学日本文学会、一九七五・九。

118 佐々木雅発「「平凡」――無意味な独白」、『国文学研究』、七四頁、早稲田大学国文学会、一九八二・三。

119 服部康喜「『平凡』の時間」、『活水日文』、四〇頁、活水学院現代日本文化学会、一九八六・一〇。

120 内田樹はネット上で公開した自分のテクストについて、コピー&ペースト自由な「著作権放棄」を宣言している。たとえば、「書物について」、ブログ「内田樹の研究室」(http://blog.tatsuru.com)、二〇〇九・四・五。

121 文学フリマとは、批評家の大塚英志が二〇〇二年、『群像』で発表したエッセイ「不良債権としての「文学」」で呼びかけたことを端緒にして始まった、オリジナル刊行物の即売イベントのこと。プロアマ、個人集団を問わない自由な場が特徴。

122 二〇一七年の現在においては、Facebookも備忘録やメモ書きの目的でよく利用している。

123 荒木優太「図書館をテロろうぜ!」、インディペンデント批評サイト「En-Soph」(http://www.en-soph.org/)、二〇一三・一・二二。願いの甲斐あって、明治大学図書館や大阪教育大学附属図書館に『多喜二と埴谷』が所蔵されている。また、今泉早織「埴谷雄高の文学における政治批判——「自同律の不快」を手がかりに」(『倫理学』、筑波大学倫理学研究会、二〇一六・三)では拙著が参照されていて嬉しい驚きがあった。

124 『多喜二と埴谷』の数冊は日本酒や菓子や筆記用具と交換された。荒木優太「物々交換2.0」、「En-Soph」、二〇一三・三・一七。「物々交換2.1」、「En-Soph」、二〇一六・七・一一。

125 「BCCKS」(https://bccks.jp/)とは、誰でも無料で本をつくり販売することができるウェブ上のサービス。電子書籍のほか希望すれば紙本にも対応できる。

# あとがきふたたび　――改題由来

本書は、絶版状態だった『小林多喜二と埴谷雄高』を復刊し、加えて、これに関連する文章を増補として収めて、『貧しい出版者——政治と文学と紙の屑』と改題した一書である。誤植を直す、漢字を開く、西暦で統一する、引用を補足する、冗長な表現を削る、簡易な表現に改める、などの修正を加えた。

初出は左記の通りだ。

・新序文、書き下ろし。

**第一部**

・『小林多喜二と埴谷雄高』、ブイツーソリューション、二〇一三・二。

**第二部**

・「宮嶋資夫『坑夫』試論——ポスト・プロレタリア文学の暴力論」、『大正文学論叢』第一号、明治大学大学院宮越ゼミ、二〇一二・二。

・「くたばって終い?――二葉亭四迷『平凡』私論」、電子書籍販売サイト「パブー」
(http://p.booklog.jp/)、二〇一四・七。
・「人間の屑、テクストの屑」、『Witchenkare(ウィッチンケア)』第六号、二〇一五・四。
・「宮本百合子「雲母片」小論」、『Witchenkare(ウィッチンケア)』第七号、二〇一六・四。

**第三部**

・「在野研究の仕方――「しか(た)ない」?」、ウェブ雑誌「マガジン航」
(http://magazine-k.jp/)、二〇一三・四。
・「カネよりも自分が大事なんて言わせない」、「マガジン航」、二〇一三・六。
・「自費出版本をAmazonで六九冊売ってみた」、「マガジン航」、二〇一四・三。

第二部には『多喜二と埴谷』の補論になるような関連文章を収めた。第三部には『多喜二と埴谷』の自費出版が、どのような意図のもとで計画され、どれくらい売れたのかといったレポートを再録することで、実践した流通の試みを再現できるように配置した。

＊

再刊にあたって題名を『貧しい出版者——政治と文学と紙の屑』と大きく改めたのは、当然、戦前の運動家が駆使した傷つきやすいテクストが貧しい出版物だからであり、また在野で文学研究をする私自身が貧しい出版者だからであるが、もっとあけすけにいえば、端的に原題では売れないと判断されたからである。

文学研究書は売れないと現代の多くの出版人は考えており、実際にそれは正しい。本屋には近代文学を置く棚がない。結果、ある種の出版物は別のタイプの本に偽装することで読者層を広げ（るフリをし）なければならない。

断っておけば、こういった小手先は——本書を読み終えた読者にとってはとりわけ——すべて下らないことである。本屋に陳列されようがされまいが、売れようが売れ残ろうが、いい本はいい本であり、悪い本は悪い本だ。出版社の営業がいくら困ろうと、会社がどれほど破産しようと、私が著者として失敗しようと、そんなことは読者にはなんの関係もない。公共性のために学問研究があるのならばインターネット上ですべての論文が読めないのはおかしい、と思って始めた在野研究――自分の研究成果をネット上にアップロードする作業――も開始してから、かれこれ六年くらい経った。テクストがどこに置かれているかで内容を判断する蒙昧に抗いつづけなければならない。私の矜持だ。

　とはいえ、組織の都合に絡めとられず、商売の論理にも屈せず、自分の誠実な意志や思想を貫徹することが倫理である、美的である、といった考え方にも同じくらい抵抗せねばならない。そういったハードコアな姿勢は、往々にして孤高というポーズに堕して、別の組織へのコネクションを強化したり、権威者への無言の媚び《ウィンク》として経済的に活用されるからだ。秋波を送っている。つながり一元論からすれば、そのように解釈せねばならない。

　文学は文学だけで充足しているのではない。政治と文学の対立さえも、脱臼的に別の「と」へと滑っていくことができる、滑っていってしまう。たとえば、いまの私ならば「政治と文学」の隣りで「経済と文学」を考えるかもしれない——新たに収めた「くたばって終い?」と「カネよりも自分が大事なんて言わせない」にはその関心の萌芽がある——。この領域横断的なステップこそ、学問なのかどうか、遊戯なのかどうか、良くも悪くもよく分からない文学がもっていた(そして私たちがずっと憧れていた?)豊かさではなかったか。

文学でござい、と大上段に構えるだけが文学ではないはずだ。そして研究も。

自費出版は孤独な営みであるが、商業出版は本質的に共同作業で進む。そこには見えない折り合いや駆け引きがある。当然、文責は著者が負わねばならない。だが、コミュニカティヴなプロレタリア文学やスクラップ・ブックを強調した本書が、私個人の意志だけを忠実に反映した作物であるべきでないのは、考察したテーマが要求する必然だったのかもしれない。その意味で、複数の編集者が関わった本書は、元々もっていたコンセプトを体現する完成版にやっと到達したといえる。

願わくば、改題したことによって私の想像しなかったような読者にも届かんことを。

*

『小林多喜二と埴谷雄高』を書いてから、街の見え方がずいぶんと変わった気がする。壁の落書きや路上ライブ、古本屋に立ち寄ってたまたま手にとったときに見つける前所有者の痕跡本。これらを見かけるたびに、あっ元気でやってるな、と赤の他人なのに反応してしまうのは、きっとそのなかに自分自身を投影しているからなのだろう。

同志！……というのはおこがましいかもしれないし、ここまで書いてきたことからしても不適当かもしれないが、とまれ、私の方はこんな本を出しました。

最後に謝辞を。『これからのエリック・ホッファーのために——在野研究者と生の心得』（東京書籍、二〇一六・三）のときに世話になった塩原淳一朗さんの献身的ともいえる尽力によって復刊の目途が立った。「未来人」にあてた『多喜二と埴谷』が、このような僥倖にあずかれるとは思いもよらなかった。また、フィルムアート社の薮崎今日子さんも、復刊を快諾していただいたほか、様々な点でお世話になった。再録については、「マガジン航」の仲俣暁生さん、『Witchenkare』の多田洋一さんにも。どうもありがとうございます。

自費出版と違って商業出版となると、関わっている人が多くなるから謝辞が長くなるというのもここ数年で得た大きな発見です。

二〇一七年八月一〇日　荒木優太

## 関連作品索引

| | | | |
|---|---|---|---|
| 明治22(1889)年 | 二葉亭四迷 | 『浮雲』 | 213, 214, 292n |
| 明治39(1906)年 | 北一輝 | 『国体論及び純正社会主義』 | 270 |
| | 島崎藤村 | 『破戒』 | 270 |
| | 二葉亭四迷 | 『其面影』 | 213 |
| 明治40(1907)年 | 二葉亭四迷 | 『平凡』 | 212-215, 217-220, 222-229, 292n, 293n, 299 |
| 明治41(1908)年 | 二葉亭四迷 | 「予が半生の懺悔」 | 212 |
| 明治43(1910)年 | 夏目漱石 | 『門』 | 239 |
| 大正5 (1916)年 | 宮嶋資夫 | 『坑夫』 | 198-211, 291n, 298 |
| 大正11(1922)年 | 小林多喜二 | 『龍介と乞食』 | 40 |
| 大正13(1924)年 | 宮本百合子 | 「雲母片」 | 236-238 |
| 大正14(1925)年 | 小林多喜二 | 『曖昧屋』 | 165 |
| 大正15(1926)年 | 青野季吉 | 「自然生長と目的意識」 | 65 |
| | 小林多喜二 | 「「下女」と「循環小数」」 | 144 |
| | 葉山嘉樹 | 『海に生くる人々』 | 199, 289n, 291n |
| | 福本和夫 | 『社会の構成並に変革の過程』 | 74, 75, 279n |
| 昭和2 (1927)年 | 小林多喜二 | 『その出発を出発した女』 | 165 |
| 昭和3 (1928)年 | 蔵原惟人 | 「無産階級芸術運動の新段階」 | 278n |
| | 小林多喜二 | 『誰かに宛てた記録』 | 170-172, 184, 250 |
| | | 『一九二八年三月十五日』 | 21, 38, 39, 42, 50, 82, 86, 285n |
| | 林房雄 | 「プロレタリア大衆文学の問題」 | 278n |
| 昭和4 (1929)年 | 小林多喜二 | 『蟹工船』 | 18, 21, 34, 42-44, 47-53, 55, 66, 69, 71, 82, 86, 88, 176, 177, 199, 210, 211, 250, 251, 277n, 291n |
| | | 「プロレタリア文学の「大衆性」と「大衆化」について」 | 274n |
| | | 『不在地主』 | 21, 66, 67, 80-82, |

| | | | |
|---|---|---|---|
| | | | 279n |
| | | 「不在作家」 | 83, 279n |
| | 徳永直 | 『太陽のない街』 | 43, 199, 277n |
| 昭和5 (1930) 年 | 川口浩 | 「報告文学論」 | 288n |
| | 小林多喜二 | 『暴風警戒報』 | 47, 49, 50 |
| | | 『東倶知安行』 | 82, 85, 86, 145-148, 157 |
| | | 「プロレタリア文学の新しい文章に就いて」 | 164, 251 |
| | | 「プロレタリア・レアリズムと形式」 | 168, 251 |
| | | 「「報告文学」其他」 | 168 |
| | | 『工場細胞』 | 48, 50, 54, 55, 68, 82, 92, 93, 95, 101, 115, 134, 174, 191, 281n |
| 昭和6 (1931) 年 | 小林多喜二 | 『オルグ』 | 21, 55, 68-70, 79, 82, 93, 97, 118, 159, 191, 282n, 290n |
| | | 「四つの関心」 | 252, 274n |
| | | 『独房』 | 86-88, 118, 175, 250, 251, 280n |
| | | 『テガミ』 | 21 |
| | | 「一九二八年三月十五日」 | 277n |
| | | 『争われない事実』 | 21, 165 |
| | | 『安子』 | 21, 93, 94, 147 |
| | | 『疵』 | 21 |
| | | 『母妹の途』 | 165 |
| 昭和7 (1932) 年 | 小林多喜二 | 『級長の願い』 | 21 |
| | | 『転形期の人々』 | 279n |
| | | 『沼尻村』 | 21, 165 |
| 昭和8 (1933) 年 | 川端康成 | 「末期の眼」 | 142 |
| | 小林多喜二 | 『党生活者』 | 18, 26, 27, 36,41, |

| | | | |
|---|---|---|---|
| | 小林多喜二 | 『党生活者』 | 47, 49-54 , 64, 66, 69, 71, 72, 85, 94, 95, 98, 99, 101, 111, 148, 166, 185, 187, 189, 210, 231, 232, 235, 250, 275n, 285n |
| | 佐野学＋鍋山貞親 | 「共同被告同志に告ぐる書」 | 279n |
| | 寺田寅彦 | 『蒸発皿』 | 235 |
| 昭和11（1936）年 | 太宰治 | 『虚構の春』 | 115 |
| 昭和16（1941）年 | 太宰治 | 『東京八景』 | 115 |
| 昭和21（1946）年 | 荒正人 | 「第二の青春」 | 24, 25, 30, 79 |
| | 中野重治 | 「批評の人間性」 | 25, 27 |
| | 平野謙 | 「ひとつの反措定」 | 25, 32, 65 |
| 昭和22（1947）年 | 埴谷雄高 | 『死霊』第二章 | 104, 106, 123, 138 |
| 昭和23（1948）年 | 太宰治 | 『人間失格』 | 115 |
| | 埴谷雄高 | 『死霊』第三章 | 22, 130, 143, 153 |
| 昭和24（1949）年 | 埴谷雄高 | 『死霊』第四章 | 22, 61, 63 |
| 昭和25（1950）年 | 埴谷雄高 | 「あらゆる発想は明晰であるということについて」 | 121, 141, 276n |
| 昭和26（1951）年 | 亀井勝一郎 | 『我が精神の遍歴』 | 281n, 285n |
| | 埴谷雄高 | 「政治をめぐる断想」 | 59 |
| 昭和30（1955）年 | 林房雄 | 『文学的回想』 | 278n |
| 昭和31（1956）年 | 埴谷雄高 | 「永久革命者の悲哀」 | 31, 57, 58 |
| | 武田泰淳 | 「埴谷雄高論」 | 282n |
| 昭和32（1957）年 | 埴谷雄高 | 「闇」 | 90 |
| | 福永武彦 | 『風土』 | 142 |
| 昭和33（1958）年 | 埴谷雄高 | 「或る時代の雰囲気」 | 19, 36, 37, 58, 60, 78, 160 |
| | | 「目的は手段を浄化しうるか」 | 278n |
| | | 「政治のなかの死」 | 283n, 288n |
| 昭和34（1959）年 | 高畠通敏 | 「一国社会主義者」 | 71, 278n |
| | 埴谷雄高 | 「敵と味方」 | 60 |

| | | | |
|---|---|---|---|
| | | 「政治の周辺」 | 276n |
| | | 「デモについて」 | 276n |
| | 藤田省三 | 「昭和八年を中心とする転向の状況」 | 279n |
| 昭和35(1960)年 | 埴谷雄高 | 「不可能性の作家」 | 156 |
| | | 「選挙について」 | 276n |
| 昭和36(1961)年 | 埴谷雄高 | 「悲劇の肖像画」 | 162, 288n |
| | 吉本隆明 | 「党生活者・小林多喜二」 | 231 |
| 昭和37(1962)年 | 埴谷雄高 | 「抑圧の武器と反逆の武器」 | 283n |
| | | 「現実密着と架空凝視の婚姻」 | 277n |
| | | 「自立と選挙」 | 288n |
| | 吉本隆明 | 「埴谷雄高氏への公開状」 | 276n |
| 昭和38(1963)年 | 奥野健男 | 「「政治と文学」理論の破産」 | 276n, 290n |
| 昭和39(1964)年 | 高橋和巳 | 「最近の日本文壇における「政治と文学」論について」 | 182 |
| | 埴谷雄高 | 「叔父の心臓」 | 134 |
| 昭和40(1965)年 | 埴谷雄高 | 「カントとの出会い」 | 276n |
| 昭和41(1966)年 | 埴谷雄高 | 「二重操作の顔」 | 283n |
| | | 「『悪霊』」 | 282n |
| | | 「『死霊』の思い出」 | 274n |
| | | 『影絵の世界』 | 118, 119, 181 |
| 昭和43(1968)年 | 埴谷雄高 | 「文学は何をなし得るか」 | 161 |
| 昭和47(1972)年 | 柄谷行人 | 「埴谷雄高における夢の呪縛」 | 285n |
| | 埴谷雄高 | 「古い文章『農民委員会の組織について』」 | 192 |
| | 武田泰淳 | 『快楽』 | 56 |
| 昭和50(1975)年 | 埴谷雄高 | 『死霊』第五章 | 22, 23, 60, 104, 108, 110, 111, 128, 129, 132, 288n |
| 昭和51(1976)年 | 平野謙 | 『「リンチ共産党事件」の思い出』 | 109, 112 |
| 昭和53(1978)年 | 埴谷雄高 | 『薄明のなかの思想』 | 284n |
| 昭和59(1984)年 | 埴谷雄高 | 『死霊』第七章 | 126, 135, 136, 150 |
| 平成7 (1995)年 | 埴谷雄高 | 『死霊』第九章 | 125, 156, 288n |

## 重要語索引

著者　荒木優太（あらき・ゆうた）

1987年東京生まれ。在野研究者。専門は有島武郎。明治大学文学部文学科日本文学専攻博士前期課程修了。ウェブを中心に大学の外での研究活動を展開している。2015年、「反偶然の共生空間——愛と正義のジョン・ロールズ」が第59回群像新人評論賞優秀作となる。著書に『これからのエリック・ホッファーのために——在野研究者の生と心得』（東京書籍、2016）。

貧しい出版者　政治と文学と紙の屑

2017年12月25日　初版発行

著　荒木優太

装幀　前田晃伸・馬渡亮剛

発行者　上原哲郎

発行所　株式会社フィルムアート社
〒150-0022
東京都渋谷区恵比寿南
1丁目20番6号　第21荒井ビル

TEL 03-5725-2001
FAX 03-5725-2626
http://www.filmart.co.jp

印刷・製本　シナノ印刷株式会社


ISBN978-4-8459-1705-1　C0095